國家圖書館出版品預行編目(CIP)資料

生活必備印尼語單字 / 智寬文化編輯團隊編著. -- 初版. --

新北市 : 智寬文化, 2017.01

面 ； 公分. --（外語學習系列 ; A015）

ISBN 978-986-92111-4-7(平裝附光碟片)

1.印尼語 2.詞彙

803.9112   105024060

外語學習系列 A015

生活必備印尼語單字(附MP3)

2017年1月 初版第1刷

編著者	智寬文化編輯團隊
出版者	智寬文化事業有限公司
地址	23558新北市中和區中山路二段409號5樓
E-mail	john620220@hotmail.com
郵政劃撥・戶名	50173486・智寬文化事業有限公司
電話	02-77312238・02-82215078
傳真	02-82215075
印刷者	永光彩色印刷廠
總經銷	紅螞蟻圖書有限公司
地址	台北市內湖區舊宗路二段121巷19號
電話	02-27953656
傳真	02-27954100
定價	新台幣400元

目　錄

ㄉㄡ	50	ㄉㄨㄢˇ	59	ㄊㄧㄠˊ	68	ㄋㄠˇ	75	ㄌㄞˊ	81
ㄉㄡˇ	50	ㄉㄨㄢˋ	59	ㄊㄧㄠˇ	68	ㄋㄠˋ	75	ㄌㄞˋ	81
ㄉㄡˋ	51	ㄉㄨㄥ	59	ㄊㄧㄠˋ	68	ㄋㄢˊ	75	ㄌㄟˊ	81
ㄉㄢ	51	ㄉㄨㄥˇ	59	ㄊㄧㄢ	68	ㄋㄢˋ	75	ㄌㄟˇ	81
ㄉㄢˇ	51	ㄉㄨㄥˋ	60	ㄊㄧㄢˊ	68	ㄋㄤˊ	76	ㄌㄟˋ	81
ㄉㄢˋ	51	ㄉㄨㄣ	60	ㄊㄧㄥ	69	ㄋㄣˊ	76	ㄌㄠ	81
ㄉㄤ	52	ㄉㄨㄣˋ	60	ㄊㄧㄥˊ	69	ㄋㄥˊ	76	ㄌㄠˊ	81
ㄉㄤˇ	52	（ㄊ）	60	ㄊㄧㄥˇ	69	ㄋㄧˊ	76	ㄌㄠˇ	82
ㄉㄤˋ	52	ㄊㄚ	60	ㄊㄧㄥˋ	69	ㄋㄧˇ	76	ㄌㄡ	82
ㄉㄥ	52	ㄊㄚˇ	61	ㄊㄨ	69	ㄋㄧˋ	76	ㄌㄡˇ	82
ㄉㄥˇ	53	ㄊㄚˋ	61	ㄊㄨˊ	69	ㄋㄧㄝ	76	ㄌㄡˋ	82
ㄉㄥˋ	53	ㄊㄜˋ	61	ㄊㄨˇ	70	ㄋㄧㄠˇ	76	ㄌㄢˊ	82
ㄉㄧ	53	ㄊㄞ	61	ㄊㄨˋ	70	ㄋㄧㄠˋ	77	ㄌㄢˇ	83
ㄉㄧˊ	53	ㄊㄞˊ	61	ㄊㄨㄛ	70	ㄋㄧㄡˊ	77	ㄌㄢˋ	83
ㄉㄧˇ	53	ㄊㄞˋ	61	ㄊㄨㄛˊ	70	ㄋㄧㄡˇ	77	ㄌㄤˊ	83
ㄉㄧˋ	53	ㄊㄠˊ	63	ㄊㄨㄛˇ	71	ㄋㄧㄢˊ	77	ㄌㄤˇ	83
ㄉㄧㄠ	54	ㄊㄠˇ	63	ㄊㄨㄛˋ	71	ㄋㄧㄢˋ	78	ㄌㄤˋ	83
ㄉㄧㄠˋ	54	ㄊㄡ	64	ㄊㄨㄟ	71	ㄋㄧㄣˊ	78	ㄌㄥˇ	83
ㄉㄧㄢ	55	ㄊㄡˊ	64	ㄊㄨㄟˇ	71	ㄋㄧㄤˊ	78	ㄌㄥˋ	83
ㄉㄧㄢˇ	55	ㄊㄡˋ	64	ㄊㄨㄟˋ	71	ㄋㄧㄤˋ	78	ㄌㄧˊ	83
ㄉㄧㄢˋ	55	ㄊㄢ	64	ㄊㄨㄢ	72	ㄋㄧㄥˊ	78	ㄌㄧˇ	84
ㄉㄧㄝ	56	ㄊㄢˊ	64	ㄊㄨㄢˊ	72	ㄋㄨˊ	78	ㄌㄧˋ	84
ㄉㄧㄝˊ	56	ㄊㄢˇ	65	ㄊㄨㄢˇ	72	ㄋㄨˇ	79	ㄌㄧㄝˋ	85
ㄉㄧㄥ	56	ㄊㄢˋ	65	ㄊㄨㄢˋ	72	ㄋㄨˋ	79	ㄌㄧㄠˊ	85
ㄉㄧㄥˇ	56	ㄊㄤ	65	ㄊㄨㄣ	72	ㄋㄨㄛˊ	79	ㄌㄧㄠˇ	86
ㄉㄧㄥˋ	56	ㄊㄤˊ	65	ㄊㄨㄣˊ	72	ㄋㄨㄛˋ	79	ㄌㄧㄠˋ	86
ㄉㄨ	57	ㄊㄤˇ	65	ㄊㄨㄥ	73	ㄋㄨㄢˊ	79	ㄌㄧㄡˊ	86
ㄉㄨˊ	57	ㄊㄤˋ	65	ㄊㄨㄥˊ	73	ㄋㄨㄥˊ	79	ㄌㄧㄡˇ	86
ㄉㄨˇ	57	ㄊㄥˊ	65	（ㄋ）	73	ㄋㄩˇ	79	ㄌㄧㄡˋ	86
ㄉㄨˋ	57	ㄊㄧ	66	ㄋㄚˊ	73	ㄋㄩㄝˋ	80	ㄌㄧㄢˊ	86
ㄉㄨㄛ	58	ㄊㄧˊ	66	ㄋㄚˇ	73	（ㄌ）	80	ㄌㄧㄢˇ	87
ㄉㄨㄛˊ	58	ㄊㄧˇ	66	ㄋㄚˋ	74	ㄌㄚ	80	ㄌㄧㄢˋ	87
ㄉㄨㄛˇ	58	ㄊㄧˋ	66	ㄋㄜ˙	74	ㄌㄚˇ	80	ㄌㄧㄣˊ	87
ㄉㄨㄛˋ	58	ㄊㄧㄝ	67	ㄋㄞˇ	74	ㄌㄚˋ	80	ㄌㄧㄤˊ	88
ㄉㄨㄟˋ	58	ㄊㄧㄝˇ	67	ㄋㄞˋ	74	ㄌㄜˋ	80	ㄌㄧㄤˇ	88
ㄉㄨㄢ	59	ㄊㄧㄠ	67	ㄋㄟˋ	74	ㄌㄜ˙	80	ㄌㄧㄤˋ	88

ㄉㄧㄥˊ	88	ㄍㄢˋ	96	ㄎㄜ	104	ㄎㄨㄥˋ	110	ㄏㄨㄟ	121
ㄉㄧㄥˇ	89	ㄍㄣ	96	ㄎㄜˊ	104	(ㄏ)	111	ㄏㄨㄟˊ	121
ㄉㄧㄥˋ	89	ㄍㄣˋ	96	ㄎㄜˇ	104	ㄏㄚ	111	ㄏㄨㄟˇ	121
ㄉㄨˊ	89	ㄍㄤ	96	ㄎㄜˋ	105	ㄏㄜ	111	ㄏㄨㄟˋ	122
ㄉㄨˇ	89	ㄍㄤˇ	96	ㄎㄞ	105	ㄏㄜˊ	111	ㄏㄨㄢ	122
ㄉㄨˋ	89	ㄍㄥ	96	ㄎㄞˇ	106	ㄏㄜˋ	112	ㄏㄨㄢˊ	122
ㄉㄨㄛ	90	ㄍㄥˋ	97	ㄎㄞˋ	106	ㄏㄞˊ	112	ㄏㄨㄢˇ	122
ㄉㄨㄛˊ	90	ㄍㄨ	97	ㄎㄠˇ	106	ㄏㄞˇ	112	ㄏㄨㄢˋ	122
ㄉㄨㄛˇ	90	ㄍㄨˇ	97	ㄎㄠˋ	106	ㄏㄞˋ	113	ㄏㄨㄣ	123
ㄉㄨㄛˋ	90	ㄍㄨˋ	98	ㄎㄡ	107	ㄏㄟ	113	ㄏㄨㄣˊ	123
ㄉㄨㄣˊ	90	ㄍㄨㄚ	98	ㄎㄡˋ	107	ㄏㄠˊ	113	ㄏㄨㄣˋ	123
ㄉㄨㄣˋ	91	ㄍㄨㄚˇ	98	ㄎㄢ	107	ㄏㄠˇ	113	ㄏㄨㄤ	123
ㄉㄨㄢˇ	91	ㄍㄨㄚˋ	98	ㄎㄢˇ	107	ㄏㄠˋ	113	ㄏㄨㄤˊ	123
ㄉㄨㄢˋ	91	ㄍㄨㄛ	98	ㄎㄣˋ	107	ㄏㄡˊ	115	ㄏㄨㄤˇ	124
ㄉㄨㄥˊ	91	ㄍㄨㄛˊ	98	ㄎㄤ	107	ㄏㄡˇ	115	ㄏㄨㄤˋ	124
ㄉㄨㄥˋ	91	ㄍㄨㄛˇ	99	ㄎㄤˋ	107	ㄏㄡˋ	115	ㄏㄨㄥ	124
ㄉㄩˊ	91	ㄍㄨㄛˋ	99	ㄎㄥ	107	ㄏㄢˊ	116	ㄏㄨㄥˊ	124
ㄉㄩˇ	91	ㄍㄨㄞ	99	ㄎㄨ	108	ㄏㄢˇ	116	ㄏㄨㄥˇ	124
ㄉㄩˋ	92	ㄍㄨㄞˋ	99	ㄎㄨˇ	108	ㄏㄢˋ	116	(ㄐ)	124
ㄉㄩㄝˋ	92	ㄍㄨㄟ	100	ㄎㄨˋ	108	ㄏㄣˊ	116	ㄐㄧ	124
(ㄍ)	92	ㄍㄨㄟˇ	100	ㄎㄨㄚ	108	ㄏㄣˇ	116	ㄐㄧˊ	125
ㄍㄜ	92	ㄍㄨㄟˋ	100	ㄎㄨㄚˋ	108	ㄏㄣˋ	117	ㄐㄧˇ	126
ㄍㄜˊ	93	ㄍㄨㄢ	100	ㄎㄨㄛˋ	108	ㄏㄤˊ	117	ㄐㄧˋ	126
ㄍㄜˋ	93	ㄍㄨㄢˇ	101	ㄎㄨㄞˋ	108	ㄏㄥˊ	117	ㄐㄧㄚ	128
ㄍㄞ	93	ㄍㄨㄢˋ	101	ㄎㄨㄟ	109	ㄏㄨ	117	ㄐㄧㄚˊ	128
ㄍㄞˇ	93	ㄍㄨㄤ	101	ㄎㄨㄟˊ	109	ㄏㄨˊ	117	ㄐㄧㄚˇ	129
ㄍㄞˋ	93	ㄍㄨㄤˇ	102	ㄎㄨㄟˋ	109	ㄏㄨˇ	118	ㄐㄧㄚˋ	129
ㄍㄟˇ	94	ㄍㄨㄤˋ	102	ㄎㄨㄢ	109	ㄏㄨˋ	118	ㄐㄧㄝ	129
ㄍㄠ	94	ㄍㄨㄣˇ	102	ㄎㄨㄢˇ	109	ㄏㄨㄚ	118	ㄐㄧㄝˊ	130
ㄍㄠˇ	94	ㄍㄨㄣˋ	102	ㄎㄨㄣ	109	ㄏㄨㄚˊ	118	ㄐㄧㄝˇ	130
ㄍㄠˋ	94	ㄍㄨㄥ	102	ㄎㄨㄣˇ	109	ㄏㄨㄚˇ	119	ㄐㄧㄝˋ	130
ㄍㄡ	95	ㄍㄨㄥˇ	103	ㄎㄨㄣˋ	109	ㄏㄨㄚˋ	119	ㄐㄧㄠ	131
ㄍㄡˇ	95	ㄍㄨㄥˋ	104	ㄎㄨㄤ	110	ㄏㄨㄛˊ	119	ㄐㄧㄠˇ	131
ㄍㄡˋ	95	(ㄎ)	104	ㄎㄨㄤˊ	110	ㄏㄨㄛˇ	119	ㄐㄧㄠˋ	132
ㄍㄢ	95	ㄎㄚ	104	ㄎㄨㄤˋ	110	ㄏㄨㄛˋ	120	ㄐㄧㄡˇ	132
ㄍㄢˇ	95	ㄎㄚˇ	104	ㄎㄨㄥ	110	ㄏㄨㄞˊ	120	ㄐㄧㄡˋ	133
				ㄎㄨㄥˇ	110	ㄏㄨㄞˋ	120		

ㄐㄧㄢ	133	ㄑㄧㄠˋ	143	ㄒㄧㄝ	152	ㄒㄩㄥ	159	ㄓㄨˇ	166
ㄐㄧㄢˇ	134	ㄑㄧㄡ	143	ㄒㄧㄝˊ	152	ㄒㄩㄥˊ	160	ㄓㄨˋ	167
ㄐㄧㄢˋ	134	ㄑㄧㄡˊ	143	ㄒㄧㄝˇ	152	（ㄓ）	160	ㄓㄨㄚ	167
ㄐㄧㄣ	135	ㄑㄧㄢ	144	ㄒㄧㄝˋ	153	ㄓ	160	ㄓㄨㄛ	167
ㄐㄧㄣˇ	135	ㄑㄧㄢˊ	144	ㄒㄧㄠ	153	ㄓˊ	160	ㄓㄨㄛˊ	167
ㄐㄧㄣˋ	136	ㄑㄧㄢˇ	145	ㄒㄧㄠˇ	153	ㄓˇ	161	ㄓㄨㄟ	167
ㄐㄧㄤ	136	ㄑㄧㄢˋ	145	ㄒㄧㄠˋ	154	ㄓˋ	161	ㄓㄨㄟˋ	167
ㄐㄧㄤˇ	137	ㄑㄧㄣ	145	ㄒㄧㄡ	154	ㄓㄚ	162	ㄓㄨㄢ	167
ㄐㄧㄤˋ	137	ㄑㄧㄣˊ	145	ㄒㄧㄡˇ	154	ㄓㄚˋ	162	ㄓㄨㄢˇ	168
ㄐㄧㄥ	137	ㄑㄧㄣˇ	145	ㄒㄧㄡˋ	154	ㄓㄜ	162	ㄓㄨㄢˋ	168
ㄐㄧㄥˇ	138	ㄑㄧㄤ	146	ㄒㄧㄢ	154	ㄓㄜˊ	162	ㄓㄨㄣˇ	168
ㄐㄧㄥˋ	138	ㄑㄧㄤˊ	146	ㄒㄧㄢˊ	155	ㄓㄞ	162	ㄓㄨㄤ	168
ㄐㄩ	138	ㄑㄧㄤˇ	146	ㄒㄧㄢˇ	155	ㄓㄞˋ	162	ㄓㄨㄤˋ	168
ㄐㄩˊ	139	ㄑㄧㄥ	146	ㄒㄧㄢˋ	156	ㄓㄠ	162	ㄓㄨㄥ	168
ㄐㄩˇ	139	ㄑㄧㄥˊ	147	ㄒㄧㄣ	156	ㄓㄠˇ	162	ㄓㄨㄥˇ	168
ㄐㄩˋ	139	ㄑㄧㄥˇ	147	ㄒㄧㄣˋ	156	ㄓㄡ	162	ㄓㄨㄥˋ	169
ㄐㄩㄝˊ	139	ㄑㄧㄥˋ	147	ㄒㄧㄤ	157	ㄓㄡˋ	162	（ㄔ）	169
ㄐㄩㄢ	140	ㄑㄩ	147	ㄒㄧㄤˊ	157	ㄓㄢ	162	ㄔ	169
ㄐㄩㄢˇ	140	ㄑㄩˇ	147	ㄒㄧㄤˇ	157	ㄓㄢˇ	162	ㄔˊ	169
ㄐㄩㄢˋ	140	ㄑㄩˋ	148	ㄒㄧㄥ	157	ㄓㄢˋ	162	ㄔˇ	169
ㄐㄩㄣ	140	ㄑㄩㄝ	148	ㄒㄧㄥˊ	158	ㄓㄣ	162	ㄔˋ	169
ㄐㄩㄣˋ	140	ㄑㄩㄝˋ	148	ㄒㄧㄥˇ	158	ㄓㄣˇ	162	ㄔㄚ	170
（ㄑ）	140	ㄑㄩㄢ	148	ㄒㄩ	158	ㄓㄣˋ	162	ㄔㄚˊ	170
ㄑㄧ	140	ㄑㄩㄢˊ	148	ㄒㄩˇ	158	ㄓㄤ	163	ㄔㄚˋ	170
ㄑㄧˊ	141	ㄑㄩㄢˇ	149	ㄒㄩˋ	158	ㄓㄤˇ	163	ㄔㄜ	170
ㄑㄧˇ	141	ㄑㄩㄢˋ	149	ㄒㄩㄝˊ	158	ㄓㄤˋ	163	ㄔㄜˇ	170
ㄑㄧˋ	142	ㄑㄩㄣˊ	149	ㄒㄩㄝˇ	158	ㄓㄥ	163	ㄔㄜˋ	170
ㄑㄧㄚ	142	ㄑㄩㄥˊ	149	ㄒㄩㄝˋ	158	ㄓㄥˇ	163	ㄔㄞ	170
ㄑㄧㄚˋ	142	（ㄒ）	149	ㄒㄩㄢ	159	ㄓㄥˋ	163	ㄔㄞˊ	170
ㄑㄧㄝ	143	ㄒㄧ	149	ㄒㄩㄢˊ	159	ㄓㄨ	163	ㄔㄠ	171
ㄑㄧㄝˊ	143	ㄒㄧˊ	149	ㄒㄩㄢˇ	159	ㄓㄨˊ	166	ㄔㄠˊ	171
ㄑㄧㄝˇ	143	ㄒㄧˇ	150	ㄒㄩㄢˋ	159			ㄔㄠˇ	171
ㄑㄧㄝˋ	143	ㄒㄧˋ	150	ㄒㄩㄣˊ	159			ㄔㄡ	171
ㄑㄧㄠ	143	ㄒㄧㄚ	151	ㄒㄩㄣˋ	159			ㄔㄡˊ	171
ㄑㄧㄠˊ	143	ㄒㄧㄚˊ	151					ㄔㄡˇ	171
ㄑㄧㄠˇ	143	ㄒㄧㄚˋ	151					ㄔㄡˋ	171

彳ㄣˊ	171	ㄕㄚˇ	178	ㄕㄨㄛˋ	185	ㄗㄜˊ	191	ㄘㄜˋ	195	ㄙㄠˋ	199
彳ㄣˋ	172	ㄕㄜ	178	ㄕㄨㄞ	185	ㄗㄞ	191	ㄘㄞ	196	ㄙㄡ	199
彳ㄢ	172	ㄕㄜˊ	178	ㄕㄨㄞˋ	185	ㄗㄞˋ	191	ㄘㄞˊ	196	ㄙㄡˇ	199
彳ㄢˊ	172	ㄕㄜˇ	179	ㄕㄨㄟˇ	185	ㄗㄟ	191	ㄘㄞˇ	196	ㄙㄡˋ	199
彳ㄢˇ	172	ㄕㄜˋ	179	ㄕㄨㄟˋ	186	ㄗㄠ	191	ㄘㄞˋ	196	ㄙㄢ	199
彳ㄤ	172	ㄕㄞ	179	ㄕㄨㄣˋ	186	ㄗㄠˇ	191	ㄘㄠ	196	ㄙㄢˇ	199
彳ㄤˊ	172	ㄕㄞˋ	179	ㄕㄨㄤ	186	ㄗㄠˋ	191	ㄘㄠˇ	196	ㄙㄢˋ	199
彳ㄤˇ	172	ㄕㄟˊ	179	ㄕㄨㄤˇ	186	ㄗㄡ	192	ㄘㄠˋ	196	ㄙㄣ	199
彳ㄤˋ	172	ㄕㄠ	179	（ㄖ）	186	ㄗㄡˇ	192	ㄘㄡ	197	ㄙㄤ	199
彳ㄥ	173	ㄕㄠˇ	180	ㄖˋ	186	ㄗㄡˋ	192	ㄘㄢ	197	ㄙㄤˇ	199
彳ㄥˊ	173	ㄕㄠˋ	180	ㄖㄜˇ	187	ㄗㄢˋ	192	ㄘㄢˊ	197	ㄙㄤˋ	199
彳ㄨ	173	ㄕㄡ	180	ㄖㄜˋ	187	ㄗㄣ	192	ㄘㄢˇ	197	ㄙㄥ	199
彳ㄨˊ	174	ㄕㄡˊ	180	ㄖㄠˊ	187	ㄗㄣˋ	192	ㄘㄢˋ	197	ㄙㄨ	200
彳ㄨˇ	174	ㄕㄡˇ	180	ㄖㄠˋ	187	ㄗㄤ	192	ㄘㄤ	197	ㄙㄨˊ	200
彳ㄨˋ	174	ㄕㄡˋ	181	ㄖㄡˊ	187	ㄗㄤˋ	192	ㄘㄤˊ	197	ㄙㄨˋ	200
彳ㄨㄟ	174	ㄕㄢ	181	ㄖㄢˊ	187	ㄗㄥ	192	ㄘㄥˊ	197	ㄙㄨㄛ	200
彳ㄨㄟˊ	174	ㄕㄢˇ	181	ㄖㄢˇ	187	ㄗㄥˋ	192	ㄘㄨ	197	ㄙㄨㄛˇ	200
彳ㄨㄢ	174	ㄕㄢˋ	181	ㄖㄣˊ	188	ㄗㄨ	192	ㄘㄨㄛ	198	ㄙㄨㄛˋ	200
彳ㄨㄢˊ	175	ㄕㄣ	181	ㄖㄣˇ	188	ㄗㄨˊ	193	ㄘㄨㄛˋ	198	ㄙㄨㄟ	200
彳ㄨㄢˇ	175	ㄕㄣˊ	182	ㄖㄣˋ	188	ㄗㄨˇ	193	ㄘㄨㄟ	198	ㄙㄨㄟˊ	200
彳ㄨㄢˋ	175	ㄕㄣˇ	182	ㄖㄤˋ	188	ㄗㄨㄛˊ	193	ㄘㄨㄟˋ	198	ㄙㄨㄟˇ	200
彳ㄨㄣ	175	ㄕㄣˋ	182	ㄖㄥ	188	ㄗㄨㄛˇ	193	ㄘㄨㄢˊ	198	ㄙㄨㄟˋ	200
彳ㄨㄣˊ	175	ㄕㄤ	182	ㄖㄥˊ	188	ㄗㄨㄛˋ	193	ㄘㄨㄣ	198	ㄙㄨㄢ	200
彳ㄨㄤ	175	ㄕㄤˇ	182	ㄖㄨˊ	189	ㄗㄨㄟˇ	193	ㄘㄨㄣˊ	198	ㄙㄨㄢˋ	200
彳ㄨㄤˊ	175	ㄕㄤˋ	183	ㄖㄨˇ	189	ㄗㄨㄟˋ	193	ㄘㄨㄥ	198	ㄙㄨㄣ	200
彳ㄨㄤˇ	175	ㄕㄥ	183	ㄖㄨㄛˋ	189	ㄗㄨㄢ	194	ㄘㄨㄥˊ	199	ㄙㄨㄣˇ	200
彳ㄨㄤˋ	175	ㄕㄥˊ	183	ㄖㄨㄟˋ	189	ㄗㄨㄢˋ	194	（ㄙ）	199	ㄙㄨㄥ	200
彳ㄨㄥ	176	ㄕㄥˇ	183	ㄖㄨㄢˇ	189	ㄗㄨㄣ	194	ㄙ	199	ㄙㄨㄥˋ	200
彳ㄨㄥˊ	176	ㄕㄥˋ	184	ㄖㄨㄣˋ	189	ㄗㄨㄥ	194	ㄙˇ	199		
彳ㄨㄥˇ	176	ㄕㄨ	184	ㄖㄨㄥˊ	189	ㄗㄨㄥˇ	194	ㄙㄚ	199		
（ㄕ）	176	ㄕㄨˊ	184	（ㄗ）	190	ㄗㄨㄥˋ	194	ㄙㄚˇ	199		
ㄕ	176	ㄕㄨˇ	184	ㄗ	190	（ㄘ）	195	ㄙㄜˋ	199		
ㄕˊ	176	ㄕㄨˋ	184	ㄗˇ	190	ㄘˊ	195	ㄙㄞ	199		
ㄕˇ	177	ㄕㄨㄚ	185	ㄗˋ	190	ㄘˇ	195	ㄙㄞˋ	199		
ㄕˋ	177	ㄕㄨㄚˇ	185	ㄗㄚ	190	ㄘˋ	195	ㄙㄠ	199		
ㄕㄚ	178	ㄕㄨㄛ	185	ㄗㄚˇ	190	ㄘㄚ	195	ㄙㄠˇ	199		

ㄅ

（ㄅ） ㄅㄚ	漢語拼音 （汉语拼音）			印尼文 （印尼文）
八	bā			Delapan
八十	bā	shí		Delapan puluh
八月	bā	yuè		Agustus
八成	bā	chéng		80 %
八卦	bā	guà		Gosip
芭蕉	bā	jiāo		Pisang
芭樂	bā	lè		Jambu klutuk
芭蕾舞	bā	lěi	wǔ	Tari balet
巴結	bā	jié		Menjilat , mengambil hati
巴掌	bā	zhǎng		Telapak tangan
疤痕	bā	hén		Bekas luka , parut luka
ㄅㄚˊ				
拔	bá			Mencabut , menarik
拔除	bá	chú		Mencabut , menghilangkan , melenyapkan
拔草	bá	cǎo		Mencabut rumput
拔河	bá	hé		Lomba tarik tambang
拔牙	bá	yá		Mencabut gigi , cabut gigi
拔釘	bá	dīng		Mencabut paku , cabut paku
ㄅㄚˇ				
把手	bǎ	shǒu		Pegangan , gagang
把持	bǎ	chí		Menguasai , mendominasi
把風	bǎ	fēng		Mengintai
把握	bǎ	wò		Kepastian , jaminan
ㄅㄚˋ				
罷工	bà	gōng		Mogok kerja
罷免	bà	miǎn		Memberhentikan , memecat
罷課	bà	kè		Mogok belajar / sekolah
罷休	bà	xiū		Berhenti , menyerah
霸道	bà	dào		Suka menguasai , sewenang – wenang
霸佔	bà	zhàn		Menguasai dengan kekerasan , mengangkangi
爸爸	bà	ba		Papa , bapak
ㄅㄚ·				
吧	ba			Ayo , mari
ㄅㄛ				
波浪	bō	làng		Ombak , gelombang
波動	bō	dòng		Fluktuasi , naik turun

波及	bō jí	Menjalar , menyebar
波折	bō zhé	Halangan
撥動	bō dòng	Memindahkan
撥開	bō kāi	Menguraikan
撥給	bō gěi	Memberikan
撥款	bō kuǎn	Menyediakan dana , cadangan dana
剝皮	bō pí	Menguliti
剝削	bō xuè	Menghisap , memeras
剝奪	bō duó	Merebut , merampas
剝落	bō luò	Rontok , mengelupas
玻璃	bō lí	Kaca
玻璃杯	bō lí beī	Gelas kaca
玻璃紙	bō lí zhǐ	Kertas kaca
菠菜	bō cài	Bayam
ㄅㄛˊ		
伯父	bó fù	Abang ayah , ua
伯母	bó mǔ	Istri abang ayah , istri ua
伯仲	bó zhòng	Mirip sekali , sama–sama kuat (pertandingan)
脖子	bó zi	Leher
博士	bó shì	Doktor
博學	bó xué	Berpendidikan , terpelajar
博愛	bó ài	Cinta kasih tanpa pandang bulu
博物館	bó wù guǎn	Museum
薄弱	bó ruò	Lemah
薄命	bó mìng	Ditakdirkan bernasib buruk / sial
薄情	bó qíng	Tidak setia
薄利	bó lì	Untung tipis , laba kecil
薄利多銷	bó lì duō xiāo	Untung kecil jual banyak
跛腳	bó jiǎo	Pincang , timpang
搏擊	bó jí	Menyerang dan berkelahi
駁斥	bó chì	Membantah , menyangkal
駁回	bó huí	Menolak , membantah
帛琉	bó liú	Negara Palau
ㄅㄛˋ		
播種	bò zhǒng	Menabur , menyebarkan benih

ㄅㄞˊ		
白色	bái sè	Putih
白天	bái tiān	Siang hari

ㄅ

白水	bái shuǐ	Air putih
白米	bái mǐ	Beras putih
白吃	bái chī	Makan gratis
白飯	bái fàn	Nasi putih
白粥	bái zhōu	Bubur putih
白菜	bái cài	Sawi putih
白糖	bái táng	Gula putih
白蟻	bái yǐ	Semut putih
白眼	bái yǎn	Pandangan menghina
白癡	bái chī	Idiot , dungu , tolol
白目	bái mù	Orang yang lambat mengerti keadaan sekelilingnya
白金	bái jīn	Emas putih
白費力氣	bái fèi lì qì	Membuang – buang tenaga
白蘭地	bái lán dì	Brandy
白費心機	bái fèi xīn jī	Rencana yang sudah dibuat tidak ada gunanya
ㄅㄞ∨		
百	bǎi	Seratus
百萬	bǎi wàn	Juta , miliun
百倍	bǎi bèi	Seratus kali , seratus kali lipat
百物	bǎi wù	Beraneka ragam barang
百性	bǎi xìng	Rakyat biasa , rakyat jelata
百分比	bǎi fēn bǐ	Persentasi
百分之五	bǎi fēn zhī wǔ	5 persen
百公克	bǎi gōng kè	100 gram , 1 ons
百葉窗	bǎi yè chuāng	Tirai terbuat dari plastik
百貨公司	bǎi huò gōng sī	Department Store
百感交集	bǎi gǎn jiāo jí	Perasaan bercampuk aduk
擺盪	bǎi dàng	Goyangan , bergoyang
擺設	bǎi shè	Menghias , hiasan
ㄅㄞ丶		
敗北	bài běi	Kalah dalam perang , menderita kekalahan
敗選	bài xuǎn	Tidak terpilih
敗壞	bài huài	Merusak , meruntuhkan
拜拜	bài bài	Sembahyang
拜年	bài nián	Berkunjung ke rumah saudara/teman waktu tahun baru
拜託	bài tuō	Memohon , minta tolong
ㄅㄟ		

杯子	bēi zi	Gelas , cangkir
卑劣	bēi liè	Hina , keji , rendah
卑視	bēi shì	Memandang rendah
卑微	bēi wéi	Rendah , kecil
悲傷	bēi shāng	Kesedihan , dukacita
悲觀	bēi guān	Pesimis , pesimistis
ㄅㄟˇ		
北部	běi bù	Bagian utara
北極	běi jí	Kutub utara
北方	běi fāng	Utara , bagian utara dari sebuah negara
北上	běi shàng	Pergi ke utara
北回歸線	běi huí guī xiàn	Garis balik utara
ㄅㄟˋ		
背面	bèi miàn	Dibelakang , baliknya , sisi balik
背痛	bèi tòng	Punggung sakit
背景	bèi jǐng	Latar belakang
背棄	bèi qì	Meninggalkan , mengingkari
背叛	bèi pàn	Berkhianat , mengkhianati
背心	bèi xīn	Rompi
貝殼	bèi ké	Kulit kerang
備用	bèi yòng	Cadangan , serep
備份	bèi fèn	Duplikat /cadangan di komputer
備胎	bèi tāi	Ban serep
備註	bèi zhù	Catatan / keterangan tambahan
備案	bèi àn	Memasukkan dalam arsip
備忘錄	bèi wàng lù	Memorandum , memo
臂	bèi	Lengan
被～	bèi～	Di …..
被打	bèi dǎ	Dipukul
被騙	bèi piàn	Ditipu , dibohongi
被迫	bèi pò	Dipaksa , terpaksa
被害	bèi hài	Disakiti
被罰	bèi fá	Didenda
被車撞	bèi chē zhuàng	Ditabrak mobil
被纏住	bèi chán zhù	Dibelit , dilibatkan
被蚊子咬	bèi wén zi yǎo	Digigit nyamuk
～倍	～bèi	…. Kali / lipat
倍數	bèi shù	Melipat gandakan
倍增	bèi zēng	Melipatduakan

11

ㄅ

輩分	bèi fèn	Posisi dalam hirarki keluarga
ㄅㄠ		
包	bāo	Membungkus , bungkusan , buntelan
包裝	bāo zhuāng	Membungkus , mengepak
包子	bāo zi	Bakpau
包括	bāo guā	Termasuk , mengandung
包換	bāo huàn	Dapat diganti
包涵	bāo hán	Memaafkan , memaklumi
包圍	bāo wéi	Dikelilingi
包裹	bāo guǒ	Paket , bingkisan
包心菜	bāo xīn cài	Kol , kubis
包含在內	bāo hán zài nèi	Termasuk di dalam
ㄅㄠˇ		
寶貴	bǎo guì	Berharga
寶石	bǎo shí	Batu permata
寶貝	bǎo bèi	Kesayangan , kekasih
寶寶	bǎo bao	Kesayangan , bayi
寶島	bǎo dǎo	Formosa
保留	bǎo liú	Menyimpan , cadangan
保存	bǎo cún	Menyimpan , memelihara , mempertahankan
保護	bǎo hù	Melindungi , menjaga
保證	bǎo zhèng	Menjamin , memberi garansi
保證書	bǎo zhèng shū	Surat jaminan , garansi
保險	bǎo xiǎn	Asuransi , aman selamat
保守	bǎo shǒu	Memelihara , melindungi , menjaga
保管	bǎo guǎn	Memelihara , menjaga
保養	bǎo yǎng	Memelihara dengan baik
保齡球	bǎo líng qiú	Bowling
保持	bǎo chí	Menjaga , memelihara
保持清潔	bǎo chí qīng jié	Menjaga / memelihara kebersihan
飽	bǎo	Kenyang
ㄅㄠˋ		
報告	bào gào	Laporan , melaporkan
報恩	bào ēn	Membalas budi
報復	bào fù	Membalas dendam , pembalasan
報紙	bào zhǐ	Koran , surat kabar
報名	bào míng	Mendaftarkan diri
報酬	bào chóu	Imbalan , upah , bayaran

報案	bào	àn			Melapor ke polisi
鮑魚	bào	yú			Sejenis siput laut
抱病	bào	bìng			Mengidap penyakit , sedang sakit
抱負	bào	fù			Cita – cita , aspirasi
抱歉	bào	qiàn			Minta maaf , merasa menyesal
抱屈	bào	qū			Merasa diperlakukan tidak adil
抱孩子	bào	hái	zi		Mengendong anak
爆炸	bào	zhà			Meledak , meletus
爆發	bào	fā			Meledak / meletus (gunung , perang)
爆破	bào	pò			Meledakkan , menghancurkan
爆竹	bào	zhú			Petasan , mercon
豹	bào				Macan tutul , macan kumbang
暴力	bào	lì			Kekerasan
暴風雨	bào	fēng	yǔ		Hujan badai
暴露	bào	lù			Menyingkapkan , menelanjangi

ㄅㄢ

班機	bān	jī			Pesawat terbang penumpang
班級	bān	jí			Tingkat / kelas disekolah
班長	bān	zhǎng			Ketua kelas
斑點	bān	diǎn			Bintik , bercak , totol , noda
斑紋	bān	wén			Loreng , belang
斑馬	bān	mǎ			Kuda zebra
斑馬線	bān	mǎ	xiàn		Pedestrian , jalur pejalan kaki
搬動	bān	dòng			Memindahkan
搬家	bān	jiā			Pindah rumah
搬運	bān	yùn			Mengangkut
搬弄是非	bān	nòng	shì	fēi	Menghasut , membuat gunjingan
頒佈	bān	bù			Mengumumkan , mengeluarkan
頒發	bān	fā			Menganugerahi , menghadiahkan
頒獎	bān	jiǎng			Memberikan penghargaan / hadiah

ㄅㄢˇ

版本	bǎn	běn			Cetakan , terbitan , edisi
版權	bǎn	quán			Hak cipta , hak pengarang
版稅	bǎn	shuì			Royalti
板擦	bǎn	cā			Penghapus papan tulis

ㄅㄢˋ

半	bàn				Setengah
半價	bàn	jià			Setengah harga

ㄅ

半夜	bàn	yè		Tengah malam
半島	bàn	dǎo		Semenanjung , jazirah
半熟蛋	bàn	shóu	dàn	Telur setengah matang
半新	bàn	xīn		Setengah baru
伴郎	bàn	láng		Pengampit laki – laki (pernikahan)
伴侶	bàn	lǚ		Pasangan hidup
伴隨	bàn	suí		Menemani , mendampingi
伴奏	bàn	zòu		Mengiringi dengan alat musik
扮演	bàn	yǎn		Berperan
拌匀	bàn	yún		Mengaduk rata
辦法	bàn	fǎ		Cara , jalan
辦理	bàn	lǐ		Mengurus , menangani
辦貨	bàn	huò		Membeli barang
辦公室	bàn	gōng	shì	Kantor
辦公桌	bàn	gōng	zhuō	Meja kantor
絆倒	bàn	dǎo		Tersandung , menjegal

ㄅㄣ

奔跑	bēn	pǎo		Berlari

ㄅㄣˇ

本次	běn	cì		Kali ini
本身	běn	shēn		Diri sendiri
本人	běn	rén		Saya pribadi , diri sendiri
本性	běn	xìng		Watak / tabiat aslinya
本領	běn	lǐng		Kemampuan , kepandaian
本質	běn	zhí		Hakikat , hakiki
本地	běn	dì		Setempat
本行	běn	háng		Keahlian seseorang
本錢	běn	qián		Modal
本息	běn	xí		Modal dan bunganya
本來	běn	lái		Pada mulanya , semula
本月	běn	yuè		Bulan ini
本月份	běn	yuè	fèn	Periode bulan ini
本年度	běn	nián	dù	Periode tahun ini
本學期	běn	xué	qí	Semester ini
本末倒置	běn	mò	dǎo zhì	Mendahulukan hal yang tidak penting dan melupakan hal yang penting

ㄅㄣˋ

笨蛋	bèn	dàn		Bodoh , bebal , tolol

笨重 笨拙 笨手笨腳	bèn zhòng bèn zhuó bèn shǒu bèn jiǎo	Berat Lamban , canggung Lamban dalam melakukan segala sesuatu
ㄅㄤ 幫忙 幫派 幫手 幫助 邦交 邦國 傍晚 ㄅㄤˇ 綁架 綁匪 綁票 綁起來 榜樣 ㄅㄤˋ 棒球 棒子 磅秤	 bāng máng bāng pài bāng shǒu bāng zhù bāng jiāo bāng guó bāng wǎn bǎng jià bǎng fěi bǎng piào bǎng qǐ lái bǎng yàng bàng qiú bàng zi bàng chèng	 Membantu , menolong Geng Penolong , asisten Membantu , menolong Hubungan diplomatik Negara yang mempunyai hubungan diplomatik Petang , sore hari , senja Menculik Penculik Menculik untuk mendapat uang tebusan Diikat Teladan / contoh yang baik Bola kasti , baseball Pentung , gada Timbangan
ㄅㄥ 崩潰 崩塌 崩裂 繃帶 繃著臉 ㄅㄥˋ 蹦蹦跳跳	 bēng kuì bēng tā bēng liè bēng dài bēng zhe liǎn bèng bèng tiào tiào	 Meledak (emosi) , ambruk , runtuh Runtuh , ambruk Hancur , pecah Perban Membalut muka Berjingkrak – jingkrak , berloncatan dengan gembira
ㄅㄧ 逼迫 逼近 逼真 逼不得已 ㄅㄧˊ	 bī pò bī jìn bī zhēn bī bù dé yǐ	 Memaksa , mendesak Mendekati , menghampiri , mendesak Mirip , serupa Tidak ada alternatif lainnya

ㄅ

鼻子	bí zi		Hidung
鼻孔	bí kǒng		Lubang hidung
鼻音	bí yīn		Sengau
鼻水	bí shuǐ		Ingus
鼻屎	bí shǐ		Upil , kotoran hidung
鼻青臉腫	bí qīng liǎn zhǒng		Dipukul babak belur

ㄅㄧˇ

比較	bǐ jiào		Membandingkan
比率	bǐ lǜ		Kurs , perbandingan
比賽	bǐ sài		Pertandingan , perlombaan , kompetisi
比喻	bǐ yù		Perumpamaan , kiasan
比比皆是	bǐ bǐ jiē shì		Dimana – mana ada
筆直	bǐ zhí		Sangat lurus
筆跡	bǐ jī		Tulisan tangan seseorang
筆記簿	bǐ jì bù		Buku catatan , notes

ㄅㄧˋ

必定	bì dìng		Pasti , tentu
必要	bì yào		Perlu
必須	bì xū		Harus , mesti
閉眼	bì yǎn		Tutup mata
閉口	bì kǒu		Tutup mulut
畢業	bì yè		Lulus , tamat
畢竟	bì jìng		Bagaimanapun
畢生	bì shēng		Seumur hidup , sepanjang hidup
畢恭畢敬	bì gōng bì jìng		Menunjukkan rasa hormat yang besar
陛下	bì xià		Baginda , Seri Baginda
閉幕	bì mù		Adengan terakhir
閉目養神	bì mù yǎng shén		Memejamkan mata dan mengumpulkan tenaga
幣值	bì zhí		Nilai mata uang
弊端	bì duān		Perbuatan curang , penyalahgunaan
碧玉	bì yù		Batu giok
壁畫	bì huà		Lukisan dinding
避免	bì miǎn		Menghindari , mencegah
避難	bì nàn		Mencari perlindungan / suaka
避暑	bì shǔ		Pergi berlibur menghindar dari musim panas
避孕	bì yùn		Kontrasepsi , pencegahan kehamilan
斃命	bì mìng		Tewas , mati

ㄅㄧㄝˊ

別的	bié de	Yang lain
別人	bié rén	Orang lain
別離	bié lí	Berpamit , berpisah meninggalkan
別墅	bié shù	Villa
別針	bié zhēn	Bros , peniti
別急	bié jí	Jangan terburu - buru
別生氣	bié shēng qì	Jangan marah
別出心裁	bié chū xīn cái	Lain dari yang lain , berpikir secara lain

ㄅ一ㄠ		
標記	biāo jì	Lambang , tanda , merek
標準	biāo zhǔn	Memenuhi standar / kriteria
標點	biāo diǎn	Tanda baca , membubuhkan tanda baca
標本	biāo běn	Sampel , contoh
標新立異	biāo xīn lì yì	Menciptakan sesuatu yang baru dan lain dari yang lain
ㄅ一ㄠ∨		
表決	biǎo jué	Memungut suara
表示	biǎo shì	Menyatakan , mengutarakan
表演	biǎo yǎn	Memainkan , bermain
表情	biǎo qíng	Perasaan , ekspresi
表面	biǎo miàn	Permukaan , gejala luar
表現	biǎo xiàn	Penampilan
表揚	biǎo yáng	Memuji
表兄弟	biǎo xiōng dì	Saudara laki – laki (dari kakak atau adik perempuan)
錶帶	biǎo dài	Tali jam tangan

ㄅ一ㄢ		
編輯	biān jí	Mengedit , menyunting
編織	biān zhī	Merajut , menganyam
編劇	biān jù	Menulis naskah / skenario
編排	biān pái	Mengatur , menata
鞭打	biān dǎ	Mendera , mencambuk
鞭炮	biān pào	Petasan , mercon
鞭子	biān zi	Cambuk , cemeti
邊界	biān jiè	Perbatasan / garis negara
邊疆	biān jiāng	Tapal batal , daerah perbatasan
邊框	biān kuāng	Bingkai
ㄅ一ㄢ∨		

ㄅ

貶低	biǎn dī	Meremehkan , merendahkan
扁平	biǎn píng	Rata
扁豆	biǎn dòu	Kacang kara
扁桃腺	biǎn táo xiàn	Radang amandel / tonsil

ㄅㄧㄢˋ

變化	biàn huà	Berubah , perubahan
變成	biàn chéng	Berubah menjadi
變換	biàn huàn	Mengubah , mengganti
變現	biàn xiàn	Perubahan , pergantian
便秘	biàn mì	Sukar buang air besar , sembelit
便當	biàn dāng	Nasi bungkus
辨別	biàn bié	Membedakan
辨認	biàn rèn	Mengenali , mengidentifikasi
辮子	biàn zi	Kepang , kucir
辯解	biàn jiě	Berusaha membela diri , memberi penjelasan
辯論	biàn lùn	Berdebat
辯護	biàn hù	Berdebat untuk membela diri

ㄅㄧㄣ

賓館	bīn guǎn	Pondok , wisma tamu
濱海	bīn hǎi	Tepi laut

ㄅㄧㄥ

冰箱	bīng xiāng	Kulkas
冰塊	bīng kuài	Es batu
冰棒	bīng bàng	Es loli
冰凍	bīng dòng	Beku
冰清玉潔	bīng qīng yù jié	Bersih dan suci
兵法	bīng fǎ	Strategi militer / perang
兵器	bīng qì	Senjata / persenjataan
兵荒馬亂	bīng huāng mǎ luàn	Pergolakan dan kekacauan dalam perang

ㄅㄧㄥˇ

秉持	bǐng chí	Genggaman
秉公處理	bǐng gōng chù lǐ	Mengurus persoalan dengan tidak memihak
餅乾	bǐng gān	Biskuit
丙	bǐng	Ketiga

ㄅㄧㄥˋ

並且	bìng qiě	Dan , lagi pula
並列	bìng liè	Berdiri sejajar / berdampingan

並排	bìng	pái	Sejajar , berdampingan
並重	bìng	zhòng	Sama - sama penting / diperhatikan
並駕齊驅	bìng	jià qí qū	Maju bahu membahu
併發	bìng	fā	Timbul serentak
併吞	bìng	tūn	Mencaplok
併攏	bìng	lǒng	Menghimpun , mengumpulkan
病情	bìng	qíng	Keadaan penyakit
病痛	bìng	tòng	Sakit
病人	bìng	rén	Orang sakit , pasien
病假	bìng	jià	Cuti sakit
病癒	bìng	yù	Sembuh
病菌	bìng	jùn	Kuman , bakteri

ㄅㄨˊ			
不是	bú	shì	Bukan , tidak
不對	bú	duì	Tidak benar , salah
不會	bú	huì	Tidak dapat , tidak bisa
不認識	bú	rèn shì	Tidak kenal
不必掛心	bú	bì guà xīn	Tidak perlu khawatir , tenang saja
不要	bú	yào	Tidak ingin , tidak mau
不必	bú	bì	Tidak perlu
不要現在	bú	yào xiàn zài	Jangan sekarang
不像話	bú	xiàng huà	Tidak pantas , keterlaluan
不幸	bú	xìng	Tidak beruntung , kemalangan
不二價	bú	èr jià	Harga tidak dapat ditawar
不動產	bú	dòng chǎn	Real estate
不鏽鋼	bú	xiù gāng	Baja anti karat
ㄅㄨˇ			
捕手	bǔ	shǒu	Penangkap bola
捕捉	bǔ	zhuō	Menangkap
哺乳	bǔ	rǔ	Menyusui
補習	bǔ	xí	Les privat
補給	bǔ	jǐ	Menyediakan
補充	bǔ	chōng	Melengkapi , menambah
補貼	bǔ	tiē	Subsidi , tunjangan
補助	bǔ	zhù	Subsidi , tunjangan
補足	bǔ	zú	Melengkapi
補償	bǔ	cháng	Mengganti kerugian
補衣	bǔ	yī	Menambal baju

ㄅ

補胎	bǔ tāi	Menambal ban
補鞋	bǔ xié	Menambal sepatu
捕魚	bǔ yú	Menangkap ikan
ㄅㄨˋ		
不	bù	Tidak , nggak
不安	bù ān	Tidak aman , tidak tenang
不可	bù kě	Tidak boleh
不行	bù xíng	Tidak boleh , tidak diizinkan
不知道	bù zhī dào	Tidak tahu , nggak tahu
不關心	bù guān xīn	Tidak memperhatikan
不喜歡	bù xǐ huān	Tidak suka
不理	bù lǐ	Tidak perduli
不承認	bù chéng rèn	Tidak mengaku
不敢	bù gǎn	Tidak berani
不曾	bù céng	Tidak pernah
不管	bù guǎn	Tidak perduli
不然	bù rán	Jika tidak
不能用	bù néng yòng	Tidak dapat digunakan
不一定	bù yí dìng	Tidak pasti
不久	bù jiǔ	Tidak lama lagi
不早	bù zǎo	Siang hari
不給	bù gěi	Tidak memberikan
不同	bù tóng	Tidak sama
不舒服	bù shū fú	Tidak nyaman
不可抗力	bù kě kàng lì	Takdir Allah
不名譽	bù míng yù	Menpunyai nama yang buruk
不景氣	bù jǐng qì	Resesi ekonomi
不了了之	bù liǎo liǎo zhī	Tidak menyelesaikan pekerjaan
布料	bù liào	Bahan kain
布鞋	bù xié	Sepatu kain
布丁	bù dīng	Puding
佈置	bù zhì	Persiapan , rencana
佈施	bù shī	Sumbangan , sedekah
佈局	bù jú	Susunan , rancangan
佈告欄	bù gào lán	Papan pengumuman
部份	bù fèn	Bagian , seksi
部門	bù mén	Departemen , instansi
部長	bù zhǎng	Kepala departemen , menteri
簿子	bù zi	Buku catatan , notes

步道	bù dào		Jalan setapak
步調	bù diào		Langkah , irama
步行	bù xíng		Berjalan kaki
步步爲營	bù bù wéi yíng		Mempertimbangkan dengan hati – hati sebelum bertindak
（夊） 夊Ｙ			
趴下	pā xià		Tiarap , menelungkup
夊Ｙˊ			
爬山	pá shān		Naik gunung
扒手	pá shǒu		Pencopet
夊Ｙˋ			
怕怕	pà pà		Takut - takut
怕羞	pà xiū		Malu – malu , tersipu
怕生	pà shēng		Takut sama orang yang tidak dikenal
怕人	pà rén		Takut orang
夊ㄛ			
坡道	pō dào		Jalan yang melandai
坡地	pō dì		Lereng bukit , lereng gunung
坡度	pō dù		Derajat lereng / tanjakan
潑辣	pō là		Kasar dan keterlaluan
潑水	pō shuǐ		Menyiram air
潑冷水(不給面子)	pō lěng shuǐ (bù gěi miàn zi)		Mengendurkan semangat , tidak memberikan rasa hormat
夊ㄛˊ			
婆家	pó jiā		Keluarga dari suami , famili suami
婆婆	pó po		Ibu mertua dari suami
婆媳	pó xí		Hubungan mertua perempuan dan menantu perempuan
夊ㄛˇ			
頗大	pǒ dà		Sangat besar
頗多	pǒ duō		Sangat banyak
夊ㄛˋ			
迫降	pò jiàng		Mendarat darurat
迫害	pò hài		Menganiaya , persekusi
迫切	pò qiè		Mendesak , urgen
迫使	pò shǐ		Memaksa
迫不及待	pò bù jí dài		Tidak sabar menunggu
破壞	pò huài		Merusak , menghancurkan

夂

破損	pò sǔn	Rusak , robek
破洞	pò dòng	Rusak sampai berlubang
破裂	pò liè	Retak , rekah
破例	pò lì	Melanggar peraturan , mengadakan kekecualian
破產	pò chǎn	Bangkrut , gulung tikar
破滅	pò miè	Pecah , hilang lenyap
破記錄	pò jì lù	Memecahkan rekor
破鏡重圓	pò jìng chóng yuán	Suami istri yang berpisah lalu bersatu kembali , rujuk
魄力	pò lì	Berani dan tegas

ㄆㄞ

拍打	pāi dǎ	Memukul atau menepuk pelan
拍攝	pāi shè	Syuting film , memotret
拍手	pāi shǒu	Bertepuk tangan
拍電影	pāi diàn yǐng	Syuting film

ㄆㄞˊ

排列	pái liè	Mengatur , menata
排隊	pái duì	Antri , mengantri
排球	pái qiú	Bola voli
排出	pái chū	Mengeluarkan (cairan)
排水	pái shuǐ	Menguras , membuang air
排泄物	pái xiè wù	Tahi , tinja
排氣管	pái qì guǎn	Pipa pembuang gas
排山倒海	pái shān dǎo hǎi	Kekuatan yang dahsyat
徘徊	pái huái	Berjalan mondar – mandir
牌照	pái zhào	Pelat izin , tanda izin
牌子	pái zi	Pelat , merek dagang

ㄆㄞˋ

派遣	pài qiǎn	Mengirim , mengutus
派別	pài bié	Fraksi , golongan
派系	pài xì	Fraksi , golongan

ㄆㄟˊ

陪伴	péi bàn	Menemani , mendampingi
陪同	péi tóng	Menyertai , menemani
陪我	péi wǒ	Menemani saya
陪審團	péi shěn tuán	Dewan juri
培育	péi yù	Memelihara , mengembangbiakkan

培訓	péi	xùn			Melatih , mendidik
培養	péi	yǎng			Mendidik , mengasuh , membina
賠本	péi	běn			Menderita rugi dalam usaha , tidak pulang pokok
賠償	péi	cháng			Mengganti rugi
賠錢	péi	qián			Rugi uang , tekor
賠罪	péi	zuì			Minta maaf , minta ampun

ㄆㄟˋ

配給	pèi	jǐ			Membagikan , menjatahkan
配偶	pèi	ǒu			Pasangan hidup , teman hidup
配合	pèi	hé			Bekerja sama
配藥	pèi	yào			Meracik obat , membuat resep obat
配角	pèi	jiǎo			Peran pembantu
配備	pèi	bèi			Menyediakan , melengkapi
佩服	pèi	fú			Mengagumi , memuji

ㄆㄠ

拋棄	pāo	qì			Membuang , mencampakkan
拋出	pāo	chū			Membuang
拋售	pāo	shòu			Menjual barang – barang secara besar – besaran
拋頭露面	pāo	tóu	lòu	miàn	Menampakkan diri dimuka umum

ㄆㄠˇ

跑步	pǎo	bù			Lari , berlari
跑腿	pǎo	tuǐ			Menjadi pesuruh
跑車	pǎo	chē			Mobil balap
跑道	pǎo	dào			Landasan terbang , lintasan (olahraga)

ㄆㄠˋ

泡菜	pào	cài			Asinan , acar
泡水	pào	shuǐ			Merendam diair
泡茶	pào	chá			Menyeduh teh
泡麵	pào	miàn			Mie instant
泡湯(泡溫泉的意思)	pào tāng (pào wēn quán de yì sī)				Sauna , SPA
泡湯(很可惜的意思)	pào tāng (hěn kě xí de yì sī)				Sia – sia
砲彈	pào	dàn			Peluru meriam
砲火	pào	huǒ			Tembakan meriam , tembakan artileri

ㄆㄢ

攀登	pān	dēng			Mendaki , memanjat

23

ㄆ

ㄆㄢˊ			
盤點	pán	diǎn	Mengadakan inventarisasi , membuat daftar barang
盤算	pán	suàn	Memperhitungkan , menaksir
盤子	pán	zi	Piring
ㄆㄢˋ			
判決	pàn	jué	Menjatuhkan keputusan / vonis
判斷	pàn	duàn	Memutuskan , menetapkan
判刑	pàn	xíng	Menghukum , memvonis
判若兩人	pàn	ruò liǎng rén	Menjadi orang yang sama sekali lain
叛變	pàn	biàn	Mengkhianati , memberontak
叛亂	pàn	luàn	Pemberontakan , huru hara , pengacauan
叛徒	pàn	tú	Pengkhianat , pembelot
盼望	pàn	wàng	Mengharapkan , menginginkan

ㄆㄣ			
噴嚏	pēn	tì	Bersin
噴飯	pēn	fàn	Muncrat nasi
噴泉	pēn	quán	Air mancur
噴水	pēn	shuǐ	Muncrat air
噴水池	pēn	shuǐ chí	Air mancur
ㄆㄣˊ			
盆景	pén	jǐng	Tanaman bonsai
盆子	pén	zi	Baskom
盆地	pén	dì	Baskom

ㄆㄤˊ			
旁邊	páng	biān	Disamping
旁聽	páng	tīng	Mengikuti pelajaran / pertemuan sebagai pendengar
螃蟹	páng	xiè	Kepiting , ketam
龐大	páng	dà	Sangat besar
ㄆㄤˋ			
胖	pàng		Gemuk , tambun
胖子	pàng	zi	Si gemuk , orang gemuk

ㄆㄥ			
烹飪	pēng	rèn	Masak - memasak
ㄆㄥˊ			
朋友	péng	yǒu	Teman , sahabat , kawan

24

膨脹	péng	zhàng			Mengembang , memuai
棚子	péng	zi			Tenda
鵬程萬里	péng	chéng	wàn	lǐ	Mempunyai hari depan yang gemilang

ㄆㄥˇ

捧場	pěng	chǎng	Menyoraki , menyanjung – nyanjungkan
捧著	pěng	zhe	Memegang dengan kedua belah tangan
捧住	pěng	zhù	Memegang erat – erat dengan kedua belah tangan

ㄆㄥˋ

碰面	pèng	miàn		Bertemu , berjumpa
碰巧	pèng	qiǎo		Kebetulan , bertepatan
碰撞	pèng	zhuàng		Menabrak , menubruk
碰釘子	pèng	dīng	zi	Ditolak mentah – mentah
碰碰車(遊樂器)	pèng	pèng	chē	Bom – bom car
	(yóu	lè	qì)	

ㄆㄧ

批准	pī	zhǔn		Mengesahkan , mengizinkan
批改	pī	gǎi		Mengoreksi
批評	pī	píng		Mencela , mengkritik
批發	pī	fā		Grosir , partai besar
批發價	pī	fā	jià	Harga grosir
披風	pī	fēng		Mantel , jubah

ㄆㄧˊ

皮	pí			Kulit
皮膚	pí	fū		Kulit
皮包	pí	bāo		Tas kulit , tas tangan
皮帶	pí	dài		Ikat pinggang kulit , sabuk kulit
疲倦	pí	juàn		Lelah , letih , penat , capek
疲於奔命	pí	yú	bēn	mìng	Capai sekali karena terlalu banyak mondar – mandir
啤酒	pí	jiǔ		Bir
脾氣	pí	qì		Temperamen , perangai , tabiat

ㄆㄧˋ

屁話	pì	huà	Bualan , omong kosong , nonsen
屁股	pì	gǔ	Pantat , bokong
譬如	pì	rú	Contohnya , misalnya , umpamanya

ㄆㄧㄠ

漂浮	piāo	fú	Hanyut , mengambang

ㄆ

飄盪	piāo	dàng	Berkibar , terombang – ambing
ㄆ一ㄠˇ			
漂白	piāo	bái	Memutihkan , mengelantang
ㄆ一ㄠˋ			
票	piào		Karcis , tiket
票價	piào	jià	Harga karcis , ongkos masuk
票房	piào	fáng	Tempat pemesanan/penjualan karcis
票選	piào	xuǎn	Pemilihan dengan pemungutan suara
漂亮	piào	liàng	Cantik , molek , bagus

ㄆ一ㄢ			
偏差	piān	chā	Penyimpangan , deviasi
偏心	piān	xīn	Pilih kasih , condong hatinya kepada
偏見	piān	jiàn	Prasangka , pra anggapan
偏偏	piān	piān	Ngotot , kebetulan
篇幅	piān	fú	Panjangnya (suatu karangan)
ㄆ一ㄢˊ			
便宜	pián	yí	Murah , tidak mahal
ㄆ一ㄢˋ			
騙人	piàn	rén	Menipu , mengecoh
騙子	piàn	zi	Penipu , pengecoh
騙局	piàn	jú	Penipuan , helat

ㄆ一ㄣ			
拼命	pīn	mìng	Berusaha dengan sekuat tenaga
拼湊	pīn	còu	Menyambung – nyambung
拼盤	pīn	pán	Sebaki aneka ragam makanan dingin
拼音	pīn	yīn	Melafalkan , mengeja
拼死拼活	pīn	sǐ pīn huó	Berusaha mati – matian
ㄆ一ㄣˊ			
頻道	pín	dào	Channel , saluran TV
頻繁	pín	fán	Sering kali , acap kali , kerap kali
頻率	pín	lù	Frekuensi
貧民	pín	mín	Rakyat miskin , fakir miskin
貧窮	pín	qióng	Miskin , melarat
貧血	pín	xiě	Kurang darah , anemia
ㄆ一ㄣˇ			
品種	pǐn	zhǒng	Jenis , macam , ragam
品行	pǐn	xìng	Kelakuan , tingkah laku

品質	pǐn	zhí		Kualitas , mutu
品嚐	pǐn	cháng		Mencicipi , mengecap
品頭論足	pǐn	tóu	lùn zú	Mengkritik secara berlebih – lebihan
ㄆㄧㄣˋ				
聘金	pìn	jīn		Mas kawin
聘禮	pìn	lǐ		Mas kawin
聘請	pìn	qǐng		Mengundang , mempekerjakan
聘用	pìn	yòng		Mempekerjakan

ㄆㄧㄥ				
乒乓球	pīng	pāng	qiú	Tenis meja , pingpong
ㄆㄧㄥˊ				
平平	píng	píng		Biasa saja , sedang – sedang
平常	píng	cháng		Biasanya , umumnya
平心靜氣	píng	xīn	jìng qì	Dengan sabar , dengan berkepala dingin
平淡	píng	dàn		Tawar , hambar
平安	píng	ān		Damai , aman , selamat
平坦	píng	tǎn		Datar , rata
平民	píng	mín		Rakyat biasa , rakyat jelata
平均	píng	jūn		Rata – rata
平手	píng	shǒu		Tidak menang tidak kalah , seri
平行	píng	xíng		Sejajar , setara , setingkat
平面	píng	miàn		Bidang datar (matematika)
平方公尺	píng	fāng	gōng chǐ	Meter persegi
平易近人	píng	yì	jìn rén	Mudah bergaul
蘋果	píng	guǒ		Apel
瓶子	píng	zi		Botol
瓶頸	píng	jǐng		Leher botol
瓶塞	píng	sāi		Botol tersumbat
評斷	píng	duàn		Memutuskan , menetapkan
評估	píng	gū		Menaksir , menilai
評理	píng	lǐ		Memutuskan yang benar dan yang salah
評論	píng	lùn		Mengomentari , membahas , mengulas
評價	píng	jià		Menilai
萍水相逢	píng	shuǐ	xiāng féng	Pertemuan secara kebetulan orang – orang yang tak saling kenal
憑證	píng	zhèng		Sertifikat , akte

ㄆㄨ				

撲打	pū dǎ			Memukul , menepuk
鋪陳	pū chén			Menguraikan secara terperinci , menjabarkan
ㄆㄨˊ				
菩薩	pú sà			Buddha
菩薩心腸	pú sà xīn cháng			Baik hati seperti Buddha
葡萄	pú táo			Anggur
葡萄糖	pú táo táng			Glukosa , gula anggur
僕人	pú rén			Pembantu , jongos
樸實	pú shí			Sederhana , bersahaja
樸素	pú sù			Sederhana
ㄆㄨˇ				
普通	pǔ tōng			Biasa , umum
普遍	pǔ piàn			Sesuatu yang biasa , umum
普及	pǔ jí			Mempopulerkan , meluaskan
普查	pǔ chá			Pemeriksaan / penyelidikan secara umum
普天同慶	pǔ tiān tóng qìng			Seluruh dunia / negeri bersama – sama merayakan
譜曲	pǔ qǔ			Mengarang lagu
ㄆㄨˋ				
曝光	pù guāng			Diketahui , terbuka , pencahayaan (fotografi)
曝露	pù lù			Diketahui ,terbuka
瀑布	pù bù			Air terjun

（ㄇ）			
ㄇㄚ			
媽媽	mā ma		Mama , ibu
媽祖	mā zǔ		Dewi Ma Zu
ㄇㄚˊ			
麻布	má bù		Lap , kain linen
麻袋	má dài		Karung goni
麻油	má yóu		Minyak wijen
麻雀	má què		Burung gereja
麻煩	má fán		Merepotkan , menyulitkan
麻疹	má zhěn		Penyakit campak / tampak
麻藥	má yào		Obat pemati rasa , anestetis
麻木	má mù		Mati rasa , apatis , tidak perduli
ㄇㄚˇ			
馬	mǎ		Kuda
馬路	mǎ lù		Jalan
馬力	mǎ lì		Tenaga kuda

ㄇ

馬桶	mǎ	tǒng			Kakus duduk
馬上好	mǎ	shàng	hǎo		Sebentar selesai
馬上去	mǎ	shàng	qù		Sebentar akan pergi
馬賽克	mǎ	sài	kè		Mosaik (arsitektur)
馬來西亞	mǎ	lái	xī	yǎ	Negara Malaysia
馬馬虎虎	mǎ	mǎ	hū	hū	Sembarangan , tidak begitu baik
碼頭	mǎ	tóu			Dermaga
螞蟻	mǎ	yǐ			Semut
ㄇㄚˋ					
罵人	mà	rén			Mengomeli / memaki orang
ㄇㄚ˙					
嗎？	ma ?				Apa ?

ㄇㄛ				
摸索	mō	suǒ		Meraba – raba , cari tahu
摸黑	mō	hēi		Meraba – raba dalam kegelapan
ㄇㄛˊ				
模糊	mó	hú		Kabur , remang – remang , suram
模型	mó	xíng		Model , contoh
模仿	mó	fǎng		Meniru , mencontoh
模樣	mó	yàng		Penampilan seseorang
磨損	mó	sǔn		Aus
摩擦	mó	cā		Pergesekan , bentrokan
摩登	mó	dēng		Modern , muktahir
摩托車	mó	tuō	chē	Sepeda motor
摩拳擦掌	mó	quán	cā	zhǎng	Siap untuk bertempur
膜拜	mó	bài		Berlutut menyembah
磨練	mó	liàn		Melatih , menempa diri
魔法	mó	fǎ		Ilmu sihir , ilmu gaib
魔術	mó	shù		Sulap
魔鬼	mó	guǐ		Setan
ㄇㄛˇ				
抹布	mǒ	bù		Lap
抹除	mǒ	chú		Menghilangkan
抹黑	mǒ	hēi		Mendiskreditkan , menjelekkan nama baik orang
ㄇㄛˋ				
末梢	mò	shāo		Ujung , pucuk
末世	mò	shì		Tahap terakhir dari suatu zaman / dinasti
茉莉花	mò	lì	huā	Bunga melati

沒收	mò	shōu		Menyita
沒落	mò	luò		Merosot , menyusut
墨汁	mò	zhī		Tinta
墨魚	mò	yú		Cumi – cumi , sotong
墨鏡	mò	jìng		Kacamata hitam
默契	mò	qì		Tahu sama tahu , persepakatan diam – diam
默寫	mò	xiě		Menulis menurut ingatan
默默無聞	mò	mò	wú	wén	Tidak diketahui umum / publik
陌生	mò	shēng		Asing , tidak dikenal
陌生人	mò	shēng	rén	Orang asing , orang yang tidak dikenal
莫非	mò	fēi		Mungkinkah , bukankah
漠視	mò	shì		Mengabaikan , melupakan
漠不關心	mò	bù	guān	xīn	Acuh tak acuh , bersikap masa bodoh

ㄇ

ㄇㄞˊ

埋沒	mái	mò	Mengubur , memendam
埋怨	mái	yuàn	Mengeluh , berkeluh kesah
埋伏	mái	fú	Menghadang , mengendap
埋葬	mái	zàng	Mengubur , mengebumikan

ㄇㄞˇ

買	mǎi		Membeli
買賣	mǎi	mài	Jual beli , dagang , transaksi
買票	mǎi	piào	Beli karcis
買主	mǎi	zhǔ	Pembeli , langganan
買方	mǎi	fāng	Pihak pembeli
買通	mǎi	tōng	Memberi suap , menyogok
買春	mǎi	chūn	Menjual diri
買東西	mǎi	dōng xī	Membeli barang
買不起	mǎi	bù qǐ	Tidak dapat membeli karena terlalu mahal
買禮物	mǎi	lǐ wù	Membeli hadiah

ㄇㄞˋ

麥片	mài	piàn	Bubur gandum , havermot
麥芽	mài	yá	Maltosa
麥克風	mài	kè fēng	Mikrofon
賣命	mài	mìng	Bekerja mati – matian
賣力	mài	lì	Berusaha sekuat tenaga
賣弄	mài	nòng	Memamerkan , menyombongkan
賣東西	mài	dōng xī	Menjual barang
邁進	mài	jìn	Berderap maju , maju dengan langkah besar

邁向	mài	xiàng			Menuju
邁步	mài	bù			Melangkah
脈搏	mài	bó			Denyut nadi

ㄇㄟˊ

煤油	méi	yóu			Minyak tanah
沒有	méi	yǒu			Tidak , tidak ada
沒有人	méi	yǒu	rén		Tidak ada orang
沒有什麼	méi	yǒu	shé	me	Tidak apa – apa
沒有了	méi	yǒu	le		Tidak ada
沒有去	méi	yǒu	qù		Tidak pergi
沒有去過	méi	yǒu	qù	guò	Tidak pernah pergi
沒有關係	méi	yǒu	guān	xì	Tidak ada hubungan
沒有關連	méi	yǒu	guān	lián	Tidak ada hubungannya
沒有意思	méi	yǒu	yì	si	Tidak ada artinya
沒有辦法	méi	yǒu	bàn	fǎ	Tidak ada cara lain
沒有用	méi	yǒu	yòng		Tidak berguna
沒有那回事	méi	yǒu	nà	huí	shì Tidak ada hal seperti itu
沒趣	méi	qù			Merasa dikucilkan , merasa terhina
梅毒	méi	dú			Penyakit kelamin sipilis
玫瑰	méi	guī			Mawar
玫瑰紅(酒)	méi	guī	hóng (jiǔ)		Anggur mawar merah (anggur)
眉毛	méi	máo			Alis mata
眉頭	méi	tóu			Dahi , kening
眉開眼笑	méi	kāi	yǎn	xiào	Tersenyum – senyum , gembira berseri – seri
梅子	méi	zi			Buah mei , abrikos jepang
梅花	méi	huā			Bunga mei
梅雨	méi	yǔ			Hujan yang tak henti hentinya diakhir musim semi & diawal musim panas
霉(潮濕)	méi	(cháo shī)			Jamur , cendawan , lapuk (lembap)
霉菌	méi	jùn			Jamur
媒人	méi	rén			Mak comblang
媒介	méi	jiè			Media , perantara
媒體	méi	tǐ			Media massa
煤氣	méi	qì			Gas batu bara
煤礦	méi	kuàng			Tambang batu bara

ㄇㄟˇ

美麗	měi	lì			Cantik
美女	měi	nǚ			Wanita cantik

美好	měi	hǎo		Indah , bagus , gembira
美味	měi	wèi		Enak , lezat
美金	měi	jīn		Uang dolar Amerika
美國	měi	guó		Amerika Serikat
每人	měi	rén		Setiap orang
每個	měi	ge		Setiap
每次	měi	cì		Setiap kali
每日	měi	rì		Setiap hari
每晚	měi	wǎn		Setiap malam
每月	měi	yuè		Setiap bulan
每年	měi	nián		Setiap tahun
每星期	měi	xīng	qí	Setiap minggu
每小時	měi	xiǎo	shí	Setiap jam
每隔一天	měi	gé yì	tiān	Setiap 2 hari sekali
每況愈下	měi	kuàng	yù xià	Semakin memburuk
ㄇㄟˋ				
妹妹	mèi	mei		Adik perempuan
妹夫	mèi	fū		Suami adik perempuan
妹婿	mèi	xù		Suami adik perempuan
魅力	mèi	lì		Daya tarik

ㄇㄠ				
貓咪	māo	mī		Kucing
貓熊	māo	xióng		Panda
ㄇㄠˊ				
毛髮	máo	fǎ		Rambut
毛巾	máo	jīn		Handuk
毛衣	máo	yī		Sweater , baju wol
毛毯	máo	tǎn		Selimut wol
毛病	máo	bìng		Kerusakan , kekurangan
茅廁	máo	cè		WC , jamban , kakus
茅房	máo	fáng		WC , jamban , kakus
ㄇㄠˋ				
茂盛	mào	chèng		Lebat , rimbun , subur
冒火	mào	huǒ		Naik darah , naik pitam , panas hati
冒充	mào	chōng		Menyamar , memalsu , berpura - pura
冒險	mào	xiǎn		Mengambil resiko
冒牌	mào	pái		Tiruan , imitasi , palsu
冒名頂替	mào	míng	dǐng tì	Menempati jabatan orang lain dgn mencatut

ㄇ

			namanya
貿易	mào yì		Perdagangan , bisnis
貿易中心	mào yì zhōng xīn		Pusat perdagangan , pusat bisnis
帽子	mào zi		Topi
貌美	mào měi		Berperawakan cantik , rupawan

ㄇㄢˊ			
鰻魚	mán yú		Ikan lindung , belut
蠻橫	mán hèng		Sewenang – wenang
蠻不講理	mán bù jiǎng lǐ		Kurang ajar dan sewenang – wenang
ㄇㄢˇ			
滿分	mǎn fēn		Nilai penuh , angka penuh
滿足	mǎn zú		Puas , senang
滿意	mǎn yì		Puas , senang
滿潮	mǎn cháo		Dinasti Man
ㄇㄢˋ			
曼谷	màn gǔ		Bangkok
曼妙	màn miào		Lemah gemulai
蔓延	màn yán		Menyebar , merambat , meluas
慢跑	màn pǎo		Lari santai , jogging
慢走	màn zǒu		Hati – hati di jalan , selamat jalan
慢慢來	màn màn lái		Pelan – pelan , jangan buru – buru
慢性病	màn xìng bìng		Penyakit menahun / kronis
慢性子	màn xìng zi		Temperamen sabar dan tenang
漫長	màn cháng		Sangat panjang , tak habis - habisnya
漫畫	màn huà		Komik , kartun
漫不經心	màn bù jīng xīn		Tak perduli , masa bodoh , acuh tak acuh

ㄇㄣ			
悶氣	mēn qì		Pengap , sesak
悶熱	mēn rè		Panas dan pengap
悶悶不樂	mēn mēn bú lè		Tidak gembira , murung
ㄇㄣˊ			
門	mén		Pintu
門口	mén kǒu		Didepan pintu
門票	mén piào		Tiket masuk , karcis masuk
門診	mén zhěn		Pengobatan klinik
門外	mén wài		Diluar pintu
門外漢	mén wài hàn		Orang awam , bukan ahli

ㄇ

ㄇㄤˊ		
忙碌	máng lù	Sibuk , repot
忙亂	máng luàn	Terburu – buru dan kacau balau
忙線中	máng xiàn zhōng	Sedang sibuk / repot
盲目	máng mù	Membuta
盲人	máng rén	Orang buta , tuna netra
盲點	máng diǎn	Bercak hitam , skotoma
盲腸	máng cháng	Usus buntu
盲腸炎	máng cháng yán	Radang usus buntu
芒果	máng guǒ	Mangga
茫然	máng rán	Bingung , tidak tahu apa – apa
ㄇㄥˊ		
萌生	méng shēng	Pembenihan
萌芽	méng yá	Bertunas , berkecambah , tahap permulaan
蒙蔽	méng bì	Mengecoh , mengelabui mata
朦朧	méng lóng	Remang – remang , tidak terang
濛霧	méng wù	Kabur karena kabut
盟國	méng guó	Negara sekutu , sekutu
盟約	méng yuē	Perjanjian dalam bersekutu
ㄇㄥˇ		
猛男	měng nán	Pria berotot dan gagah perkasa
猛攻	měng gōng	Serangan ganas / dahsyat
猛烈	měng liè	Dahsyat , ganas , sengit
ㄇㄥˋ		
夢	mèng	Mimpi , impian
夢話	mèng huà	Igauan
夢遊	mèng yóu	Berjalan – jalan pada waktu tidur
夢想	mèng xiǎng	Impian , berkhayal
ㄇㄧ		
瞇著	mī zhe	Menyipitkan mata
瞇瞇眼	mī mī yǎn	Menyipitkan mata , mata sipit
ㄇㄧˊ		
迷失	mí shī	Tersesat , kesasar
迷路	mí lù	Tersesat , kesasar
迷戀	mí liàn	Tergila – gila
迷信	mí xìn	Takhayul

迷糊	mí	hú			Linglung
彌補	mí	bǔ			Memperbaiki kesalahan
彌漫	mí	màn			Menyebar ke segala arah
謎語	mí	yǔ			Teka-teki
謎題	mí	tí			Pertanyaan teka-teki
ㄇㄧˇ					
米飯	mǐ	fàn			Nasi
米粉	mǐ	fěn			Bihun
米蟲	mǐ	chóng			Ulat beras
米酒	mǐ	jiǔ			Arak beras
ㄇㄧˋ					
密切	mì	qiè			Dekat , erat , akrab , karib
秘密	mì	mì			Rahasia
秘書	mì	shū			Sekretaris
秘訣	mì	jué			Rahasia / kunci keberhasilan
密封	mì	fēng			Menyegel , menjadikan kedap suara
密集	mì	jí			Terus menerus , gencar
密密麻麻	mì	mì	má	má	Padat dan banyak (tulisan dsb)
覓食	mì	shí			Mencari makan
蜜月	mì	yuè			Bulan madu
蜜蜂	mì	fēng			Lebah , tawon
泌尿科	mì	niào	kē		Bagian penyakit saluran kemih

ㄇㄧㄠˊ				Langsing , ramping , semampai
苗條	miáo	tiáo		Langsing , ramping , semampai
描寫	miáo	xiě		Menggambarkan , melukiskan
描繪	miáo	huì		Memberi gambaran tentang , melukiskan
描述	miáo	shù		Menjabarkan , menerangkan
瞄準	miáo	zhǔn		Membidik
ㄇㄧㄠˇ				
秒	miǎo			Detik
秒針	miǎo	zhēn		Jarum detik
渺茫	miǎo	máng		Jauh dan tak jelas , samar – samar
藐小	miǎo	xiǎo		Kecil sekali , tidak berarti
ㄇㄧㄠˋ				
廟	miào			Kuil , kelenteng
妙計	miào	jì		Rencana yang sangat baik , siasat ulung
妙齡	miào	líng		Usia muda belia

ㄇ

ㄇㄧㄢˊ			
棉質	mián	zhí	Bahan katun
棉花	mián	huā	Kapas
棉布	mián	bù	Kain katun
棉被	mián	bèi	Selimut
綿羊	mián	yáng	Domba , biri - biri
綿綿不絕	mián mián bù jué		Terus menerus , tiada hentinya
ㄇㄧㄢˇ			
免費	miǎn	fèi	Gratis , cuma – Cuma
免談	miǎn	tán	Tidak usah dibicarakan
免除	miǎn	chú	Mencegah , menghindari , membebaskan dari
勉勵	miǎn	lì	Mendorong , memberi semangat
勉強	miǎn	qiáng	Dengan terpaksa , memaksa diri
緬甸	miǎn	diàn	Negara Myanmar
ㄇㄧㄢˋ			
面子	miàn	zi	Memberi muka
面對	miàn	duì	Menghadapi , berhadapan dengan
面談	miàn	tán	Membicarakan sesuatu dengan berhadapan muka
面積	miàn	jī	Luas daerah , luas areal
面無表情	miàn wú biǎo qíng		Air muka tidak ada reaksi apapun
麵包	miàn	bāo	Roti
麵粉	miàn	fěn	Tepung terigu , tepung gandum
麵條	miàn	tiáo	Mi , bakmi

ㄇㄧㄣˊ			
民俗	mín	sú	Adat istiadat rakyat
民心	mín	xīn	Suara hati rakyat
民族	mín	zú	Bangsa , kebangsaan
民眾	mín	zhòng	Masyarakat , khayalak
民法	mín	fǎ	Hukum perdata , hukum sipil
民主	mín	zhǔ	Demokrasi
民謠	mín	yáo	Balada rakyat
民意代表	mín yì dài biǎo		Perwakilan pendapat rakyat
民不聊生	mín bù liáo shēng		Rakyat hidup sangat sengsara

ㄇㄧㄥˊ			
名字	míng	zì	Nama
名片	míng	piàn	Kartu nama
名次	míng	cì	Peringkat / urutan nama

名詞	míng	cí			Kata benda , ungkapan / istilah
名份	míng	fèn			Status / kedudukan seseorang
名額	míng	é			Batas jumlah orang
名譽	míng	yù			Nama baik , reputasi , kehormatan
名勝古蹟	míng	shèng	gǔ	jī	Tempat pemandangan yang indah & bersejarah
明白	míng	bái			Mengerti , terang , jelas
明天	míng	tiān			Besok / esok hari
明早	míng	zǎo			Esok pagi , besok pagi
明日	míng	rì			Esok hari , besok hari
明亮	míng	liàng			Terang , jelas , bersinar – sinar
明顯	míng	xiǎn			Kelihatan jelas
明確	míng	què			Tegas , jelas
明細	míng	xì			Terperinci
明信片	míng	xìn	piàn		Kartu pos
明知故問	míng	zhī	gù	wèn	Masih tanya walaupun sudah tahu
冥紙	míng	zhǐ			Uang kertas palsu yang dibakar buat orang mati
ㄇㄧㄥˋ					
命名	mìng	míng			Memberi nama
命令	mìng	lìng			Perintah , komando , titah
命運	mìng	yùn			Takdir , nasib
ㄇㄡˇ					
某人	mǒu	rén			Seseorang
某處	mǒu	chù			Disuatu tempat
某些	mǒu	xiē			Beberapa
ㄇㄨˇ					
母親	mǔ	qīn			Mama , ibu
母愛	mǔ	ài			Kasih sayang ibu
牡丹花	mǔ	dān	huā		Bunga pioni
姆指	mǔ	zhǐ			Ibu jari , jempol
ㄇㄨˋ					
木材	mù	cái			Kayu
木頭	mù	tóu			Kayu
木炭	mù	tàn			Arang
木匠	mù	jiàng			Tukang kayu
木雕	mù	diāo			Ukiran / pahatan kayu
木星	mù	xīng			Planet Jupiter
木瓜	mù	guā			Pepaya

墓園	mù yuán	Pekuburan
墓地	mù dì	Pekuburan , tanah kuburan
墓碑	mù bēi	Batu nisan
目前	mù qián	Sekarang ini , saat ini , dewasa ini
目的	mù dì	Tujuan , maksud , sasaran
目標	mù biāo	Tujuan , sasaran , obyek
目錄	mù lù	Daftar isi , katalog
目光	mù guāng	Pandangan , penglihatan , sorotan mata
目中無人	mù zhōng wú rén	Sangat sombong , memandang rendah orang lain
沐浴	mù yù	Mandi
牧場	mù chǎng	Padang rumput , tempat penggembalaan
牧師	mù shī	Pendeta
募兵	mù bīng	Merekrut prajurit
募捐	mù juān	Meminta derma , mengumpulkan sumbangan
募款	mù kuǎn	Mengumpulkan uang
幕後	mù hòu	Dibelakang layar
幕僚	mù liáo	Para ajudan dan anggota staf , pembantu pejabat tinggi
慕名	mù míng	Kagum akan kemasyhuran seseorang

（ㄈ） ㄈㄚ		
發生	fā shēng	Terjadi , timbul
發現	fā xiàn	Menemukan , mendapatkan
發出	fā chū	Mengeluarkan , mengirim
發明	fā míng	Menciptakan , menemukan
發音	fā yīn	Melafalkan , mengucapkan
發表	fā biǎo	Menerbitkan , mengumumkan
發展	fā zhǎn	Berkembang , tumbuh
發達	fā dá	Maju , berkembang , makmur
發呆	fā dāi	Bengong , melamun, termangu – mangu
發瘋	fā fēng	Menjadi gila
發抖	fā dǒu	Gemetar , menggigil
發炎	fā yán	Infeksi , radang
發燒	fā shāo	Demam
發工資	fā gōng zī	Memberikan gaji
發牢騷	fā láo sāo	Menggerutu , mengomel
ㄈㄚˊ		

罰款	fá kuǎn	Denda , mendenda
罰則	fá zé	Peraturan dan hukuman
ㄈㄚˇ		
法律	fǎ lǜ	Hukum , undang - undang
法庭	fǎ tíng	Pengadilan , mahkamah
法院	fǎ yuàn	Pengadilan , mahkamah
法官	fǎ guān	Hakim
髮夾	fǎ jiá	Jepitan rambut
ㄈㄚˋ		
法語	fà yǔ	Bhs. Perancis
法國	fà guó	Perancis
法國人	fà guó rén	Orang Perancis
ㄈㄛˊ		
佛像	fó xiàng	Patung / arca Buddha
佛法	fó fǎ	Ajaran / doktrin agama Buddha
佛教	fó jiào	Agama Buddha
佛堂	fó táng	Ruangan dalam rumah untuk menyembah Buddha
佛學	fó xué	Ajaran agama Buddha

ㄈㄟ		
妃子	fēi zǐ	Selir / gundik seorang raja
飛機	fēi jī	Pesawat terbang
飛機場	fēi jī chǎng	Lapangan terbang , bandar udara
飛艇	fēi tǐng	Kapal udara , balon berkemudi
飛行	fēi xíng	Terbang , penerbangan
飛奔	fēi bēn	Berlari sangat cepat
飛舞	fēi wǔ	Berterbangan di udara
飛黃騰達	fēi huáng téng dá	Karir yang cepat menanjak
非常	fēi cháng	Paling , sangat , amat
菲律賓	fēi lǜ bīn	Negara Filipina
ㄈㄟˊ		
肥胖	féi pàng	Gemuk , gendut , tambun
肥肉	féi ròu	Lemak daging , minyak daging
肥皂	féi zào	Sabun
肥料	féi liào	Pupuk
ㄈㄟˇ		
匪徒	fěi tú	Bandit , penyamun
匪夷所思	fěi yí suǒ sī	Fantastis , aneh bin ajaib
ㄈㄟˋ		

廢止	fèi	zhǐ		Menghapuskan , membatalkan
廢話	fèi	huà		Omong kosong , nonsens
廢物	fèi	wù		Sampah
費用	fèi	yòng		Biaya , ongkos , pengeluaran
費時	fèi	shí		Menghabiskan waktu , makan waktu
費力	fèi	lì		Menghabiskan tenaga
肺	fèi			Paru – paru
肺炎	fèi	yán		Infeksi paru – paru
肺癌	fèi	ái		Kanker paru – paru
肺活量	fèi	huó	liàng	Kapasitas vital
沸騰	fèi	téng		Mendidih , menggelegak

ㄈ

		ㄈㄢ		
番薯	fān	shǔ		Ketela , ubi rambat
番茄	fān	qié		Tomat
番石榴	fān	shí	liǔ	Jambu klutuk
翻譯	fān	yì		Menerjemahkan , penerjemah
翻案	fān	àn		Membatalkan keputusan
翻版	fān	bǎn		Cetak ulang
翻車	fān	chē		Mobil terbalik
翻船	fān	chuán		Kapal laut terbalik

ㄈㄢˊ

凡人	fán	rén		Orang awam , orang biasa
凡是	fán	shì		Setiap , semua , segala
凡夫俗子	fán	fū sú zǐ		Hidup seperti kebanyakan orang
帆布	fán	bù		Kain terpal , kain layar
帆船	fán	chuán		Kapal / perahu layar
煩悶	fán	mèn		Cemas , sumpek
煩惱	fán	nǎo		Risau hati , sebal , jengkel
繁榮	fán	róng		Subur , makmur , sejahtera
繁忙	fán	máng		Sibuk , repot
繁雜	fán	zá		Banyak dan bermacam - macam

ㄈㄢˇ

反對	fǎn	duì	Menentang , melawan
反而	fǎn	ér	Sebaliknya
反應	fǎn	yìng	Reaksi , tanggapan
返家	fǎn	jiā	Pulang ke rumah
返鄉	fǎn	xiāng	Pulang kampung
返回	fǎn	huí	Pulang , balik

返老還童	fǎn	lǎo huán	tóng	Kembali muda lagi
ㄈㄢˋ				
犯人	fàn	rén		Narapidana , orang hukuman
犯法	fàn	fǎ		Melanggar peraturan / hukum
犯規	fàn	guī		Melanggar peraturan
犯罪	fàn	zuì		Melakukan dosa / kejahatan
犯錯	fàn	cuò		Melakukan kesalahan
氾濫	fàn	làn		Banjir , meluap
氾濫成災	fàn	làn chéng	zāi	Merajalela ke mana – mana
泛稱	fàn	chēng		Sebutan umum
泛舟	fàn	zhōu		Perahu dayung
泛泛之交	fàn	fàn zhī	jiāo	Kenalan begitu saja
飯	fàn			Nasi
飯盒	fàn	hé		Ompreng , rantang makan
飯碗	fàn	wǎn		Mangkok nasi
販賣	fàn	mài		Menjual , memperdagangkan
範圍	fàn	wéi		Jangkauan , batas , lingkup
範例	fàn	lì		Contoh , teladan
範本	fàn	běn		Contoh , salinan

ㄈㄡˇ			
否定	fǒu	dìng	Menyangkal
否則	fǒu	zé	Kalau tidak , jika tidak
否決	fǒu	jué	Menolak , membatalkan
否認	fǒu	rèn	Menyangkal , menolak

ㄈㄣ			
分鐘	fēn	zhōng	Menit
分開	fēn	kāi	Memisahkan , berpisah
分爲	fēn	wéi	Dibagi menjadi
分工	fēn	gōng	Membagi pekerjaan
分配	fēn	pèi	Membagi – bagi
分離	fēn	lí	Berpisah
分類	fēn	lèi	Menggolong – golongkan , mengklasifikasi
分數	fēn	shù	Nilai , angka
分母	fēn	mǔ	Denominator , angka penyebut (matematika)
分子	fēn	zǐ	Molekul (kimia)
分心	fēn	xīn	Tidak berkonsentrasi
分租	fēn	zū	Membayar bersama uang sewa

分手	fēn shǒu	Putus hubungan asmara
分居	fēn jū	Hidup terpisah
分裂	fēn liè	Memecah belah , pembelahan (fisika)
分期付款	fēn qí fù kuǎn	Pembayaran bertahap / angsuran
分店	fēn diàn	Cabang toko
分行	fēn háng	Cabang bank
分派	fēn pài	Memberi tugas
吩咐	fēn fù	Memerintah , menyuruh
氛圍	fēn wéi	Atmosfer , suasana
芬芳	fēn fāng	Wangi , harum
芬蘭(國名)	fēn lán (guó míng)	Negara Finlandia
紛擾	fēn rǎo	Kekacauan , kerisauan
紛爭	fēn zhēng	Pertengkaran , percekcokan , sengketa
ㄈㄣˊ		
墳墓	fén mù	Kuburan , makam
墳場	fén chǎng	Pekuburan
墳地	fén dì	Kuburan , makam
焚毀	fén huǐ	Membakar habis
焚燒	fén shāo	Membakar
焚化爐	fén huà lú	Krematorium
ㄈㄣˇ		
粉末	fěn mò	Bubuk , serbuk
粉筆	fěn bǐ	Kapur tulis
粉刷	fěn shuā	Mengapur , melabur
粉紅色	fěn hóng sè	Warna dadu
粉碎	fěn suì	Meremukkan , menghancurkan
ㄈㄣˋ		
份量	fèn liàng	Bobot , berat
憤怒	fèn nù	Marah , murka , berang
奮鬥	fèn dòu	Berjuang , berdaya upaya
奮發	fèn fā	Menggairahkan , membangkitkan semangat
奮力	fèn lì	Dengan sekuat tenaga
奮不顧身	fèn bú gù shēn	Berjuang tanpa memperdulikan keselamatan diri sendiri
糞便	fèn biàn	Tahi / tinja dan air kencing
糞坑	fèn kēng	Lubang jamban
ㄈㄤ		
方向	fāng xiàng	Arah , haluan

ㄈ

方言	fāng	yán		Bahasa daerah , logat , dialek
方法	fāng	fǎ		Cara , metode , jalan
方針	fāng	zhēn		Kebijakan , pedoman
方便	fāng	biàn		Mudah , leluasa , praktis
方塊	fāng	kuài		Berbentuk dadu
芳名	fāng	míng		Sebutan terhadap wanita muda
芳香	fāng	xiāng		Wangi
ㄈㄤˊ				
防止	fáng	zhǐ		Mencegah
防守	fáng	shǒu		Bertahan , menjaga
防衛	fáng	wèi		Membela , menjaga
防曬	fáng	shài		Melindungi dari sinar matahari
妨礙	fáng	ài		Merintangi , menghalangi
妨害	fáng	hài		Merugikan , mengganggu , membahayakan
房間	fáng	jiān		Kamar , ruang
房子	fáng	zi		Rumah , kamar
房屋	fáng	wū		Rumah
房租	fáng	zū		Sewa rumah
房東	fáng	dōng		Pemilik rumah , bapak / ibu kos
ㄈㄤˇ				
仿古	fǎng	gǔ		Mencontoh benda antik
仿照	fǎng	zhào		Mencontoh , meniru
彷彿	fǎng	fú		Seakan – akan , seolah – olah
訪問	fǎng	wèn		Berkunjung , meninjau
紡織	fǎng	zhī		Pemintalan dan penenunan
紡織品	fǎng	zhī	pǐn	Produk tekstil , barang tenun
訪談	fǎng	tán		Wawancara , interview
ㄈㄤˋ				
放下	fàng	xià		Menaruh , meletakkan
放開	fàng	kāi		Melepaskan , mengendurkan
放心	fàng	xīn		Tidak khawatir , tidak cemas
放棄	fàng	qì		Melepaskan , meninggalkan
放映	fàng	yìng		Mempertunjukkan , memutar (film)
放電影	fàng	diàn	yǐng	Memutar film
放大	fàng	dà		Memperbesar
ㄈㄥ				
風	fēng			Angin
風吹	fēng	chuī		Angin bertiup

風力	fēng lì	Kekuatan angin , tenaga angin
風速	fēng sù	Kecepatan angin
風光	fēng guāng	Pemandangan
風景	fēng jǐng	Pemandangan alam
風俗	fēng sú	Adat istiadat , kebiasaan
風流	fēng liú	Menonjol dan patut dikagumi, mata keranjang
風調雨順	fēng tiáo yǔ shùn	Cuaca baik bagi tanaman disawah ladang
豐富	fēng fù	Berlimpah – limpah , kaya
豐收	fēng shōu	Panen berlimpah ruah
豐滿	fēng mǎn	Berlimpah ruah , montok , sintal
豐衣足食	fēng yī zú shí	Berkecukupan sandang pangan
封閉	fēng bì	Tertutup , terisolir
封口	fēng kǒu	Menutup mulut
烽火	feng huǒ	Api mercu suar
蜂蜜	fēng mì	Madu
蜂窩	fēng wō	Sarang lebah / tawon
蜂王	fēng wáng	Ratu lebah
蜂擁而上	fēng yǒng ér shàng	Berkerumun datang
楓葉	fēng yè	Daun pohon maple
楓樹	fēng shù	Pohon maple
瘋狂	fēng kuáng	Gila , tidak waras
瘋子	fēng zi	Orang gila , sinting
鋒利	fēng lì	Tajam , runcing
鋒芒	fēng máng	Ujung tombak
ㄈㄥˊ		
縫衣機	féng yī jī	Mesin jahit
ㄈㄥˋ		
奉告	fèng gào	Memberitahu , atas nama
鳳凰	fèng huáng	Burung phoenix
鳳爪	fèng zhuǎ	Kaki ayam
鳳梨	fèng lí	Nanas
縫隙	fèng xì	Celah , Retak
諷刺	fèng cì	Menyindir
ㄈㄨ		
夫妻	fū qī	Suami istri , laki bini
夫人	fū rén	Nyonya
夫唱婦隨	fū chàng fù suí	Suami istri hidup rukun
孵卵	fū luǎn	Mengerami telur

ㄈ

44

膚淺	fū qiǎn	Dangkal , cetek
膚色	fū sè	Warna kulit
敷衍	fū yǎn	Mengerjakan sesuatu dengan sembarangan
敷藥	fū yào	Mengoles obat
ㄈㄨˊ		
服務	fú wù	Melayani , mengabdi
服務生	fú wù shēng	Pelayan wanita / pria
福氣	fú qì	Nasib baik , keberuntungan
福利	fú lì	Kesejahteraan
伏特	fú tè	Voltase
服兵役	fú bīng yì	Wajib militer
服從	fú cóng	Mematuhi , menurut
服侍	fú shì	Melayani , meladeni
服用	fú yòng	Memakai , mempergunakan
服裝	fú zhuāng	Pakaian , busana
扶養	fú yǎng	Mengasuh , memelihara
扶手	fú shǒu	Sandaran tangan / lengan
扶持	fú chí	Memberi bantuan , menopang
扶梯	fú tī	Tangga yang ada pegangan tangan
扶老攜幼	fú lǎo xī yòu	Memapah yang tua dan menuntun yang muda
浮沉	fú chén	Timbul tenggelam di air
浮動	fú dòng	Mengapung , mengambang
浮標	fú biāo	Pelampung
浮上	fú shàng	Mengapung ke atas
符號	fú hào	Simbol , tanda
符咒	fú zhòu	Mantera , jampi
符合	fú hé	Sesuai dengan , cocok dengan
幅度	fú dù	Taraf , skala
輻射	fú shè	Penyinaran , radiasi
輻射線	fú shè xiàn	Sinar radiasi
ㄈㄨˇ		
府上	fǔ shàng	Rumah anda , keluarga anda
斧頭	fǔ tóu	Kapak , kampak , beliung
俯衝	fǔ chōng	Menukik
俯視	fǔ shì	Melihat kebawah
腐爛	fǔ làn	Membusuk
輔導	fǔ dǎo	Memberi bimbingan
輔助	fǔ zhù	Membantu , menolong
撫摸	fǔ mō	Membelai , mengelus

撫慰	fǔ wèi			Menenangkan , menghibur hati
撫養	fǔ yǎng			Mengasuh , mendidik
ㄈㄨˋ				
父親	fù qīn			Ayah , bapak , papa
父母	fù mǔ			Bapak ibu , papa mama
父子	fù zǐ			Bapak dan anak laki - laki
付錢	fù qián			Membayar uang
附和	fù hè			Mengikuti
附件	fù jiàn			Lampiran , tambahan
附帶	fù dài			Tambahan , menambah , menyertakan
附加	fù jiā			Menambah , melampirkan
附近	fù jìn			Sekitar , dekat
負責	fù zé			Bertanggung jawab
負債	fù zhài			Berhutang
負擔	fù dān			Menanggung , beban
副本	fù běn			Duplikat , salinan
副刊	fù kān			Suplemen , lampiran
副手	fù shǒu			Asisten , pembantu
復仇	fù chóu			Membalas dendam
復活	fù huó			Hidup kembali , menghidupkan lagi
復合	fù hé			Majemuk , gabungan , campuran
復興	fù xīng			Menghidupkan / membangkitkan kembali
副總經理	fù zǒng	jīng	lǐ	Wakil presiden direktur
副總統	fù zǒng	tǒng		Wakil presiden
副產品	fù chǎn	pǐn		Produk tambahan
富豪	fù háo			Orang yang sangat kaya dan berkuasa
富貴	fù guì			Kaya dan terhormat
富翁	fù wēng			Jutawan , hartawan
腹部	fù bù			Bagian perut
腹地	fù dì			Daerah pedalaman
複習	fù xí			Mengulang kembali (pelajaran dsb)
複雜	fù zá			Rumit , ruwet , pelik
複賽	fù sài			Pertandingan babak kedua
複查	fù chá			Pemeriksaan ulang , memeriksa kembali
複寫	fù xiě			Membuat salinan
覆蓋	fù gài			Menutupi
賦予	fù yǔ			Menganugerahi
赴約	fù yuē			Pergi menepati janji
婦女	fù nǔ			Wanita

ㄈ

婦產科	fù chǎn kē	Bagian kandungan

（ㄅ）
ㄅㄚ

答應	dā yìng	Janji , menyetujui
搭車	dā chē	Naik kendaraan
搭船	dā chuán	Naik perahu

ㄅㄚˊ

答謝	dá xiè	Berterima kasih
答案	dá àn	Jawaban
答覆	dá fù	Menjawab
答錄機	dá lù jī	Mesin menjawab telepon
答非所問	dá fēi suǒ wèn	Ditanya A dijawabnya B
達成	dá chéng	Mencapai
達到	dá dào	Mencapai , berhasil

ㄅㄚˇ

打破	dǎ pò	Memecahkan
打仗	dǎ zhàng	Berperang
打架	dǎ jià	Berkelahi
打拳	dǎ quán	Bersilat
打掃	dǎ sǎo	Menyapu
打扮	dǎ bàn	Berdandan , bersolek , berhias diri
打牌	dǎ pái	Bermain kartu
打算	dǎ suàn	Merencanakan
打針	dǎ zhēn	Menyuntik
打雷	dǎ léi	Petir
打擾	dǎ rǎo	Mengganggu , mengusik , merepotkan
打招呼	dǎ zhāo hū	Menyapa , memberi salam
打耳光	dǎ ěr guāng	Menampar pipi , menempleng
打電話	dǎ diàn huà	Menelepon
打去（電話）	dǎ qù （diàn huà）	Menelepon keluar (telepon)
打來（電話）	dǎ lái （diàn huà）	Menerima telepon
打開	dǎ kāi	Membuka
打球	dǎ qiú	Bermain bola
打呵欠	dǎ hē qiàn	Menguap
打火機	dǎ huǒ jī	Geretan gas
打電腦	dǎ diàn nǎo	Menggunakan komputer
打主意	dǎ zhǔ yì	Merencanakan sesuatu , mencari akal
打鐵趁熱	dǎ tiě chèn rè	Baik – baik menggunakan kesempatan

ㄉㄚˋ

大	dà				Besar
大小（規格）	dà xiǎo	（guī gé）			Besar kecil (ukuran)
大約	dà yuē				Kira – kira , sekitar , kurang lebih
大量	dà liàng				Jumlah banyak / besar
大型	dà xíng				Ukuran besar
大人	dà rén				Orang dewasa , orang berkuasa
大王	dà wáng				Raja
大臣	dà chén				Menteri di kerajaan
大使	dà shǐ				Duta besar
大使館	dà shǐ guǎn				Kedutaan
大陸	dà lù				China
大家	dà jiā				Setiap orang , semua orang
大膽	dà dǎn				Berani , ada nyali
大隊	dà duì				Batalion
大炮	dà pào				Meriam
大象	dà xiàng				Gajah
大廈	dà xià				Gedung
大豆	dà dòu				Kacang kedelai
大學	dà xué				Universitas , perguruan tinggi
大學生	dà xué shēng				Mahasiswa
大箱子	dà xiāng zi				Kotak besar
大飯店	dà fàn diàn				Hotel
大樓	dà lóu				Gedung
大姆指	dà mǔ zhǐ				Jempol
大自然	dà zì rán				Alam , alam raya
大眾	dà zhòng				Masyarakat
大吃一驚	dà chī yì jīng				Sangat terkejut / sangat kaget

ㄉㄜˊ

得到	dé dào			Mendapat , memperoleh
得意	dé yì			Senang , gembira
得寸進尺	dé cùn jìn chǐ			Mengelunjak , dikasih hati mau ampla
德國	dé guó			Negara Jerman
德語	dé yǔ			Bhs. Jerman
德國人	dé guó rén			Orang berkebangsaan jerman
德政	dé zhèng			Pemerintah yang baik
德高望重	dé gāo wàng zhòng	Berbudi luhur dan berwibawa tinggi

ㄉㄜ•

ㄉ

的	de	Milik , kepunyaan

ㄉㄞ		
呆子	dāi zi	Pandir , tolol , dungu
呆帳	dāi zhàng	Hutang yang tak terbayar
呆板	dāi bǎn	Kaku
ㄉㄞˇ		
歹運	dǎi yùn	Nasib buruk
ㄉㄞˋ		
代為	dài wéi	Menggantikan
代替	dài tì	Menggantikan
代表	dài biǎo	Wakil , utusan , mewakili
代理人	dài lǐ rén	Orang yang mewakili
代理商	dài lǐ shāng	Agen , perwakilan usaha
代代相傳	dài dài xiāng chuán	Turun menurun
待續	dài xù	Bersambung
待遇	dài yù	Gaji , imbalan , perlakuan
待客	dài kè	Menjamu tamu
怠慢	dài màn	Bersikap dingin
怠忽職守	dài hū zhí shǒu	Malas bekerja
帶動	dài dòng	Menjalankan , menggerakkan
帶人	dài rén	Membawa orang
帶去	dài qù	Membawa pergi
帶來	dài lái	Membawa masuk
帶路	dài lù	Memandu jalan
帶喪	dài sāng	Berkabung , berduka cita
戴	dài	Memakai
戴帽子	dài mào zi	Memakai topi
戴眼鏡	dài yǎn jìng	Memakai kacamata
戴罪立功	dài zuì lì gōng	Menebus dosa dengan berbuat jasa
袋子	dài zi	Kantung , tas
袋鼠	dài shǔ	Kangguru
貸款	dài kuǎn	Kredit , mencicil
逮捕	dài bǔ	Menangkap , menahan

ㄉㄠ		
刀子	dāo zi	Pisau
刀片	dāo piàn	Silet
刀槍	dāo qiāng	Senjata

ㄉ

ㄉㄠˇ				
島嶼	dǎo	yǔ		Pulau , kepulauan
導遊	dǎo	yóu		Pramuwisata , pemandu wisata
導師	dǎo	shī		Guru , pembimbing
導演	dǎo	yǎn		Sutradara
導致	dǎo	zhì		Menyebabkan , mengakibatkan
搗亂	dǎo	luàn		Mengacau , menyusahkan , mengganggu
倒下	dǎo	xià		Jatuh , roboh
倒閉	dǎo	bì		Bangkrut , tutup , gulung tikar
倒塌	dǎo	tā		Runtuh , roboh
禱告	dǎo	gào		Berdoa
ㄉㄠˋ				
到達	dào	dá		Sampai , tiba
到底	dào	dǐ		Sebenarnya , sampai akhir
到處	dào	chù		Dimana – mana , disemua tempat
到期	dào	qí		Kadaluwarsa , habis masa berlakunya
稻米	dào	mǐ		Padi
稻草	dào	cǎo		Jerami
稻草人	dào	cǎo	rén	Orang – orangan
稻田	dào	tián		Sawah
倒車	dào	chē		Memundurkan mobil
倒數	dào	shǔ		Menghitung secara mundur.
倒背如流	dào bèi rú liú			Tahu sesuatu secara mendalam diluar kepala
盜用	dào	yòng		Menggelapkan , mencatut
道德	dào	dé		Moral , akhlak
道教	dào	jiào		Agama Tao
道路	dào	lù		Jalan , jalan raya

ㄉㄡ				
都有	dōu	yǒu		Semua ada
都會	dōu	huì		Semua dapat
都是	dōu	shì		Semuanya
都給我	dōu	gěi	wǒ	Semua diberikan ke saya
兜風	dōu	fēng		Berjalan – jalan dengan berkendaraan
兜售	dōu	shòu		Menjajakan , menawarkan
兜圈子	dōu	quān	zi	Berputar – putar , berkeliling
ㄉㄡˇ				
斗膽	dǒu	dǎn		Memberanikan diri
抖動	dǒu	dòng		Bergetar , bergoncang

陡坡	dǒu	pō	Terjal , curam
ㄉㄡˋ			
豆子	dòu	zi	Kacang – kacangan
豆花	dòu	huā	Kembang tahu
豆腐	dòu	fǔ	Tahu
豆干	dòu	gān	Tahu kering
豆芽菜	dòu	yá cài	Toge
鬥牛	dòu	niú	Adu banteng
鬥爭	dòu	zhēng	Berjuang , bertempur
鬥志	dòu	zhì	Tekad juang
逗號	dòu	hào	Tanda koma
逗留	dòu	liú	Singgah , mampir
逗趣	dòu	qù	Menghibur , membuat orang tertawa
ㄉㄢ			
單獨	dān	dú	Sendirian , seorang diri , sendiri
單程	dān	chéng	Sekali jalan
單程票	dān	chéng piào	Karcis sekali jalan
單人床	dān	rén chuáng	Ranjang satu orang
單字	dān	zì	Kata tunggal
單身漢	dān	shēn hàn	Bujangan , lajang , jaka
單純	dān	chún	Polos , sederhana , semata – mata
單調	dān	diào	Monoton , membosankan , menjemuhkan
單刀直入	dān	dāo zhí rù	Berkata blak – blakkan , berterus terang
丹田	dān	tián	Bagian bawah perut
耽誤	dān	wù	Menangguhkan , menunda
耽擱	dān	gē	Penundaan , singgah , mampir
擔任	dān	rèn	Menjabat sebagai , memegang jabatan
擔保	dān	bǎo	Menjamin , menanggung
擔心	dān	xīn	Khawatir , cemas , gelisah
ㄉㄢˇ			
膽小	dǎn	xiǎo	Penakut , nyali kecil
膽量	dǎn	liàng	Keberanian , kegagahan
膽大包天	dǎn	dà bāo tiān	Terlalu berani
膽戰心驚	dǎn	zhàn xīn jīng	Takut setengah mati , gemetar ketakutan
ㄉㄢˋ			
誕生	dàn	shēng	Lahir
淡水	dàn	shuǐ	Air tawar
淡色	dàn	sè	Warna pucat , warna muda
淡薄	dàn	bó	Tipis , menipis

淡季	dàn	jì			Musim sepi , bukan musimnya
但是	dàn	shì			Tetapi , tapi , namun
但書	dàn	shū			Dengan syarat
但願	dàn	yuàn			Semoga , mudah-mudahan
蛋	dàn				Telur
蛋黃	dàn	huáng			Kuning telur
蛋白	dàn	bái			Putih telur
蛋白質	dàn	bái	zhí		Protein , zat putih telur
蛋殼	dàn	ké			Kulit telur
彈藥	dàn	yào			Mesiu , amunisi
氮氣	dàn	qì			Zat nitrogen
蛋捲	dàn	juǎn			Roll eggs
蛋糕	dàn	gāo			Kue tar , kue bolu
旦夕	dàn	xì			Pagi malam

ㄉㄤ

當初	dāng	chū			Semula , pada awalnya , tadinya
當地	dāng	dì			Sekitar sini , setempat
當選	dāng	xuǎn			Terpilih
當然	dāng	rán			Tentu saja , sebagaimana mestinya , sewajarnya
當局	dāng	jú			Pihak penguasa , yang berwajib , yang berwenang
當務之急	dāng	wù	zhī	jí	Hal yang mendesak , tugas yang harus diutamakan

ㄉㄤˇ

擋路	dǎng	lù		Menghalangi jalan
擋住	dǎng	zhù		Menghalangi , menghambat
擋風	dǎng	fēng		Menghalangi dari angin
擋箭牌	dǎng	jiàn	pái	Perisai , pelindung
黨	dǎng			Partai , fraksi
黨員	dǎng	yuán		Anggota partai
黨綱	dǎng	gāng		Program partai
檔案	dǎng	àn		Arsip , catatan , dokumen
檔次	dǎng	cì		Kelas , mutu , tingkat

ㄉㄤˋ

盪鞦韆	dàng	qiū	qiān	Main ayunan
當舖	dàng	pù		Rumah gadai , pegadaian

ㄉㄥ

登記	dēng	jì	Mencatat , mendaftarkan diri
燈籠	dēng	lóng	Lampion

ㄅ

燈光	dēng guāng	Sinar lampu , cahaya lampu
燈泡	dēng pào	Bohlam
ㄉㄥˇ		
等待	děng dài	Menunggu , menanti
等級	děng jí	Tingkat , kelas , pangkat
等一下	děng yí xià	Tunggu sebentar
等於	děng yú	Sama dengan , berarti
ㄉㄥˋ		
凳子	dèng zi	Bangku / kursi tanpa sandaran
瞪眼	dèng yǎn	Melotot , membelalak

ㄉ一		
低	dī	Rendah , menunduk
低下	dī xià	Rendah
低頭	dī tóu	Tundukkan kepala , menunduk
低估	dī gū	Memandang rendah , meremehkan
低聲下氣	dī shēng xià qì	Bersuara lembut dan bersikap tunduk
滴水	dī shuǐ	Setetes air
滴答聲	dī dā shēng	Suara ketak – ketik
滴管	dī guǎn	Pipet
ㄉ一ˊ		
笛子	dí zi	Seruling bambu
敵人	dí rén	Musuh , lawan , seteru
敵軍	dí jūn	Pasukan musuh , tentara musuh
敵意	dí yì	Rasa permusuhan , perseteruan
敵不過	dí bú guò	Tidak dapat mengalahkan
敵眾我寡	dí zhòng wǒ guǎ	Jumlah musuh lebih banyak daripada pihak kita
ㄉ一ˇ		
底下	dǐ xià	Dibawah , bawah
底層	dǐ céng	Lapisan bawah
底片	dǐ piàn	Klise film
抵達	dǐ dá	Tiba , sampai
抵抗	dǐ kàng	Melawan
抵觸	dǐ chù	Bertentangan , berkontradiksi
抵擋	dǐ dǎng	Melawan , menangkis , menahan
抵擋不住	dǐ dǎng bú zhù	Tidak dapat dilawan / dihindarkan
ㄉ一ˋ		
地上	dì shàng	Tanah
地下道	dì xià dào	Jalan dibawah tanah

地下水	dì	xià	shuǐ		Air bawah tanah , air pompa
地毯	dì	tǎn			Permadani
地方	dì	fāng			Setempat , lokal , daerah
地位	dì	wèi			Kedudukan , status
地主	dì	zhǔ			Tuan tanah
地球	dì	qiú			Bumi
地理	dì	lǐ			Geografi
地圖	dì	tú			Peta
地震	dì	zhèn			Gempa bumi
地府	dì	fǔ			Neraka
帝王	dì	wáng			Raja , kaisar
帝位	dì	wèi			Tahta raja
帝國主義	dì	guó	zhǔ	yì	Imperialisme
弟弟	dì	di			Adik laki – laki
弟妹	dì	mèi			Istri adik laki – laki
第幾	dì	jǐ			Keberapa
第一	dì	yī			Pertama
第幾天	dì	jǐ	tiān		Hari keberapa
第一天	dì	yī	tiān		Hari pertama
第一次	dì	yī	cì		Pertama kali
第幾號	dì	jǐ	hào		Nomor berapa
第三者	dì	sān	zhě		Pihak ketiga (sengketa , selingkuh)
遞補	dì	bǔ			Mengisi kekosongan menurut urutan
遞減	dì	jiǎn			Berkurang secara bertahap
遞送	dì	sòng			Menyerahkan , menyampaikan (surat)

ㄉㄧㄠ					
雕刻	diāo	kē			Memahat , mengukir
雕像	diāo	xiàng			Patung , arca
雕蟲小技	diāo	chóng	xiǎo	jì	Taraf mengarang yang kurang tinggi
凋零	diāo	líng			Layu dan rontok
凋謝	diāo	xiè			Layu dan rontok
ㄉㄧㄠˋ					
釣魚	diào	yú			Memancing / mengail ikan
釣具	diào	jù			Pengail , alat – alat memancing
釣竿	diào	gān			Batang pancing , joran
掉下	diào	xià			Jatuh , lepas
掉包	diào	bāo			Dengan sembunyi sembunyi mengganti sesuatu dengan yan lain

ㄅ

掉頭	diào tóu		Menengok ke belakang , berputar balik
掉以輕心	diào yǐ qīng xīn		Menganggap enteng , mengendurkan kewaspadaan
調查	diào chá		Memeriksa , menyelidiki
調職	diào zhí		Mutasi , pemindahan tugas

ㄅㄧㄢ

顛倒	diān dǎo	Terbalik , membalik
顛覆	diān fù	Menumbangkan , menggulingkan

ㄅㄧㄢˇ

點（小數點）	diǎn（xiǎo shù diǎn）	Titik , bintik
點火	diǎn huǒ	Menyalakan api
點心	diǎn xīn	Makanan kecil , kue – kue , panganan
點頭	diǎn tóu	Mengganguk , mengganggukkan kepala
點滴	diǎn dī	Infus
點眼藥水	diǎn yǎn yào shuǐ	Obat tetes mata
典故	diǎn gù	Ibarat , kiasan
典禮	diǎn lǐ	Upacara , perayaan
典型	diǎn xíng	Contoh tipikal , model , tipe

ㄅㄧㄢˋ

店面	diàn miàn	Toko dibagian depan
店員	diàn yuán	Pegawai toko , pelayan toko
奠定	diàn dìng	Mendirikan , meletakkan (dasar)
墊付	diàn fù	Membayari dulu , talangin
墊子	diàn zi	Bantalan , alas , kasur
電器	diàn qì	Alat – alat listrik
電費	diàn fèi	Biaya listrik
電池	diàn chí	Baterai
電話	diàn huà	Telepon
電話簿	diàn huà bù	Buku telepon
電腦	diàn nǎo	Komputer
電視	diàn shì	Televisi , TV
電影	diàn yǐng	Film
電影院	diàn yǐng yuàn	Gedung bioskop
電影明星	diàn yǐng míng xīng	Bintang film
電動玩具	diàn dòng wán jù	Game
電熨斗	diàn yùn dǒu	Seterika listrik
電車	diàn chē	Trem
電梯	diàn tī	Lift
電扶梯	diàn fú tī	Tangga jalan , eskalator

電燈	diàn dēng	Lampu listrik
電線	diàn xiàn	Kabel listrik
電燈泡	diàn dēng pào	Bola lampu listrik
電扇	diàn shàn	Kipas angin
電鍋	diàn guō	Rice cooker
電力	diàn lì	Tenaga listrik
殿下	diàn xià	Yang mulia , Sri Paduka
澱粉	diàn fěn	Tepung kanji

ㄉㄧㄝ		
爹爹	diē die	Bapak , papa
爹娘	diē niáng	Bapak ibu , papa mama
ㄉㄧㄝˊ		
跌倒	dié dǎo	Jatuh , tergelincir
跌價	dié jià	Turun harga
跌跌撞撞	dié dié zhuàng zhuàng	Berjalan terhuyung – huyung , sempoyongan
碟子	dié zi	Piring kecil
蝶泳	dié yǒng	Gaya kupu – kupu (renang)
疊起來	dié qǐ lái	Menimbun , menumpuk

ㄉㄧㄥ		
釘子	dīng zi	Paku
丁點	dīng diǎn	Sangat sedikit , sangat kecil
叮噹	dīng dāng	Bunyi denting , kerincing
叮嚀	dīng níng	Berulang – ulang memesan , mewanti – wanti
ㄉㄧㄥˇ		
頂端	dǐng duān	Puncak
頂尖	dǐng jiān	Ujung , pucuk
頂天立地	dǐng tiān lì dì	Berdiri tegak dengan gagah perkasa
鼎力相助	dǐng lì xiāng zhù	Membantu sangat banyak
ㄉㄧㄥˋ		
釘牢	dìng láo	Memaku kuat
定局	dìng jú	Kepastian
定期	dìng qí	Berkala , periodik
訂購	dìng gòu	Memesan barang
訂位	dìng wèi	Memesan tempat
訂閱	dìng yuè	Berlangganan (koran , majalah dsb)
訂金	dìng jīn	Uang jaminan tanda jadi

ㄉ

訂婚	dìng hūn		Bertunangan , tukar cincin
訂婚人	dìng hūn rén		Orang yang bertunangan
訂婚戒指	dìng hūn jiè zhǐ		Cincin pertunangan
訂書機	dìng shū jī		Stapler , cekrekan

ㄉㄨ

都市	dū shì	Ibukota , metropolis
督察	dū chá	Mengawasi
督促	dū cù	Mengawasi dan mendesak

ㄉㄨˊ

獨立	dú lì	Berdiri sendiri , mandiri
毒品	dú pǐn	Obat – obat terlarang , narkotik
毒藥	dú yào	Racun
毒蛇	dú shé	Ular berbisa
毒害	dú hài	Meracuni
毒打	dú dǎ	Memukul dengan kejam
讀書	dú shū	Belajar , membaca
讀者	dú zhě	Pembaca
獨特	dú tè	Unik , khas
獨自	dú zì	Seorang diri , sendirian
獨一無二	dú yī wú èr	Satu – satunya , tak ada duanya

ㄉㄨˇ

堵塞	dǔ sāi	Menutupi , menyumpal , menjejal
堵嘴	dǔ zuǐ	Menyumbat mulut , membungkam
賭上（冒險）	dǔ shàng（mào xiǎn）	Mempertaruhkan
賭博	dǔ bó	Berjudi , main judi , bertaruh
賭徒	dǔ tú	Penjudi
賭運	dǔ yùn	Nasib penjudi
賭場	dǔ chǎng	Tempat judi , rumah judi
篤信	dǔ xìn	Percaya dengan sepenuh hati

ㄉㄨˋ

肚子	dù zi	Perut
肚子餓	dù zi è	Perut lapar
肚子痛	dù zi tòng	Perut sakit
肚臍	dù qí	Puser , pusar
度（溫度）	dù（wēn dù）	Derajat
度量衡	dù liáng héng	Ukuran panjang , takaran dan berat
渡過	dù guò	Melewati masa (susah , senang dsb)
杜絕	dù jué	Menghentikan (hubungan , kontrak dsb)

| 度假 | dù jià | Berlibur |
| 度日如年 | dù rì rú nián | Satu hari bagaikan satu tahun |

ㄉㄨㄛ		
多	duō	Banyak , lebih
多少	duō shǎo	Jumlah , berapa
多少天	duō shǎo tiān	Berapa hari
多樣的	duō yàng de	Bermacam – macam
多麼	duō me	Betapa , alangkah
多久	duō jiǔ	Berapa lama
多餘	duō yú	Tak perlu , berkelebihan
多疑	duō yí	Curiga berlebihan
多此一舉	duō cǐ yì jǔ	Mengambil tindakan yang tidak diperlukan
ㄉㄨㄛˊ		
奪取	duó qǔ	Merebut , merampas
奪標	duó biāo	Memenangkan hadiah pertama
奪回	duó huí	Merampas / merebut kembali
ㄉㄨㄛˇ		
躲藏	duǒ cáng	Menyembunyikan diri , mengumpet
躲雨	duǒ yǔ	Berteduh menghindari hujan
躲避球	duǒ bì qiú	Permainan mengelak bola
ㄉㄨㄛˋ		
舵手	duò shǒu	Juru mudi , pengemudi
惰性	duò xìng	Kemalasan , kelembaman
墮落	duò luò	Merosot , bejat
墮胎	duò tāi	Aborsi , menggugurkan kandungan

ㄉㄨㄟˋ		
對方	duì fāng	Pihak lawan , pihak lain
對手	duì shǒu	Musuh , lawan
對比	duì bǐ	Kontras , perbedaan , perbandingan
對面	duì miàn	Diseberang
對了	duì le	Benar , betul , tidak salah
對的	duì de	Benar , betul , tidak salah
對不對	duì bú duì	Benar tidak , benar nggak
對不起	duì bù qǐ	Maaf , minta maaf , maafkanlah
對牛彈琴	duì niú tán qín	Terhadap orang bebal berbicara hal yang dalam
對立	duì lì	Berlawanan
隊長	duì zhǎng	Kapten , kepala regu / tim

ㄉ

兌換	duì	huàn		Menukarkan
兌換率	duì	huàn	lǜ	Kurs , nilai tukar
隊伍	duì	wǔ		Pasukan , barisan , kontingen
隊員	duì	yuán		Anggota regu / tim

ㄉㄨㄢ				
端茶	duān	chá		Menyediakan teh
端莊	duān	zhuāng		Sopan dan tenang , bermartabat
端午節	duān	wǔ	jié	Hari raya pecun / makan bakcang
ㄉㄨㄢˇ				
短	duǎn			Pendek , singkat
短袖	duǎn	xiù		Baju lengan pendek
短褲	duǎn	kù		Celana pendek
短處	duǎn	chù		Kekurangan , kelemahan
短少	duǎn	shǎo		Kurang , kekurangan
短小精幹	duǎn	xiǎo	jīng gàn	Kecil – kecil cabe rawit
ㄉㄨㄢˋ				
斷了	duàn	le		Putus , patah
段落	duàn	luò		Paragraf , alinea
緞帶	duàn	dài		Pita
鍛鍊	duàn	liàn		Melatih , menempa
斷裂	duàn	liè		Patah
斷交	duàn	jiāo		Putus hubungan
斷斷續續	duàn	duàn	xù xù	Terputus – putus

ㄉㄨㄥ				
東方	dōng	fāng		Bagian timur
東南方	dōng	nán	fāng	Bagian tenggara
東北方	dōng	běi	fāng	Bagian timur laut
東山再起	dōng	shān	zài qǐ	Gagal dan mencoba lagi
東張西望	dōng	zhāng	xī wàng	Melihat kesana – sini
東西（指物品）	dōng	xī（zhǐ wù pǐn）		Barang
冬季	dōng	jì		Musim dingin
冬瓜	dōng	guā		Labu besar , beligo , kundur
冬粉	dōng	fěn		Sohun
ㄉㄨㄥˇ				
董事長	dǒng	shì	zhǎng	Presiden direktur , ketua dewan komisaris
懂事	dǒng	shì		Orang yang mengerti keadaan sekitarnya

懂得 ㄉㄨㄥˇ	dǒng de	Mengerti , memahami
動產	dòng chǎn	Harta bergerak
動作	dòng zuò	Gerakan , bertindak
動物	dòng wù	Binatang
動物園	dòng wù yuán	Kebun binatang
動手術	dòng shǒu shù	Mengoperasi , membedah
洞穴	dòng xuè	Gua , liang
洞悉	dòng xī	Mengetahui benar
洞察	dòng chá	Mengetahui secara mendalam
洞房花燭夜	dòng fáng huā zhú yè	Malam pengantin baru
凍僵	dòng jiāng	Kaku kedinginan
凍結	dòng jié	Membeku , memberhentikan

ㄉㄨㄣ		
敦厚	dūn hòu	Jujur , tulus hati
敦促	dūn cù	Mendesak , mendorong
蹲著	dūn zhe	Berjongkok
蹲下去 ㄉㄨㄣˋ	dūn xià qù	Terus berjongkok
盾牌	dùn pái	Perisai
頓時	dùn shí	Segera , serta merta , seketika
頓號	dùn hào	Tanda baca " 、 "
燉湯	dùn tāng	Menggodok untuk membuat kuah

（ㄊ） ㄊㄚ		
他	tā	Dia (perempuan atau laki)
她	tā	Dia (perempuan)
它	tā	Dia (benda)
牠	tā	Dia (binatang)
他們	tā men	Mereka (perempuan atau laki)
她們	tā men	Mereka (perempuan)
他的	tā de	Dia punya (perempuan atau laki)
她的	tā de	Dia punya (perempuan)
他們的	tā men de	Mereka punya
他人	tā rén	Orang lain
塌陷	tā xiàn	Merosot , amblas (tanah , lantai)

ㄊㄚˇ		
塔台	tǎ tái	Menara pengawas
ㄊㄚˋ		
踏實	tà shí	Realistis
踏步	tà bù	Berjalan ditempat (gerakan dalam senam / latihan militer)
踏青	tà qīng	Hiking
踏板	tà bǎn	Papan injakan kaki
ㄊㄜˋ		
特別	tè bié	Khusus , istimewa , luar biasa
特價	tè jià	Harga khusus
特地	tè dì	Khusus , untuk maksud khusus
特色	tè sè	Sifat khas , ciri khusus
特權	tè quán	Hak istimewa
特殊	tè shū	Khusus , istimewa , luar biasa
ㄊㄞ		
胎記	tāi jì	Tanda ditubuh sejak lahir
胎兒	tāi ér	Janin
胎位	tāi wèi	Posisi janin
胎死腹中	tāi sǐ fù zhōng	Rencana yang sudah direncanakan tapi tidak dapat dilaksanakan
ㄊㄞˊ		
台灣	tái wān	Taiwan
台詞	tái cí	Kata – kata yang diucapkan oleh aktor/aktris
台柱	tái zhù	Tiang , pilar
颱風	tái fēng	Angin topan
檯燈	tái dēng	Lampu meja , lampu baca
檯面	tái miàn	Mesa (elektronik)
抬頭	tái tóu	Mengangkat kepala
抬高	tái gāo	Meninggikan , menaikkan
抬舉	tái jǔ	Memuji , menaikkan pangkat
ㄊㄞˋ		
太大	tài dà	Terlalu besar
太小	tài xiǎo	Terlalu kecil
太多	tài duō	Terlalu banyak
太少	tài shǎo	Terlalu sedikit
太高	tài gāo	Terlalu tinggi

太矮	tài	ǎi	Terlalu pendek (tinggi badan)
太長	tài	zháng	Terlalu panjang
太短	tài	duǎn	Terlalu pendek
太胖	tài	pàng	Terlalu gemuk
太瘦	tài	shòu	Terlalu kurus
太厚	tài	hòu	Terlalu tebal
太薄	tài	bó	Terlalu tipis
太寬	tài	kuān	Terlalu lebar
太窄	tài	zhǎi	Terlalu sempit
太凹	tài	āo	Terlalu melesak ke dalam
太凸	tài	tū	Terlalu menonjol / mencuat
太深	tài	shēn	Terlalu dalam
太淺	tài	qiǎn	Terlalu dangkal
太遠	tài	yuǎn	Terlalu jauh , kejauhan
太近	tài	jìn	Terlalu dekat
太新	tài	xīn	Terlalu baru
太舊	tài	jiù	Terlalu lama
太重	tài	zhòng	Terlalu berat
太輕	tài	qīng	Terlalu ringan
太早	tài	zǎo	Terlalu pagi , kepagian
太晚	tài	wǎn	Terlalu malam , kesiangan
太亮	tài	liàng	Terlalu terang
太暗	tài	àn	Terlalu gelap
太吵	tài	chǎo	Terlalu ribut
太靜	tài	jìng	Terlalu hening
太香	tài	xiāng	Sangat wangi
太臭	tài	chòu	Sangat bau
太酸	tài	suān	Terlalu asam
太甜	tài	tián	Terlalu manis , kemanisan
太苦	tài	kǔ	Terlalu pahit , kepahitan
太辣	tài	là	Terlalu pedas , kepedasan
太鹹	tài	xián	Terlalu asin , keasinan
太淡	tài	dàn	Terlalu tawar
太油	tài	yóu	Terlalu berminyak
太乾	tài	gān	Terlalu kering
太濕	tài	shī	Terlalu basah
太焦	tài	jiāo	Terlalu hangus
太硬	tài	yìng	Terlalu keras
太軟	tài	ruǎn	Terlalu lunak , terlalu lembek

太難	tài	nán		Terlalu sukar
太簡單	tài	jiǎn	dān	Terlalu mudah , terlalu gampang
太太	tài	tai		Nyonya , istri
太陽	tài	yáng		Matahari
太陽眼鏡	tài	yáng	yǎn jìng	Kacamata menangkal sinar matahari
太貴	tài	guì		Terlalu mahal
太便宜	tài	pián	yí	Terlalu murah
太空	tài	kōng		Cakrawala , antariksa , ruang angkasa
太后	tài	hòu		Ibunda raja , ibu suri
太子	tài	zǐ		Putra mahkota
態度	tài	dù		Tingkah laku , tindak tanduk , sikap
態勢	tài	shì		Keadaan , situasi
泰國	tài	guó		Negara Thailand
泰國人	tài	guó	rén	Orang berkebangsaan Thailand
泰語	tài	yǔ		Bhs. Thailand
泰拳	tài	quán		Adu tinju ala Thailand
泰國菜	tài	guó	cài	Masakan ala Thailand
泰國浴	tài	guó	yù	SPA ala Thailand

ㄊㄠˊ			
桃子	táo	zi	Buah persik
桃花	táo	huā	Bunga persik
逃避	táo	bì	Mengelak , melarikan diri , menghindari
逃難	táo	nàn	Mengungsi
逃亡	táo	wáng	Melarikan diri , buron
逃跑	táo	pǎo	Kabur , melarikan diri
逃稅	táo	shuì	Menghindari membayar pajak
逃學	táo	xué	Bolos sekolah
逃債	táo	zhài	Melarikan diri dari utang
逃命	táo	mìng	Menyelamatkan diri / jiwa
陶器	táo	qì	Barang tembikar , gerabah
陶醉	táo	zuì	Mabuk (cinta , sukses dsb)
淘汰	táo	tài	Tersisih , tak dipakai lagi
淘氣	táo	qì	Nakal , bengal , binal
ㄊㄠˇ			
討債	tǎo	zhài	Menagih utang
討錢	tǎo	qián	Menagih uang
討好	tǎo	hǎo	Bermanis – manis , menjilat pantat
討論	tǎo	lùn	Mendiskusikan , merundingkan

討厭	tǎo yàn	Membenci , membangkitkan rasa muak/jijik
討回	tǎo huí	Mengembalikan
討回公道	tǎo huí gōng dào	Berusaha mendapatkan keadilan
討價還價	tǎo jià huán jià	Tawar menawar harga

ㄊㄡ

偷竊	tōu qiè	Mencuri
偷懶	tōu lǎn	Bermalas – malas
偷天換日	tōu tiān huàn rì	Melakukan penipuan yang tidak kepalang tanggung

ㄊㄡˊ

頭髮	tóu fǎ	Rambut kepala
頭腦	tóu nǎo	Otak
頭痛	tóu tòng	Sakit kepala , kepala nyeri
頭暈	tóu yūn	Kepala pusing , pening
頭昏眼花	tóu hūn yǎn huā	Kepala pusing & mata berkunang – kunang
頭巾	tóu jīn	Ikat kepala , sorban , kudung kepala
頭家（店主）	tóu jiā（diàn zhǔ）	Pemilik toko
頭目	tóu mù	Kepala , pemimpin
投資	tóu zī	Menanam modal
投信	tóu xìn	Mengirim surat
投票	tóu piào	Memberi suara
投機	tóu jī	Berspekulasi , cocok , serasi
投稿	tóu gǎo	Menyerahkan naskah / tulisan utk dimuat surat kabar dll
投遞	tóu dì	Menyampaikan , mengantarkan (surat dsb)
投機取巧	tóu jī qǔ qiǎo	Berspekulasi , oportunistis

ㄊㄡˋ

透明	tòu míng	Tembus pandang , transparan
透徹	tòu chè	Teliti , seksama , mendalam
透氣	tòu qì	Memasukkan angin/udara , bernapas lega
透支	tòu zhī	Penarikan uang lebih banyak dari simpanan

ㄊㄢ

貪心	tān xīn	Serakah , tamak
貪污	tān wū	Korupsi , penggelapan

ㄊㄢˊ

談話	tán huà	Percakapan , pembicaraan , omongan
談到	tán dào	Berbicara mengenai , membicarakan
談天	tán tiān	Mengobrol

ㄊ

談判	tán pàn	Perundingan , bernegosiasi
談心	tán xīn	Pembicaraan dari hati ke hati
談何容易	tán hé róng yì	Berbicara lebih mudah daripada bertindak
彈鋼琴	tán gāng qín	Bermain orgen
痰	tán	Dahak , ludah
彈性	tán xìng	Fleksibel , elastis
彈簧床	tán huáng chuáng	Ranjang berpegas

ㄊㄢˇ

坦白	tǎn bái	Terus terang , jujur
坦然	tǎn rán	Terus terang
毯子	tǎn zi	Selimut

ㄊㄢˋ

炭燒	tàn shāo	Membakar di atas arang
嘆氣	tàn qì	Menarik napas , mengeluh
探險	tàn xiǎn	Bertualang , menjelajah , mengeksplorasi
探病	tàn bìng	Menjenguk orang sakit
嘆爲觀止	tàn wéi guān zhǐ	Memuji setinggi langit segala yang dilihat
碳酸飲料	tàn suān yǐn liào	Minuman mengandung asam karbon

ㄊㄤ

湯	tāng	Kuah , sop , air panas
湯麵	tāng miàn	Mie kuah , bakmi kuah
湯匙	tāng chí	Sendok makan
湯圓	tāng yuán	Onde – onde tepung ketan dengan isi didalamnya yang disajikan dengan kuah

ㄊㄤˊ

糖果	táng guǒ	Permen , kembang gula
糖尿病	táng niào bìng	Penyakit kencing manis / gula , diabetes
糖漿	táng jiāng	Sirup , setrup
唐突	táng tú	Kasar , tidak sopan , lancang
堂兄弟	táng xiōng dì	Sepupu laki – laki (dari pihak papa)
堂堂正正	táng táng zhèng zhèng	Terbuka tidak takut diketahui umum

ㄊㄤˇ

躺下	tǎng xià	Berbaring , merebahkan diri
躺著	tǎng zhe	Berbaring , merebahkan diri
躺椅	tǎng yǐ	Kursi malas
倘若	tǎng ruò	Jika , apabila , seandainya

ㄊㄤˋ

燙衣服	tàng yī fú	Menyetrika baju
燙髮	tàng fǎ	Mengeriting rambut
燙傷	tàng shāng	Luka bakar
燙金	tàng jīn	Menyepuh dengan emas

ㄊㄥˊ		
疼惜	téng xí	Menyayangi
疼愛	téng ài	Mencintai dan memanjakan , sangat menyayangi
疼痛	téng tòng	Rasa sakit , nyeri
藤蔓	téng màn	Merambat
藤椅	téng yǐ	Kursi rotan , kursi bambu

ㄊㄧ		
踢開	tī kāi	Menendang
踢球	tī qiú	Menendang bola
踢踏舞	tī tā wǔ	Tari hentak kaki , tap dance
梯形	tī xíng	Trapesium , segi empat yang dua sisinya sejalan (matematika)
梯子	tī zi	Tangga
梯次	tī cì	Tahapan dalam wajib militer

ㄊㄧˊ		
提出	tí chū	Mengajukan , mengemukakan , mengutarakan
提早	tí zǎo	Lebih pagi , lebih awal , memajukan
提前	tí qián	Lebih awal , memajukan
提供	tí gòng	Menyediakan , mensuplai
提議	tí yì	Mengusulkan , memberi usul , menyarankan
提高	tí gāo	Menaikkan , meningkatkan
提款	tí kuǎn	Mengambil uang dari bank
提拔	tí bá	Menaikkan , mempromosikan
提名	tí míng	Mencalonkan , mengajukan nama
提案	tí àn	Mosi , usul , rancangan resolusi
提醒	tí xǐng	Mengingatkan , memperingatkan
提示	tí shì	Menunjukkan , menjelaskan
提倡	tí chàng	Menganjurkan , mendorong , menggalakkan
提心吊膽	tí xīn diào dǎn	Tegang dan gelisah
堤防	tí fáng	Mencegah
啼叫	tí jiào	Ayam berkokok
題目	tí mù	Judul , topik
題材	tí cái	Tema , materi , pokok persoalan

ㄊㄧˇ			
體格	tǐ	gé	Keadaan tubuh , perawakan
體型	tǐ	xíng	Perawakan , bentuk tubuh
體力	tǐ	lì	Stamina tubuh , kekuatan fisik
體操	tǐ	cāo	Senam
體積	tǐ	jī	Volume
體貼	tǐ	tiē	Penuh perhatian
體面	tǐ	miàn	Kehormatan , harga diri , tampan , cantik
體無完膚	tǐ wú wán fū		Sekujur badan luka – luka ,dipukul sampai babak belur
ㄊㄧˋ			
剃刀	tì	dāo	Pisau cukur
剔牙	tì	yá	Mencabut gigi
剔除	tì	chú	Menyingkirkan , menyisihkan
替代	tì	dài	Mengganti
替身	tì	shēn	Pengganti , stuntman
替換	tì	huàn	Mengganti , menggantikan
替天行道	tì tiān xíng dào		Atas nama Tuhan melakukan sesuatu
ㄊㄧㄝ			
貼補	tiē	bǔ	Mensubsidi , membantu keuangan
貼紙	tiē	zhǐ	Kertas tempel
貼心	tiē	xīn	Karib , intim , akrab
貼身	tiē	shēn	Melekat ditubuh
貼身衣物	tiē shēn yī wù		Pakaian dalam
ㄊㄧㄝˇ			
鐵	tiě		Besi
鐵絲	tiě	sī	Kawat besi
鐵管	tiě	guǎn	Pipa besi
鐵釘	tiě	dīng	Paku besi
鐵鎚	tiě	chuí	Palu
鐵櫃	tiě	guì	Lemari besi
鐵路	tiě	lù	Jalan kereta api , kereta api
鐵定	tiě	dìng	Tidak dapat diubah , kuat sekali
鐵飯碗	tiě fàn wǎn		Pekerjaan yang sangat mantap dan stabil
鐵面無私	tiě miàn wú sī		Melakukan segala hal dengan adil dan tidak dapat disuap
ㄊㄧㄠ			
挑剔	tiāo tì		Cerewet dalam memilih , pilih – pilih

挑選	tiāo xuǎn	Memilih , menyeleksi
ㄊㄧㄠˊ		
條款	tiáo kuǎn	Pasal , syarat
條理	tiáo lǐ	Teratur , keteraturan , kerapian
條件	tiáo jiàn	Syarat , faktor
調整	tiáo zhěng	Mengatur , menyesuaikan
調理身體	tiáo lǐ shēn tǐ	Merawat dan memelihara tubuh
ㄊㄧㄠˇ		
挑戰	tiǎo zhàn	Menantang , mengajak berkelahi
ㄊㄧㄠˋ		
跳	tiào	Meloncat , melompat
跳遠	tiào yuǎn	Lompat jauh (olahraga)
跳舞	tiào wǔ	Tarian , menari
跳傘	tiào sǎn	Olahraga terjun payung
跳水	tiào shuǐ	Mencebur ke air , loncat indah (olahraga)
ㄊㄧㄢ		
天空	tiān kōng	Langit , angkasa
天氣	tiān qì	Cuaca
天亮	tiān liàng	Fajar , dinihari , langit terang
天橋	tiān qiáo	Jembatan di atas
天國	tiān guó	Surga , firdaus , kahyangan
天真	tiān zhēn	Polos , tak berdosa , naif
天才	tiān cái	Jenius
天然	tiān rán	Alami , alamiah
天然資源	tiān rán zī yuán	Sumber alam
天藍色	tiān lán sè	Langit biru
天花板	tiān huā bǎn	Langit – langit (dirumah)
天氣預報	tiān qì yù bào	Prakiraan cuaca
天經地義	tiān jīng dì yì	Prinsip yang tidak dapat diubah
添加	tiān jiā	Menambah , bertambah
ㄊㄧㄢˊ		
田地	tián dì	Tanah pertanian , ladang pertanian
田雞	tián jī	Ayam hutan , kodok , katak
田徑賽	tián jìng sài	Pertandingan lari
甜的	tián de	Manis
甜食	tián shí	Makanan manis
甜美	tián měi	Lezat , manis , nyaman
甜頭	tián tóu	Rasa manis , keuntungan

68

填滿	tián	mǎn	Memenuhi
填充	tián	chōng	Mengisi
填平	tián	píng	Mengisi dan meratakan , menguruk
填寫	tián	xiě	Mengisi , menulis

ㄊㄧㄥ			
聽見	tīng	jiàn	Dengar , mendengar
聽說	tīng	shuō	Dengar – dengar , kata orang , konon
聽不見	tīng	bú jiàn	Tidak dapat mendengar
聽歌	tīng	gē	Mendengar lagu
聽力	tīng	lì	Pendengaran
聽話	tīng	huà	Penurut
ㄊㄧㄥˊ			
庭院	tíng	yuàn	Halaman , pelataran
停止	tíng	zhǐ	Berhenti
停電	tíng	diàn	Mati lampu
停留	tíng	liú	Tinggal sementara , berhenti , singgah
停車	tíng	chē	Berhenti , parkir mobil
停車場	tíng	chē chǎng	Tempat parkir , lapangan parkir
停滯不前	tíng	zhì bù qián	Macet , berhenti , terhenti
亭子	tíng	zi	Paviliyun , kios
亭亭玉立	tíng	tíng yù lì	Wanita yang langsing dan cantik jelita
ㄊㄧㄥˇ			
挺胸	tǐng	xiōng	Membusungkan dada
挺立	tǐng	lì	Berdiri tegak , berdiri teguh
挺直	tǐng	zhí	Berdiri lurus
挺身而出	tǐng	shēn ér chū	Tampil dengan berani , maju tanpa gentar
挺而走險	tǐng	ér zǒu xiǎn	Melakukan tindakan nekat
ㄊㄧㄥˋ			
聽天由命	tìng	tiān yóu mìng	Mengikuti kehendak yang diatas

ㄊㄨ			
禿頭	tū	tóu	Kepala botak , kepala gundul
禿頂	tū	dǐng	Puncak kepala yang botak
ㄊㄨˊ			
凸透鏡	tú	tòu jìng	Lensa cembung
突出	tú	chū	Menonjol , mencuat
突變	tú	biàn	Perubahan yang mendadak , sekonyong - konyong
突破	tú	pò	Memecahkan rekor , melampaui

突然	tú	rán	Tiba – tiba , mendadak , sekonyong - konyong
突然想到	tú	rán xiǎng dào	Tiba – tiba ingat
圖書	tú	shū	Buku – buku
圖書館	tú	shū guǎn	Perpustakaan
圖案	tú	àn	Pola , desain
圖畫	tú	huà	Gambar
徒弟	tú	dì	Magang , pengikut
徒刑	tú	xíng	Vonis , hukuman penjara
途徑	tú	jìng	Jalan , saluran , lewat
途中	tú	zhōng	dalam perjalanan , ditengah perjalanan
塗漆	tú	qī	Mengecat
塗抹	tú	mǒ	Mengoles , melumas , melumurkan
塗藥	tú	yào	Mengoles / memborehi obat
屠殺	tú	shā	Pembunuhan massal
屠夫	tú	fū	Tukang jagal , tukang bantai
ㄊㄨˇ			
土	tǔ		Tanah , daerah
土地	tǔ	dì	Tanah , lahan
土產	tǔ	chǎn	Hasil daerah , hasil khas setempat
土匪	tǔ	fěi	Bandit , penyamun
土星	tǔ	xīng	Planet saturnus
土司	tǔ	sī	Roti tawar
吐氣	tǔ	qì	Melampiaskan perasaan , merasa lega dihati
吐出	tǔ	chū	Meludah , memuntahkan
吐露	tǔ	lù	Mengungkapkan , menceritakan
吐實	tǔ	shí	Mengatakan yang sebenarnya
ㄊㄨˋ			
兔子	tù	zi	Kelinci
兔唇	tù	chún	Bibir sumbing
吐口水	tù	kǒu shuǐ	Membuang ludah , meludah
ㄊㄨㄛ			
託詞	tuō	cí	Mencari - cari alasan , berdalih
託付	tuō	fù	Mempercayakan
託運	tuō	yùn	Mengirim kiriman , barang masuk bagasi pesawat terbang
拖把	tuō	bǎ	Sapu pel
拖車	tuō	chē	Kereta gandengan
拖吊	tuō	diào	Menarik kendaraan (tilang)

ㄊ

拖鞋	tuō	xié			Sandal
拖延	tuō	yán			Mengulur – ulur , mengundurkan , menunda
拖地板	tuō	dì	bǎn		Mengepel lantai
拖泥帶水	tuō	ní	dài	shuǐ	Tidak cekatan , tidak tegas tangkas
脫掉	tuō	diào			Buka , membuka , menanggalkan
脫衣	tuō	yī			Buka baju , menanggalkan baju
脫鞋	tuō	xié			Buka sepatu
脫離	tuō	lí			Menyingkir , memisahkan diri dari
脫殼	tuō	ké			Lepas dari batok (udang , kepiting dll)
脫罪	tuō	zuì			Membebaskan seseorang dari tuduhan
脫困	tuō	kùn			Bebas dari masalah
脫口而出	tuō	kǒu	ér	chū	Keceplosan , mengatakan sesuatu dengan tidak sengaja
ㄊㄨㄛˊ					
陀螺	tuó	luó			Gasing
駝背	tuó	bèi			Bungkuk , bongkok
ㄊㄨㄛˇ					
妥當	tuǒ	dàng			Pantas , patut , layak
妥善	tuǒ	shàn			Diatur dengan baik
妥協	tuǒ	xié			Berkompromi
ㄊㄨㄛˋ					
拓展	tuò	zhǎn			Membangun , mengembangkan
唾棄	tuò	qì			Mencampakkan , membuang

ㄊㄨㄟ				Memasarkan , mempromosikan
推銷	tuī	xiāo		Memasarkan , mempromosikan
推測	tuī	cè		Menerka , menduga , mengira – ngira
推動	tuī	dòng		Menggalakkan , mendorong maju
推舉	tuī	jǔ		Memilih
ㄊㄨㄟˊ				
頹廢	tuí	fèi		Putus asa , patah semangat
ㄊㄨㄟˇ				
腿	tuǐ			Paha , tungkai
ㄊㄨㄟˋ				
退讓	tuì	ràng		Menyerah , mengalah
退還	tuì	huán		Mengembalikan
退色	tuì	sè		Luntur , memudar
退出	tuì	chū		Tidak ikut serta , meninggalkan
退錢	tuì	qián		Mengembalikan uang
退票	tuì	piào		Mengembalikan karcis

退步	tuì bù	Mundur , ketinggalan
退休	tuì xiū	Pensiun
退潮	tuì cháo	Air surut , surut
退燒	tuì shāo	Turun demam
退燒藥	tuì shāo yào	Obat penurun demam
蛻變	tuì biàn	Menjelma , berubah rupa

ㄊㄨㄢˊ		
團體	tuán tǐ	Perkumpulan , organisasi
團結	tuán jié	Bergabung , bersatu
團聚	tuán jù	Berkumpul kembali , reuni
團員	tuán yuán	Anggota
團圓	tuán yuán	Berkumpul / bersatu kembali , reuni

ㄊㄨㄥ		
通過	tōng guò	Lulus , lolos , melalui , lewat
通常	tōng cháng	Umum , biasa , normal
通暢	tōng chàng	Tak terhalang , mudah dan lancar
通融	tōng róng	Membuat kekecualian
通知	tōng zhī	Memberitahu , pemberitahuan
通報	tōng bào	Memberitahu , melaporkan
通話	tōng huà	Sedang berbicara
通用	tōng yòng	Dipakai secara umum , yang berlaku
通宵	tōng xiāo	Sepanjang malam , semalam suntuk
通貨膨脹	tōng huò péng zhàng	Inflasi

ㄊㄨㄥˊ		
同時	tóng shí	Pada waktu bersamaan , diwaktu yang sama
同級	tóng jí	Tingkat / kelas yang sama
同居	tóng jū	Tinggal bersama – sama , hidup serumah
同業	tóng yè	Bidang kerja yang sama
同學	tóng xué	Teman sekolah
同心	tóng xīn	Satu hati , sehati , seia sekata
同情	tóng qíng	Bersimpati , mengasihani
同樣	tóng yàng	Sama , serupa
同意	tóng yì	Setuju , menyetujui , sependapat
同伴	tóng bàn	Teman , rekan
同志	tóng zhì	Saudara , kawan , teman sejawat
同甘共苦	tóng gān gòng kǔ	Pahit dan manis ditanggung bersama – sama

ㄊ

銅	tóng	Tembaga
銅器	tóng qì	Barang perunggu / tembaga
銅板	tóng bǎn	Uang / koin tembaga
銅像	tóng xiàng	Patung tembaga , patung perungggu
銅牆鐵壁	tóng qiáng tiě bì	Kubu / benteng yang kuat sekali
童話	tóng huà	Cerita anak – anak , dongeng
童謠	tóng yáo	Sajak / pantun anak – anak
童裝	tóng zhuāng	Pakaian anak – anak
童年	tóng nián	Masa kanak – kanak , masa kecil
童子軍	tóng zǐ jūn	Pramuka
ㄊㄨㄥˇ		
統一	tǒng yī	Bersatu , menyatukan , mempersatukan
統計	tǒng jì	Statistik , menghitung
統治	tǒng zhì	Berkuasa , kekuasaan
桶子	tǒng zi	Ember
ㄊㄨㄥˋ		
痛苦	tòng kǔ	Derita , sengsara
痛心	tòng xīn	Sedih , pedih hati
痛恨	tòng hèn	Sangat membenci
痛快	tòng kuài	Sangat gembira , senang , sepuas hati
痛改前非	tòng gǎi qián fēi	Insyaf

ㄊㄨㄣ		
吞沒	tūn mò	Menggelapkan , menyelewengkan
吞嚥	tūn yàn	Menelan
吞吞吐吐	tūn tūn tǔ tǔ	Gugup dalam bicara
ㄊㄨㄣˊ		
囤積	tún jī	Menimbun barang untuk spekulasi
臀部	tún bù	Pantat , bokong

（ㄋ）		
ㄋㄚˊ		
拿去	ná qù	Membawa pergi
拿來	ná lái	Membawa kemari
拿著	ná zhe	Memegang
拿開	ná kāi	Memindahkan
拿住	ná zhù	Memegang erat – erat
拿手	ná shǒu	Ahli , pandai , mahir
拿給他	ná gěi tā	Memberikan kepadanya

拿給我	ná gěi wǒ	Memberikan kepada saya
ㄋㄚˇ		
哪裡	nǎ lǐ	Dimana
哪一個	nǎ yí ge	Yang mana
哪一樣	nǎ yí yàng	Yang mana
哪一天	nǎ yì tiān	Hari apa
哪一部份	nǎ yí bù fèn	Bagian yang mana
哪一方向	nǎ yì fāng xiàng	Kearah mana
哪一個好	nǎ yí ge hǎo	Yang mana yang baik
ㄋㄚˋ		
那裡	nà lǐ	Disana , disitu
那樣的	nà yàng de	Seperti itu
那麼？	nà me？	Kemudian , lalu
那你呢？	nà nǐ ne？	Bagaimana dengan anda? , lu bagaimana ?
那一個	nà yí ge	Yang itu
納稅	nà shuì	Membayar pajak
納悶	nà mèn	Heran , bingung

ㄋㄜ˙		
呢？	ne？	Dipakai sebagai penutup kalimat tanya

ㄋㄞˇ		
奶茶	nǎi chá	Teh susu
奶奶	nǎi nai	Nenek (dari pihak papa)
奶油	nǎi yóu	Mentega
奶粉	nǎi fěn	Susu bubuk , susu tepung
奶精	nǎi jīng	Krim susu
ㄋㄞˋ		
耐久	nài jiǔ	Tahan lama , awet
耐用	nài yòng	Dapat tahan lama, awet
耐心	nài xīn	Sabar
耐性	nài xìng	Kesabaran , ketahanan
耐力	nài lì	Daya tahan , keuletan
耐人尋味	nài rén xún wèi	Memberi bahan pemikiran
奈何	nài hé	Apa gunanya , bagaimana

ㄋㄟˋ		
內部	nèi bù	Dalam , bagian dalam
內線	nèi xiàn	Sambungan intern telepon , mata – mata/intel ,

ㄋ

			garis dalam
內容	nèi	róng	Isi
內幕	nèi	mù	Dibelakang layar , keadaan sebenarnya
內心	nèi	xīn	Batin , hati sanubari , hati kecil
內褲	nèi	kù	Celana dalam
內臟	nèi	zàng	Jeroan , isi rongga perut dan dada
內閣	nèi	gé	Kabinet
內疚	nèi	jiù	Perasaan bersalah , perasaan menyesal

ㄋㄠˇ			
腦袋	nǎo	dài	Kepala
腦海	nǎo	hǎi	Otak , benak , ingatan
腦震盪	nǎo	zhèn dàng	Gegar otak
ㄋㄠˋ			
鬧鐘	nào	zhōng	Weker , beker , jam alarm
鬧事	nào	shì	Membuat gaduh , menimbulkan keributan

ㄋㄢˊ			
男人	nán	rén	Laki – laki , pria
男孩	nán	hái	Anak laki – laki , bocah lelaki
男孫	nán	sūn	Cucu laki – laki (dari pihak anak laki)
男性	nán	xìng	Kelamin laki – laki , kaum pria
男裝	nán	zhuāng	Pakaian laki – laki , busana pria
男朋友	nán	péng yǒu	Pacar (laki – laki)
男主角	nán	zhǔ jiǎo	Peran utama pria
男子漢	nán	zǐ hàn	Laki – laki jantan
男廚師	nán	chú shī	Koki berjenis kelamin laki – laki
男傭	nán	yōng	Pembantu laki – laki
南部	nán	bù	Bagian selatan
南瓜	nán	guā	Labu merah , waluh
難找	nán	zhǎo	Susah dicari , sukar dicari
難看	nán	kàn	Jelek , buruk , memalukan
難過	nán	guò	Sedih , hati pilu
難得	nán	dé	Jarang sekali terjadi , sulit diperoleh
難忘	nán	wàng	Sukar untuk dilupakan , tak terlupakan
喃喃自語	nán	nán zì yǔ	Berkomat – kamit
ㄋㄢˋ			
難兄難弟	nàn	xiōng nàn dì	Senasib sepenanggungan

ㄋㄤˊ			
囊括	náng guā		Meliputi , mencakup
囊中物	náng zhōng wù		Sesuatu yang sudah pasti bisa diperoleh

ㄋㄣˋ		
嫩肉	nèn ròu	Daging empuk , daging lunak
嫩葉	nèn yè	Daun lunak

ㄋㄥˊ		
能做	néng zuò	Dapat dikerjakan
能幹	néng gàn	Cakap , trampil
能夠	néng gòu	Dapat , bisa , sanggup
能力	néng lì	Kemampuan , kesanggupan
能源	néng yuán	Energi , sumber energi

ㄋㄧˊ			
尼姑	ní gū		Biksuni (Buddha)
尼古丁	ní gǔ dīng		Nikotin
尼龍布	ní lóng bù		Kain nilon
泥土	ní tǔ		Tanah
ㄋㄧˇ			
你的	nǐ de		Kepunyaan kamu
你們	nǐ men		Kamu sekalian , kalian
你好	nǐ hǎo		Apa kabar , halo
你好嗎？	nǐ hǎo mā ?		Apa kabar ? , apa kamu baik – baik ?
你是誰？	nǐ shì shéi ?		Siapa kamu ? , siapa anda ?
你情我願	nǐ qíng wǒ yuàn		Kedua belah pihak sama sama mau
ㄋㄧˋ			
溺水	nì shuǐ		Tenggelam
溺愛	nì ài		Memanjakan
逆境	nì jìng		Keadaan yang tak menguntungkn , kemalangan
逆行	nì xíng		Berlawanan arah
逆轉	nì zhuǎn		Memburuk

ㄋㄧㄝ		
捏	niē	Cubit , mencubit

ㄋㄧㄠˇ		
鳥	niǎo	Burung

ㄋ

鳥叫	niǎo	jiào	Burung berkicau
鳥籠	niǎo	lóng	Sangkar / kandang burung
鳥巢	niǎo	cháo	Sarang burung
鳥語花香	niǎo	yǔ huā xiāng	Melukiskan hari cerah pada waktu musim semi

ㄋㄧㄠˋ

尿尿	niào	niào	Buang air kecil , kencing
尿布	niào	bù	Popok , pampers
尿床	niào	chuáng	Mengompol , kencing diwaktu tidur
尿失禁	niào	shī jìn	Tidak dapat menguasai buang air kecil

ㄋㄧㄡˊ

牛	niú		Sapi
牛肉	niú	ròu	Daging sapi
牛奶	niú	nǎi	Susu sapi
牛脾氣	niú	pí qì	Keras kepala , kepala batu
牛仔褲	niú	zǎi kù	Celana jean , celana jengki
牛刀小試	niú	dāo xiǎo shì	Mempunyai kemampuan tinggi tetapi sedikit digunakan

ㄋㄧㄡˇ

扭傷	niǔ	shāng	Keseleo , terkilir , salah urat
扭曲	niǔ	qū	Menyimpangkan keadaan sebenarnya
扭轉	niǔ	zhuǎn	Memutar , membalikkan
扭扭捏捏	niǔ	niǔ niē niē	Malu – malu , melenggok – lenggokkan pinggang (perempuan)
紐約	niǔ	yuē	New York
紐西蘭	niǔ	xī lán	New Zealand
鈕扣	niǔ	kòu	Kancing

ㄋㄧㄢˊ

年齡	nián	líng	Umur , usia
年初	nián	chū	Awal tahun
年中	nián	zhōng	Pertengahan tahun
年底	nián	dǐ	Akhir tahun
年尾	nián	wěi	Akhir tahun
年前	nián	qián	Setahun lalu
年級	nián	jí	Kelas , tingkat
年輕	nián	qīng	Muda
年老	nián	lǎo	Waktu tua
年夜飯	nián	yè fàn	Makan sekeluarga pada waktu malam imlek
年輕力壯	nián	qīng lì zhuàng	Muda dan kuat

年輕男女	nián qīng nán nǚ	Pria dan wanita berusia muda
年限	nián xiàn	Jumlah tahun yang ditetapkan , jangka waktu
年度	nián dù	Tahunan
黏土	nián tǔ	Tanah liat , tanah lempung
黏住	nián zhù	Menempel
黏性	nián xìng	Kelengketan
黏著劑	nián zhuó jì	Bahan perekat

ㄋㄧㄢˋ

唸經	niàn jīng	Menyanyikan kitab suci (Buddha)
唸書	niàn shū	Belajar
唸唸有詞	niàn niàn yǒu cí	Berkomat - kamit
念舊	niàn jiù	Mengenang teman lama
念頭	niàn tóu	Hasrat , niat
念念不忘	niàn niàn bú wàng	Tidak dapat melupakan , selalu ingat

ㄋㄧㄣˊ

您	nín	Anda (lebih hormat)
您好	nín hǎo	Bagaimana kabar anda (lebih hormat)

ㄋㄧㄤˊ

娘家	niáng jiā	Rumah mama
娘娘腔	niáng niáng qiāng	Berkelakuan seperti perempuan , bencong

ㄋㄧㄤˋ

釀酒	niàng jiǔ	Membuat arak / bir
釀造	niàng zào	Membuat (bir , arak , cuka dsb)

ㄋㄧㄥˊ

檸檬	níng méng	Jeruk nipis
檸檬水	níng méng shuǐ	Air jeruk nipis
寧願	níng yuàn	Lebih baik , lebih suka
寧靜	níng jìng	Tenang , hening
寧可	níng kě	Lebih baik , lebih suka
寧死不屈	níng sǐ bù qū	Lebih baik mati daripada menyerah
凝固	níng gù	Menjadi keras , mengeras , membeku
凝重	níng zhòng	Terhormat , takzim
凝視	níng shì	Menatap

ㄋㄨˊ

奴隸	nú lì	Budak , budak belian
奴才	nú cái	Antek , begundal

ㄋㄨˇ 努力	nǔ	lì	Berusaha keras , berdaya upaya
ㄋㄨˋ 怒氣	nù	qì	Kemarahan , kegeraman
怒火	nù	huǒ	Api kemarahan
ㄋㄨㄛˊ			
挪用	nuó	yòng	Menyalahgunakan , menyelewengkan , menggelapkan
挪動	nuó	dòng	Menggeserkan , bergeser
挪威（國家）	nuó	wēi（guó jiā）	Negara Norwegia
ㄋㄨㄛˋ			
諾言	nuò	yán	Janji , sumpah
糯米	nuò	mǐ	Beras ketan
ㄋㄨㄢˇ			
暖和	nuǎn	huo	Hangat , hangat nyaman
暖器	nuǎn	qì	Mesin pemanas , mesin penghangat
暖爐	nuǎn	lú	Tungku api
ㄋㄨㄥˊ			
農田	nóng	tián	Tanah pertanian , sawah ladang
農地	nóng	dì	Tanah pertanian
農民	nóng	mín	Petani , kaum tani
農耕	nóng	gēng	Pertanian
農場	nóng	chǎng	Tanah pertanian
農業	nóng	yè	Pertanian
濃度	nóng	dù	Kekentalan
濃縮	nóng	suō	Mengonsentrasikan (kimia)
濃眉大眼	nóng	méi dà yǎn	Alis tebal dan mata besar
膿（潰爛）	nóng	（kuì làn）	Nanah , bernanah (membusuk)
ㄋㄩˇ			
女人	nǔ	rén	Wanita , perempuan
女孩	nǔ	hái	Anak perempuan , bocah perempuan
女兒	nǔ	ér	Anak perempuan kepunyaan diri sendiri
女婿	nǔ	xù	Menantu laki – laki
女孫	nǔ	sūn	Cucu perempuan (dari anak laki)
女工	nǔ	gōng	Buruh wanita

女佣人	nǔ yòng rén	Pembantu wanita
女主角	nǔ zhǔ jiǎo	Peran utama wanita
女護士	nǔ hù shì	Suster wanita
女老師	nǔ lǎo shī	Guru wanita

ㄋㄩㄝˋ		
虐待	nuè dài	Menganiaya
瘧疾	nuè jí	Penyakit malaria

（ㄌ） ㄌㄚ		
拉	lā	Menarik
拉住	lā zhù	Menarik
拉緊	lā jǐn	Tarik erat – erat
拉鍊	lā liàn	Resleting
拉肚子	lā dù zi	Mencret , berak – berak
啦啦隊	lā lā duì	Cheerleader
ㄌㄚˇ		
喇叭	lǎ bā	Pengeras suara , speaker
喇嘛	lǎ mā	Pendeta agama Lama
ㄌㄚˋ		
辣	là	Pedas
辣椒	là jiāo	Cabe , cabai , lombok
辣椒醬	là jiāo jiàng	Sambal
臘肉	là ròu	Daging yang sudah diasini dan diasapi
蠟筆	là bǐ	Krayon , pensil lilin berwarna
蠟燭	là zhú	Lilin

ㄌㄜˋ		
垃圾	lè sè	Sampah
垃圾桶	lè sè tǒng	Tong sampah
垃圾堆	lè sè duī	Tumpukan sampah , timbunan sampah
垃圾袋	lè sè dài	Kantong sampah
垃圾車	lè sè chē	Mobil sampah
樂觀	lè guān	Optimis , riang & penuh harapan
樂趣	lè qù	Kesenangan , kegembiraan
ㄌㄜ·		
了	le	Kata penghubung

ㄌㄞˊ			
來	lái		Datang
來了	lái	le	Datang
來自	lái	zì	Berasal dari
來回	lái	huí	Pulang balik , pulang pergi
來回票	lái	huí piào	Tiket pulang balik
來源	lái	yuán	Sumber , asal
來賓	lái	bīn	Tamu , pengunjung
來電（電話）	lái	diàn（diàn huà）	Telepon masuk (telepon)
來不及	lái	bù jí	Tidak keburu , tidak sempat
來來去去	lái	lái qù qù	Datang dan pergi
來自何處	lái	zì hé chù	Berasal dari mana
來日方長	lái	rì fāng cháng	Kelak masih ada banyak waktu
ㄌㄞˋ			
賴皮	lài	pí	Kurang ajar , tidak tahu malu
賴帳	lài	zhàng	Menolak membayar tagihan , tidak menepati janji

ㄌㄟˊ			
雷聲	léi	shēng	Suara kilat , geledek
雷電	léi	diàn	Guntur dan kilat
雷同	léi	tóng	Sama , serupa
ㄌㄟˇ			
壘球	lěi	qiú	Softball
ㄌㄟˋ			
類別	lèi	bié	Klasifikasi , golongan , kategori
類似	lèi	sì	Serupa dengan , mirip dengan
類推	lèi	tuī	Analogi
淚水	lèi	shuǐ	Air mata
淚痕	lèi	hén	Bekas air mata

ㄌㄠ			
撈本	lāo	běn	Mengembalikan modal , menebus kekalahan judi
撈取	lāo	qǔ	Mengeruk , memperoleh
ㄌㄠˊ			
牢固	láo	gù	Kuat , kokoh , teguh
牢記	láo	jì	Ingat benar – benar , mencamkan
牢騷	láo	sāo	Mengeluh , menggerutu
牢獄	láo	yù	Penjara , bui
牢不可破	láo	bù kě pò	Kuat tidak dapat dirusak , kokoh kuat

勞工	láo	gōng			Buruh , pekerja
勞力	láo	lì			Tenaga kerja
ㄌㄠˇ					
老人	lǎo	rén			Orang tua , orang yang sudah lanjut usia
老公	lǎo	gōng			Suami , laki
老么	lǎo	yāo			Paling muda , bungsu
老板	lǎo	bǎn			Boss , majikan , taoke , juragan
老師	lǎo	shī			Guru
老鼠	lǎo	shǔ			Tikus
老實	lǎo	shí			Jujur , tulus hati
老實說	lǎo	shí	shuō		Berbicara jujur , terus terang
老主顧	lǎo	zhǔ	gù		Langganan lama
老當益壯	lǎo	dāng	yì	zhuàng	Walaupun tua tetap kuat

ㄌㄡˊ				
樓上	lóu	shàng		Lantai atas
樓下	lóu	xià		Lantai bawah
樓梯	lóu	tī		Tangga
樓層	lóu	céng		Tingkat gedung , lantai gedung
樓房	lóu	fáng		Rumah susun , rumah yang bertingkat
ㄌㄡˇ				
摟抱	lǒu	bào		Merangkul , memeluk
ㄌㄡˋ				
漏	lòu			Bocor
漏水	lòu	shuǐ		Bocor air
漏氣	lòu	qì		Bocor gas
漏電	lòu	diàn		Bocor listrik
漏稅	lòu	shuì		Menghindar membayar pajak
漏接	lòu	jiē		Gagal menangkap bola

ㄌㄢˊ				
蘭花	lán	huā		Bunga anggrek
藍色	lán	sè		Warna biru
藍天	lán	tiān		Langit biru
藍圖	lán	tú		Perencanaan , merencanakan
籃球	lán	qiú		Bola basket
籃框	lán	kuāng		Kerangka keranjang
籃子	lán	zi		Keranjang
攔車	lán	chē		Menyetopkan mobil

攔截	lán	jié		Mencegat
欄杆	lán	gān		Langkan , pagar peyangga
ㄌㄢˇ				
懶惰	lǎn	duò		Malas
懶散	lǎn	sàn		Malas
纜車	lǎn	chē		Kereta kabel
纜繩	lǎn	shéng		Kabel , tali besar
ㄌㄢˋ				
濫用	làn	yòng		Menyalahgunakan
爛貨	làn	huò		Barang jelek
ㄌㄤˊ				
狼	láng			Serigala
郎中	láng	zhōng		Sinse , tabid tionghoa
郎才女貌	láng	cái	nǚ	mào	Lelaki tampan dan perempuan cantik
榔頭	láng	tóu		Palu , martil , godam
ㄌㄤˇ				
朗讀	lǎng	dú		Membaca bersuara
ㄌㄤˋ				
浪花	làng	huā		Percikan / buih ombak
浪漫	làng	màn		Romantis
浪子	làng	zǐ		Anak muda yang luntang lantung
浪費	làng	fèi		Memboroskan , menghamburkan
浪費金錢	làng	fèi	jīn	qián	Memboroskan uang
ㄌㄥˇ				
冷	lěng			Dingin
冷水	lěng	shuǐ		Air dingin
冷淡	lěng	dàn		Dingin , acuh tak acuh (kelakuan seseorang)
冷靜	lěng	jìng		Tenang , kalem
冷凍	lěng	dòng		Beku (kulkas bagian pembekuan)
冷藏	lěng	cáng		Dingin (kulkas bagian untuk mendinginkan)
冷氣機	lěng	qì	jī	AC
冷氣團	lěng	qì	tuán	Sekumpulan angin dingin
冷冷清清	lěng	lěng	qīng	qīng	Sepi , sunyi senyap
ㄌㄥˋ				
愣住	lèng	zhù		Melongo , bengong , termangu – mangu
ㄌㄧˊ				

梨子	lí	zi			Buah pear
罹患	lí	huàn			Penderita
罹難	lí	nàn			Tewas
離開	lí	kāi			Meninggalkan
離別	lí	bié			Berpisah
離婚	lí	hūn			Bercerai
離職	lí	zhí			Berhenti kerja
釐米	lí	mǐ			Sentimeter
ㄌㄧˇ					
禮物	lǐ	wù			Hadiah , kado
禮貌	lǐ	mào			Sopan santun
禮拜	lǐ	bài			Minggu , kebaktian , ibadah
禮尚往來	lǐ	shàng	wǎng	lái	Saling menghormati , saling memberi hadiah
理由	lǐ	yóu			Alasan , dalih
理論	lǐ	lùn			Teori
理髮	lǐ	fǎ			Memotong rambut
理髮廳	lǐ	fǎ	tīng		Salon rambut
理髮師	lǐ	fǎ	shī		Tukang memotong rambut
理解	lǐ	jiě			Mengerti , memahami
理性	lǐ	xìng			Rasio , masuk akal
理想	lǐ	xiǎng			Impian , ideal
理事	lǐ	shì			Pengurus , anggota dewan
理事長	lǐ	shì	zhǎng		Kepala dewan , kepala pengurus
里長	lǐ	zhǎng			Ketua RT
里程	lǐ	chéng			Jarak perjalanan , jalan perkembangan
裡面	lǐ	miàn			Dalam , didalam , bagian dalam
裡子	lǐ	zi			Lapisan baju
鯉魚	lǐ	yú			Ikan mas , ikan tambera
ㄌㄧˋ					
力量	lì	liàng			Tenaga , kekuatan , kemampuan
力求表現	lì	qiú	biǎo	xiàn	Berusaha keras , berusaha sekuat tenaga
力不從心	lì	bù	cóng	xīn	Tak punya kemampuan yang cukup untuk mencapai keinginan
歷史	lì	shǐ			Sejarah , riwayat
立刻	lì	kè			Segera
立志	lì	zhì			Bertekad bulat , berketetapan hati
立場	lì	chǎng			Pendirian , sikap
立法	lì	fǎ			Membuat undang – undang , legislatif
立體	lì	tǐ			Tiga dimensi

力

立法院	lì fǎ yuàn	Kekuasaan legislatif
立竿見影	lì gān jiàn yǐng	Segera melihat hasilnya
利息	lì xí	Bunga uang , rente , riba
利率	lì lǜ	Suku bunga , tingkat bunga
利益	lì yì	Keuntungan , kepentingan , manfaat
利潤	lì rùn	Laba , untung , keuntungan
利用	lì yòng	Memakai , menggunakan , memanfaatkan
利人利己	lì rén lì jǐ	Terhadap diri sendiri dan orang lain ada keuntungan
例如	lì rú	Contohnya , misalnya , umpamanya
例外	lì wài	Kecuali
例行公事	lì xíng gōng shì	Pekerjaan rutin , urusan rutin , hanya formalitas
粒子	lì zǐ	Partikel (fisika) , butir
厲害	lì hài	Hebat , lihai
歷程	lì chéng	Perjalanan , jalannya , karir
曆法	lì fǎ	Kalender , penanggalan
勵志	lì zhì	Bulat hati dalam mengejar cita – cita

ㄌㄧㄝˋ		
列車	liè chē	Gerbong kereta api
列席	liè xí	Mengikuti sidang selaku peninjau
劣等	liè děng	Mutu rendah , kelas rendah
劣質	liè zhí	Mutu buruk , mutu rendah
劣勢	liè shì	Keadaan jelek
烈酒	liè jiǔ	Minuman keras
烈士	liè shì	Martir
烈火	liè huǒ	Api yang bernyala – nyala / berkobar - kobar
裂縫	liè fèng	Celah , rengggang
裂開	liè kāi	Retak
獵人	liè rén	Pemburu
獵犬	liè quǎn	Anjing pemburu
獵槍	liè qiāng	Senjata pemburu

ㄌㄧㄠˊ		
聊天	liáo tiān	Bercakap – cakap , ngobrol
寥寥無幾	liáo liáo wú jǐ	Sangat sedikit , amat sedikit
遼闊	liáo kuò	Luas , lapang
療傷	liáo shāng	Mengobati luka
療法	liáo fǎ	Terapi , pengobatan

療效	liáo xiào	Hasil pengobatan , efek pengobatan
療養	liáo yǎng	Tirah , tetirah
ㄌㄧㄠˇ		
了解	liǎo jiě	Mengerti , memahami
瞭如指掌	liǎo rú zhǐ zhǎng	Sangat mengerti seperti melihat telapak tangan sendiri
ㄌㄧㄠˋ		
料理	liào lǐ	Mengurus , mengatur , mengelola
料事如神	liào shì rú shén	Meramal dengan tepat hal yang belum terjadi

ㄌㄧㄡˊ		
流行	liú xíng	Terkenal , populer
流行性感冒	liú xíng xìng gǎn mào	Wabah influensa / flu
流血	liú xiě	Berdarah , keluar darah
流動	liú dòng	Mengalir
流淚	liú lèi	Meneteskan air mata
流汗	liú hàn	Berkeringat , mengeluarkan keringat
流利	liú lì	Lancar , fasih
流浪	liú làng	Berkeliaran , menggembara , bergelandangan
留話	liú huà	Meninggalkan pesan
留情	liú qíng	Memberi ampun , memaafkan
留意	liú yì	Hati – hati , waspada , awas
留心	liú xīn	Hati – hati , berhati – hati , berjaga – jaga
留戀	liú liàn	Berat hati meninggalkan (tempat)
留學生	liú xué shēng	Pelajar yang belajar di luar negeri
留連忘返	liú lián wàng fǎn	Sangat gembira dan lupa untuk pulang
榴槤	liú lián	Buah durian
琉璃	liú lí	Glasir berwarna
琉球	liú qiú	Kepulauan Ryukyu
瘤	liú	Tumor
ㄌㄧㄡˇ		
柳樹	liǔ shù	Pohon willow
ㄌㄧㄡˋ		
六	liù	Enam
六十	liù shí	Enam puluh
六月	liù yuè	Juni

ㄌㄧㄢˊ		
連接	lián jiē	Menghubungkan , menyambung

ㄌ

連續	lián xù	Terus menerus , berturut – turut
連累	lián lèi	Melibatkan seseorang
連結	lián jié	Menghubungkan
連鎖反應	lián suǒ fǎn yìng	Reaksi berantai
憐憫	lián mǐn	Kasihan , iba hati
蓮花	lián huā	Bunga teratai
蓮子	lián zǐ	Biji teratai
聯邦	lián bāng	Federasi , serikat
聯想	lián xiǎng	Mengaitkan sesuatu dengan sesuatu
聯絡	lián luò	Menghubungi , mengadakan kontak dengan
聯合	lián hé	Bergabung , bersatu , bersekutu
聯合國	lián hé guó	Persatuan Bangsa – Bangsa , PBB
廉價	lián jià	Harga murah , harga rendah
廉恥	lián chǐ	Tahu rasa malu
廉潔	lián jié	Jujur , tak main curang
ㄌㄧㄢˇ		
臉	liǎn	Muka , wajah
臉色	liǎn sè	Air muka , ekspreksi muka
臉紅	liǎn hóng	Muka merah
臉盆	liǎn pén	Baskom cuci muka
ㄌㄧㄢˋ		
練習	liàn xí	Melatih , berlatih
煉乳	liàn rǔ	Susu kental
戀愛	liàn ài	Cinta , percintaan , berpacaran
戀人	liàn rén	Kekasih , pacar
戀家	liàn jiā	Suka tinggal dirumah , rindu akan keluarga
鍊子	liàn zi	Rantai
ㄌㄧㄣˊ		
林海	lín hǎi	Hutan belantara , hutan rimba , rimba raya
臨時	lín shí	Sementara
臨時會議	lín shí huì yì	Rapat mendadak
淋病	lín bìng	Penyakit kencing nanah , gonorea
淋巴	lín bā	Getah bening , limpa
淋雨	lín yǔ	Basah karena air hujan , kehujanan
淋浴	lín yù	Mandi siram , mandi pancuran
琳瑯滿目	lín lán mǎn mù	Beraneka ragam , bermacam-macam
鄰近	lín jìn	Berdekatan dengan , bertetangga
鄰國	lín guó	Negara tetangga , negara yang berdekatan

鄰居	lín jū	Tetangga
臨陣脫逃	lín zhèn tuō táo	Kabur pada saat genting

ㄌㄧㄤˊ

涼快	liáng kuài	Sejuk , adem , agak dingin
涼鞋	liáng xié	Sepatu sendal , sendal sepatu
良好	liáng hǎo	Baik , bagus
量	liáng	Mengukur , menakar
量杯	liáng bēi	Gelas pengukur , gelas takar
量體重	liáng tǐ zhòng	Menimbang berat badan
量身訂做	liáng shēn dìng zuò	Khusus dibuat untuk seseorang
糧食	liáng shí	Bahan makanan , bahan pangan

ㄌㄧㄤˇ

兩個	liǎng ge	Dua buah
兩半	liǎng bàn	Belah dua
兩側	liǎng cè	Kedua sisi
兩面	liǎng miàn	Kedua sisi , kedua belah
兩性	liǎng xìng	2 jenis kelamin
倆人	liǎng rén	Berdua

ㄌㄧㄤˋ

亮度	liàng dù	Terang
亮相	liàng xiàng	Mengambil lagak diatas panggung (opera)
亮光	liàng guāng	Sinar , cahaya
諒解	liàng jiě	Mengerti , pengertian

ㄌㄧㄥˊ

凌晨	líng chén	Sebelum fajar , dini hari
凌亂	líng luàn	Berantakan , kacau , tak karuan
凌辱	líng rǔ	Penghinaan , perlakuan yang sewenang – wenang
靈魂	líng hún	Jiwa , sukma
靈活	líng huó	Gesit , lincah , cekatan
靈感	líng gǎn	Inspirasi , ilham
零	líng	Nol
零錢	líng qián	Uang receh , uang kecil
零售	líng shòu	Menjual eceran
零售價	líng shòu jià	Harga eceran
零碎	líng suì	Pecahan , sepotong – potong
零件	líng jiàn	Onderdil , suku cadang

陵墓	líng	mù			Kuburan sangat besar dan indah
聆聽	líng	tīng			Mendengar
鈴聲	líng	shēng			Suara bel
ㄌㄧㄥˇ					
領先	lǐng	xiān			Memimpin (ranking)
領款	lǐng	kuǎn			Menerima uang , mengambil uang
領事	lǐng	shì			Konsul
領域	lǐng	yù			Daerah , wilayah
領帶	lǐng	dài			Dasi
領隊	lǐng	duì			Pemimpin rombongan / tim , Tour Leader
ㄌㄧㄥˋ					
另外	lìng	wài			Yang lain , selain itu , dan lagi
另議	lìng	yì			Diskusi terpisah , rapat terpisah
另一方面	lìng	yì	fāng	miàn	Dilain pihak
另眼相看	lìng	yǎn	xiāng	kàn	Melihat seseorang dengan pandangan baru
令郎	lìng	láng			Putra anda (hormat)
令尊	lìng	zūn			Ayah anda (hormat)

ㄌㄨˊ					
蘆筍	lú	sǔn			Sayuran sejenis bambu
爐火	lú	huǒ			Api kompor , api tungku
爐子	lú	zi			Kompor , tungku
ㄌㄨˇ					
魯莽	lǔ	mǎng			Gegabah , terburu – buru
ㄌㄨˋ					
陸地	lù	dì			Darat
陸續	lù	xù			Berturut – turut , susul menyusul
鹿	lù				Rusa , kijang , menjangan
鹿角	lù	jiǎo			Tanduk rusa , tanduk menjangan
陸軍	lù	jūn			Angkatan darat , tentara darat
陸軍上將	lù	jūn	shàng	jiàng	Jenderal angkatan darat
陸軍中將	lù	jūn	zhōng	jiàng	Letnan jenderal angkatan darat
陸軍少將	lù	jūn	shào	jiàng	Mayor jenderal angkatan darat
錄音	lù	yīn			Merekam suara
錄音機	lù	yīn	jī		Mesin perekam suara
錄音帶	lù	yīn	dài		Kaset
錄影	lù	yǐng			Syuting film
錄影機	lù	yǐng	jī		Mesin menyetel video film
錄影帶	lù	yǐng	dài		Kaset video

錄取	lù qǔ		Menerima masuk , merekrut
路口	lù kǒu		Mulut jalan , persimpangan
路上	lù shàng		Ditengah perjalanan , dalam perjalanan
路過	lù guò		Melalui , lewat
路線	lù xiàn		Rute perjalanan
路邊	lù biān		Disamping jalan , disisi jalan
路程	lù chéng		Perjalanan
露面	lù miàn		Menampakkan muka , muncul
露水	lù shuǐ		Embun
露天	lù tiān		Diluar rumah , diudara terbuka

ㄌㄨㄛ				
囉嗦	luō suō			Bawel , cerewet
ㄌㄨㄛˊ				
蘿蔔	luó bō			Sayur lobak
螺旋槳	luó xuán jiǎng			Baling – baling kapal
螺絲釘	luó sī dīng			Sekrup
螺絲起子	luó sī qǐ zi			Obeng
羅馬	luó mǎ			Kota Roma
羅盤	luó pán			Kompas
邏輯	luó jí			Masuk akal , logika
鑼鼓	luó gǔ			Gong dan gendang , gembreng dan genderang
ㄌㄨㄛˇ				
裸體	luǒ tǐ			Telanjang , bugil
裸露	luǒ lòu			Terbuka , tersingkap
裸睡	luǒ shuì			Tidur dengan telanjang
ㄌㄨㄛˋ				
落下	luò xià			Jatuh
落伍	luò wǔ			Ketinggalan zaman
落後	luò hòu			Ketinggalan , tertinggal dibelakang
落差	luò chā			Perbedaan
落實	luò shí			Dipraktekkan , dilaksanakan , menerapkan
駱駝	luò tuó			Onta , unta

ㄌㄨㄣˊ			
輪流	lún liú		Bergilir , bergiliran
輪迴	lún huí		Reinkarnasi
輪子	lún zi		Roda , jentera
輪胎	lún tāi		Ban

ㄌ

輪船	lún	chuán	Kapal api , kapal uap
倫理	lún	lǐ	Etika , etiket
淪落	lún	luò	Jatuh miskin , turun derajat dalam masyarakat
淪陷	lún	xiàn	Jatuh ke tangan musuh , diduduki musuh
ㄌㄨㄣˋ			
論文	lùn	wén	Skripsi
論述	lùn	shù	Membicarakan , menguraikan

ㄌㄨㄢˇ			
卵	luǎn		Telur , telor
卵巢	luǎn	cháo	Indung telur
ㄌㄨㄢˋ			
亂來	luàn	lái	Berbuat sesuka hati
亂說	luàn	shuō	Sembarangan bicara
亂跑	luàn	pǎo	Sembarangan berlari
亂動	luàn	dòng	Sembarangan bergerak

ㄌㄨㄥˊ			
隆重	lóng	zhòng	Megah , khidmat
隆起	lóng	qǐ	Membengkak , membesar
龍	lóng		Naga
龍袍	lóng	páo	Jubah raja , jubah kaisar
龍舟	lóng	zhōu	Perahu naga
龍蝦	lóng	xiā	Lobster
龍眼	lóng	yǎn	Buah lengkeng
龍捲風	lóng	juǎn fēng	Angin topan
籠子	lóng	zi	Kandang , sangkar
籠統	lóng	tǒng	Umum
聾子	lóng	zi	Orang budek / tuli
聾啞	lóng	yǎ	Bisu dan tuli
ㄌㄨㄥˋ			
弄（巷口）	lòng（xiàng kǒu）		Gang , jalan kecil

ㄌㄩˊ			
驢子	lǘ	zi	Keledai
ㄌㄩˇ			
旅行	lǚ	xíng	Perjalanan , berwisata
旅遊	lǚ	yóu	Pariwisata , tur
旅途	lǚ	tú	Ditengah perjalanan , dalam perjalanan

旅程	lǚ	chéng	Rute perjalanan
旅費	lǚ	fèi	Biaya perjalanan , ongkos perjalanan
旅館	lǚ	guǎn	Hotel
旅客	lǚ	kè	Tamu hotel , pengunjung , penumpang
旅行社	lǚ	xíng shè	Biro perjalanan , biro wisata , Travel agent
履約	lǚ	yuē	Memenuhi perjanjian
履歷	lǚ	lì	Riwayat hidup singkat
屢次	lǚ	cì	Berkali – kali , berulang – ulang , berulang kali
屢試不爽	lǚ	shì bù shuǎng	Diuji berkali – kali dan hasilnya baik
鋁合金	lǚ	hé jīn	Aluminium campur emas

ㄌㄩˋ

律師	lǜ	shī	Pengacara , advokat
綠色	lǜ	sè	Warna hijau
綠茶	lǜ	chá	Daun teh
綠化	lǜ	huà	Menghijaukan daerah dengan menanam pohon
綠洲	lǜ	zhōu	Wahah , oasis
綠豆	lǜ	dòu	Kacang hijau , kacang ijo
綠燈	lǜ	dēng	Lampu hijau
濾紙	lǜ	zhǐ	Kertas saring , kertas filter
濾水器	lǜ	shuǐ qì	Mesin menyaring air

ㄌㄩㄝˋ

略懂	lüè	dǒng	Sedikit mengerti , agak mengerti
略微	lüè	wéi	Sedikit , agak
略勝一籌	lüè	shèng yì chóu	Salah satu sedikit lebih baik / lebih bagus
掠奪	lüè	duó	Merampas , merampok
掠過	lüè	guò	Menyerempet (mobil)

（ㄍ）

ㄍㄜ

哥哥	gē	ge	Kakak laki – laki , abang
歌聲	gē	shēng	Suara nyanyian
歌曲	gē	qǔ	Lagu , nyanyian
歌手	gē	shǒu	Penyanyi , biduan
胳臂	gē	bèi	Lengan
割愛	gē	ài	Mengorbankan sesuatu yang berharga
割除	gē	chú	Memotong , mengerat
割斷	gē	duàn	Memotong , memutuskan
擱淺	gē	qiǎn	Kandas , karam

擱置	gē	zhì	Menyampingkan sementara (rencana , proposal dsb)
鴿子	gē	zi	Burung merpati , burung dara
鴿籠	gē	lóng	Kandang burung merpati
《ㄜˊ			
格言	gé	yán	Motto , semboyan
格式	gé	shì	Bentuk , pola
革新	gé	xīn	Pembaruan
革命	gé	mìng	Revolusi
隔日	gé	rì	Hari berikutnya
隔壁	gé	bì	Sebelah , tetangga
隔開	gé	kāi	Terpisah
閣樓	gé	lóu	Loteng
閣下	gé	xià	Paduka yang mulia
《ㄜˋ			
各位	gè	wèi	Para hadirin , semua orang
各地	gè	dì	Masing – masing tempat
各項	gè	xiàng	Setiap barang
各國	gè	guó	Masing – masing negara
各自	gè	zì	Masing – masing , sendiri – sendiri
各別	gè	bié	Secara terpisah , secara berlainan
各種	gè	zhǒng	Masing – masing jenis
個人	gè	rén	Pribadi , perorangan
個性	gè	xìng	Karakter , watak
個子	gè	zi	Sosok tubuh , perawakan
《ㄞ			
該罵	gāi	mà	Patut dimarahi , patut diomeli
該死	gāi	sǐ	Sial , celaka , jahanam
《ㄞˇ			
改編	gǎi	biān	Merevisi , menyusun kembali
改善	gǎi	shàn	Memperbaiki
改變	gǎi	biàn	Berubah
改日	gǎi	rì	Ganti hari , lain hari
改正	gǎi	zhèng	Memperbaiki , membetulkan
改革	gǎi	gé	Reformasi , pembaruan
改造	gǎi	zào	Mengubah
改邪歸正	gǎi	xié guī zhèng	Insyaf , bertobat
《ㄞˋ			

93

蓋章	gài	zhāng			Mengecap , menstempel
蓋子	gài	zi			Tutupan , kap
蓋房子	gài	fáng	zi		Membangun rumah
蓋印	gài	yìn			Mengecap , menstempel
概念	gài	niàn			Konsepsi , gagasan

《ㄟˇ

給你	gěi	nǐ			Beri ke kamu
給我	gěi	wǒ			Beri ke saya
給他	gěi	tā			Beri ke dia

《ㄠ

高級	gāo	jí			Tingkat tinggi , senior
高貴	gāo	guì			Mulia , berstatus elite
高價	gāo	jià			Harga tinggi
高手	gāo	shǒu			Ahli , pemain ulung
高度	gāo	dù			Ketinggian , tingginya
高興	gāo	xìng			Gembira , senang , girang
高明	gāo	míng			Bijaksana , cakap
高中	gāo	zhōng			SMA , Sekolah Menengah Atas
高雅	gāo	yǎ			Anggun
高跟鞋	gāo	gēn	xié		Sepatu hak tinggi , sepatu bertumit tinggi
高速公路	gāo	sù	gōng	lù	Jalan tol , jalan bebas hambatan
高爾夫球	gāo	ěr	fū	qiú	Permainan golf
高爾夫球場	gāo	ěr	fū	qiú chǎng	Lapangan golf
膏藥	gāo	yào			Obat salep
糕餅	gāo	bǐng			Kue , kue dan biskuit

《ㄠˇ

搞鬼	gǎo	guǐ			Membuat masalah , berbuat curang
搞壞	gǎo	huài			Membuat rusak , merusakkan
稿費	gǎo	fèi			Honorarium , imbalan
稿子	gǎo	zi			Naskah , sketsa

《ㄠˋ

告訴	gào	sù			Memberitahu
告別	gào	bié			Berpisah , pamit , minta diri
告示	gào	shì			Maklumat , pengumuman
告知	gào	zhī			Memberitahu , mengabarkan
告老還鄉	gào	lǎo	huán	xiāng	Pensiun karena usia tua

《ㄡ			
勾結	gōu	jié	Bersekongkol , berkomplot
勾選	gōu	xuǎn	Memilih
勾引	gōu	yǐn	Memikat , mengoda
勾心鬥角	gōu	xīn dòu jiǎo	Saling benci dan bentrok
溝通	gōu	tōng	Berkomunikasi
鉤子	gōu	zi	Cantelan , kait
《ㄡˇ			
狗	gǒu		Anjing
狗窩	gǒu	wō	Kandang anjing , rumah anjing
狗屎	gǒu	shǐ	Tahi anjing
《ㄡˋ			
購買	gòu	mǎi	Membeli
購物	gòu	wù	Membeli barang
夠了	gòu	le	Cukup
夠本	gòu	běn	Balik modal
構造	gòu	zào	Struktur , susunan
構成	gòu	chéng	Merupakan , membentuk
構想	gòu	xiǎng	Gagasan , rencana

《ㄢ			
干擾	gān	rǎo	Gangguan
干涉	gān	shè	Menggangu , mencampuri
乾燥	gān	zào	Kering , kemarau
乾洗	gān	xǐ	Cuci kering , dry clean
乾杯	gān	bēi	Toast , minum untuk menghormat
乾脆	gān	cuì	Berterus terang , jelas dan tegas
乾麵	gān	miàn	Mie kering
甘願	gān	yuàn	Rela bersedia , sudi
甘蔗	gān	zhè	Tebu
柑橘	gān	jú	Jeruk koprok , jerut garut
肝臟	gān	zàng	Organ hati
肝癌	gān	ái	Kanker hati
肝炎	gān	yán	Hepatitis , radang hati
肝硬化	gān	yìng huà	Hati mengeras , sirosis hati
竿子	gān	zi	Tiang , galah
《ㄢˇ			
趕上	gǎn	shàng	Mengejar , menyusul
趕不上	gǎn	bú shàng	Tidak terkejar , tidak tersusul

95

趕快	gǎn	kuài			Cepat – cepat , lekas – lekas
趕走	gǎn	zǒu			Cepat pergi
敢作敢當	gǎn	zuò	gǎn	dāng	Berani berbuat berani bertanggung jawab
敢於	gǎn	yú			Berani dalam hal sesuatu
感覺	gǎn	jué			Perasaan
感冒	gǎn	mào			Influensa , selesma
感情	gǎn	qíng			Perasaan , emosi
感想	gǎn	xiǎng			Kesan , pendapat , isi hati
感謝	gǎn	xiè			Sangat berterima kasih
桿菌	gǎn	jùn			Basil
《ㄢˋ					
幹掉	gàn	diào			Menghabisi , membunuh
幹活	gàn	huó			Bekerja
幹什麼	gàn	shé	me		Sedang mengerjakan apa

《ㄣ					
根治	gēn	zhì			Sembuh total
根本	gēn	běn			Pokok , dasar
根據	gēn	jù			Berdasarkan , menurut
根部	gēn	bù			Akar
根除	gēn	chú			Mengikis sampai akarnya , membasmi
根深蒂固	gēn	shēn	dì	gù	Mendarah daging , berurat berakar
跟班	gēn	bān			Pembantu /pelayan (pejabat negeri) , mengikuti pelajaran
跟隨	gēn	suí			Ikut , mengikuti
跟蹤	gēn	zōng			Mengikuti

《ㄤ			
剛好	gāng	hǎo	Pas , tepat , persis
剛到	gāng	dào	Baru saja sampai , baru saja tiba
剛才	gāng	cái	Baru saja , tadi
鋼筆	gāng	bǐ	Pulpen , pena
鋼筋	gāng	jīn	Tulang baja , rangka baja
鋼鐵	gāng	tiě	Besi baja , baja
綱目	gāng	mù	Garis besar dan terperinci , ikhtisar
《ㄤˇ			
港口	gǎng	kǒu	Dermaga , pelabuhan , bandar

《ㄥ			
更新	gēng	xīn	Memperbarui

更換	gēng	huàn			Mengganti
更改	gēng	gǎi			Merubah
耕田	gēng	tián			Membajak sawah , menggarap sawah
耕種	gēng	zhòng			Membajak dan menabur , bercocok tanam
《ㄥˋ					
更加	gèng	jiā			Lebih , semakin
更好	gèng	hǎo			Lebih baik , lebih bagus
更勝一籌	gèng	shèng	yì	chóu	Prestasi lebih menonjol
《ㄨ					
估計	gū	jì			Menilai , menaksir , memperhitungkan
估價	gū	jià			Menilai harga , menaksir harga
估價單	gū	jià	dān		Proforma Invoice
孤單	gū	dān			Sendirian , seorang diri , sebatang kara
孤兒	gū	ér			Anak yatim piatu
孤獨	gū	dú			Kesepian
姑娘	gū	niáng			Nona , gadis
姑姑	gū	gu			Saudara perempuan dari pihak papa
姑且	gū	qiě			Sementara , sebentar
姑息	gū	xí			Mengampuni , memaafkan
辜負	gū	fù			Mengecewakan , menyia – nyiakan
《ㄨˇ					
骨頭	gǔ	tóu			Tulang
骨架	gǔ	jià			Kerangka tulang
骨氣	gǔ	qì			Ulet
骨科	gǔ	kē			Bagian tulang
古板	gǔ	bǎn			Kolot dan kaku
古典	gǔ	diǎn			Klasik
古物	gǔ	wù			Benda – benda kuno
古時候	gǔ	shí	hòu		Waktu zaman dahulu , pada zaman kuno
谷底	gǔ	dǐ			Dasar lembah , dasar jurang
股份	gǔ	fèn			Saham , sero
股東	gǔ	dōng			Pemegang saham , pesero
股票	gǔ	piào			Saham , sero
股價	gǔ	jià			Harga saham
股市	gǔ	shì			Pasar saham
鼓勵	gǔ	lì			Mendorong , memberi semangat
鼓掌	gǔ	zhǎng			Bertepuk tangan
穀物	gǔ	wù			Biji – bijian

《ㄨˋ			
故障	gù	zhàng	Macet , rusak
故意	gù	yì	Sengaja
故事	gù	shì	Cerita , kisah
故鄉	gù	xiāng	Kampung halaman
固守	gù	shǒu	Mempertahankan
固執	gù	zhí	Keras kepala , kepala batu
固定	gù	dìng	Tetap , tidak berubah – ubah
固若金湯	gù	ruò jīn tāng	Kubu yang amat kokoh
顧客	gù	kè	Langganan , pembeli
顧問	gù	wèn	Penasehat , konsultan
顧忌	gù	jì	Khawatir , segan , keberatan
雇用	gù	yòng	Memperkerjakan
雇主	gù	zhǔ	Majikan

《ㄨㄚ			
刮風	guā	fēng	Bertiup
刮臉	guā	liǎn	Mencukur
括痧	guā	shā	Mengerik leher , punggung dsb
刮鬍子	guā	hú zi	Cukur kumis
刮鬍刀	guā	hú dāo	Pisau cukur
刮目相看	guā	mù xiāng kàn	Kagum akan kemajuan seseorang
蝸牛	guā	niú	Siput , keong
《ㄨㄚˇ			
寡婦	guǎ	fù	Janda
《ㄨㄚˋ			
掛鉤	guà	gōu	Menjalin hubungan
掛衣	guà	yī	Gantungan baju
掛旗	guà	qí	Mengibarkan bendera
掛失	guà	shī	Melaporkan kehilangan
掛號	guà	hào	Mendaftar untuk berobat
掛號信	guà	hào xìn	Surat tercatat
掛念	guà	niàn	Berpikir / khawatir tentang sesuatu

《ㄨㄛ			
鍋爐	guō	lú	Ketel air , ketel uap
鍋貼	guō	tiē	Swikiau goreng
鍋子	guō	zi	Panci
《ㄨㄛˊ			

國家	guó	jiā			Negara
國民	guó	mín			Kewarganegaran , kebangsaan
國王	guó	wáng			Raja , kaisar
國旗	guó	qí			Bendera negara
國歌	guó	gē			Lagu kebangsaan
國籍	guó	jí			Kewarganegaraan , kebangsaan
國會	guó	huì			Parlemen / kongres negara
國民大會	guó	mín	dà	huì	Rapat nasional
國外	guó	wài			Luar negeri , manca negara
國際	guó	jì			Internasional
國貨（國產品）	guó	huò（guó	chǎn	pǐn）	Barang buatan dalam negeri
國營企業	guó	yíng	qì	yè	Perusahaan milik negara
國泰民安	guó	tài	mín	ān	Negara aman sentosa dan rakyat sejahtera
《ㄨㄛˇ					
果汁	guǒ	zhī			Jus , sari buah
果斷	guǒ	duàn			Tegas , pasti
果然	guǒ	rán			Sebagaimana yang diduga
《ㄨㄛˋ					
過去	guò	qù			Yang lalu , yang sudah lewat
過年	guò	nián			Imlek , tahun baru cina
過於	guò	yú			Lebih dari , terlalu
過些	guò	xiē			Lebih sedikit
過多	guò	duō			Lebih banyak
過好	guò	hǎo			Hidup baik
過時	guò	shí			Ketinggalan zaman , kuno
過失	guò	shī			Kesalahan , kekeliruan
過橋	guò	qiáo			Melewati jembatan
過夜	guò	yè			Bermalam
過期	guò	qí			Kadaluwarsa , habis masa berlakunya
過半	guò	bàn			Lebih dari setengah
《ㄨㄞ					
乖巧	guāi	qiǎo			Alim , penurut
《ㄨㄞˋ					
怪物	guài	wù			Monster
怪事	guài	shì			Hal yang aneh
怪人	guài	rén			Menyalahkan orang , orang aneh
怪怪的	guài	guài	de		Aneh

怪不得	guài bù dé	Tidak heran
怪脾氣	guài pí qì	Mempunyai watak yang aneh

《ㄨㄟ

歸納	guī nà	Memilah – milah
規格	guī gé	Spesifikasi , standar
規模	guī mó	Berskala , mempunyai sistim kerja yang baik
規定	guī dìng	Peraturan
規則	guī zé	Aturan , kaidah
規劃	guī huà	Merencanakan
規矩	guī jǔ	Aturan , tata krama
龜殼	guī ké	Batok kura – kura
歸還	guī huán	Mengembalikan
歸屬	guī shǔ	Menjadi milik

《ㄨㄟˇ

鬼話	guǐ huà	Omong kosong , kebohongan
鬼怪	guǐ guài	Hantu dan momok , kekuatan jahat
鬼神	guǐ shén	Hantu dan dewa
詭異	guǐ yì	Aneh
詭計	guǐ jì	Akal bulus , tipu muslihat
軌道	guǐ dào	Rel , lintasan
軌跡	guǐ jī	Garis edar , orbit

《ㄨㄟˋ

桂圓	guì yuán	Buah lengkeng
貴(售價)	guì (shòu jià)	Mahal , harga tinggi
貴賓	guì bīn	Tamu agung , tamu terhormat
貴姓	guì xìng	Marga
貴族	guì zú	Bangsawan , ningrat
跪著	guì zhe	Berlutut
跪拜	guì bài	Menyembah , bersungkem , bersujud
跪地求饒	guì dì qiú ráo	Memohon sampai menyembah - nyembah
櫃台	guì tái	Counter
櫃子	guì zi	Lemari , almari

《ㄨㄢ

關起來	guān qǐ lái	Menutup
關門	guān mén	Menutup pintu
關心	guān xīn	Memberi perhatian , menaruh perhatian
關於	guān yú	Berhubungan dengan , berkaitan dengan

關係	guān	xì	Hubungan
關連	guān	lián	Berhubungan , berkaitan
關節	guān	jié	Sendi , persendian
關稅	guān	shuì	Bea cukai , cukai pabean
關照	guān	zhào	Menjaga , mengurus
觀察	guān	chá	Mengamati , meneliti
觀望	guān	wàng	Menunggu dan mengamati
觀點	guān	diǎn	Pandangan , sudut pendapat
觀賞	guān	shǎng	Menonton
觀摩	guān	mó	Memperhatikan dan belajar dari seseorang / sesuatu
觀眾	guān	zhòng	Penonton , pemirsa , hadirin
觀光	guān	guāng	Bertamasya , melancong
觀光旅行	guān	guāng lǚ xíng	Bertamasya dan tur
官員	guān	yuán	Pejabat
《ㄨㄢˇ			
管理	guǎn	lǐ	Mengurus , mengelola
管用	guǎn	yòng	Mengurus , gunakan sebaiknya
管制	guǎn	zhì	Mengontrol
《ㄨㄢˋ			
冠軍	guàn	jūn	Pemenang , juara
罐頭	guàn	tóu	Kaleng
罐裝	guàn	zhuāng	Dipak dalam kaleng
罐子	guàn	zi	Kaleng
慣竊	guàn	qiè	Pencuri kambuhan
慣用	guàn	yòng	Terbiasa memakai , biasa menggunakan
慣例	guàn	lì	Kebiasaan , rutin
貫徹	guàn	chè	Melaksanakan , menjalankan
貫穿	guàn	chuān	Menembus , melalui
灌溉	guàn	gài	Mengairi , irigasi
灌水	guàn	shuǐ	Mengisi dengan air banyak
灌腸	guàn	cháng	Suntikan urus – urus pada usus , suntikan cairan langsung ke usus
《ㄨㄤ			
光明	guāng	míng	Terang , cerah
光線	guāng	xiàn	Cahaya , sinar
光澤	guāng	zé	Kilau cahaya
光頭	guāng	tóu	Botak , gundul

光榮	guāng	róng			Agung , mulia
光陰	guāng	yīn			Waktu
《ㄨㄤˇ					
廣闊	guǎng	kuò			Luas , lebar
廣場	guǎng	chǎng			Alun – alun , lapangan
廣告	guǎng	gào			Iklan
廣播	guǎng	bō			Menyiarkan
廣播電台	guǎng	bō	diàn	tái	Pemancar siaran radio , stasiun radio
《ㄨㄤˋ					
逛街	guàng	jiē			Berjalan – jalan , pergi makan angin

《ㄨㄣˇ				
滾動	gǔn	dòng		Menggelinding , berguling
滾蛋	gǔn	dàn		Angkat kaki , enyahlah
《ㄨㄣˋ				
棍子	gùn	zi		Tongkat

《ㄨㄥ				
工作	gōng	zuò		Bekerja
工人	gōng	rén		Pekerja
工資	gōng	zī		Gaji , upah
工具	gōng	jù		Alat – alat , perkakas
工頭	gōng	tóu		Kepala tukang , mandor
工程	gōng	chéng		Proyek , pembangunan
工會	gōng	huì		Serikat pekerja
工業	gōng	yè		Industri
工廠	gōng	chǎng		Pabrik
工程師	gōng	chéng	shī	Insinyur
工作日	gōng	zuò	rì	Hari bekerja
弓箭	gōng	jiàn		Busur dan anak panah
公正	gōng	zhèng		Adil
公平	gōng	píng		Adil
公共	gōng	gòng		Tempat umum
公眾	gōng	zhòng		Masyarakat , rakyat
公家	gōng	jiā		Negara , pemerintah
公家機關	gōng	jiā	jī guān	Kantor pemerintah
公務	gōng	wù		Urusan kantor
公務員	gōng	wù	yuán	Pegawai negeri
公告	gōng	gào		Pengumuman

公寓	gōng	yù		Apartemen
公公	gōng	gong		Mertua laki – laki (dari pihak suami)
公開	gōng	kāi		Terbuka
公園	gōng	yuán		Taman
公路	gōng	lù		Jalan raya
公車	gōng	chē		Bis
公車站	gōng	chē	zhàn	Tempat turun naik bis
公共廁所	gōng	gòng cè suǒ		WC umum
公分	gōng	fēn		Sentimeter
公克	gōng	kè		Gram
公尺	gōng	chǐ		Meter
公斤	gōng	jīn		Kilogram
公里	gōng	lǐ		Kilometer
公升	gōng	shēng		Liter
公噸	gōng	dùn		Ton
公子	gōng	zǐ		Anak raja , pangeran
功能	gōng	néng		Fungsi , guna , kegunaan
功勞	gōng	láo		Jasa , sumbangan
功用	gōng	yòng		Kegunaan
功績	gōng	jī		Jasa dan prestasi
功過	gōng	guò		Jasa
功課	gōng	kè		Pekerjaan rumah , PR
攻擊	gōng	jí		Menyerang
攻破	gōng	pò		Mendobrak
攻下	gōng	xià		Menaklukan (kota ,negara dsb)
功成身退	gōng	chéng shēn tuì		Pensiun setelah melakukan prestasi yang gemilang
供應	gōng	yìng		Menyediakan
供過於求	gōng	guò yú qiú		Persediaan melebihi kebutuhan
宮廷	gōng	tíng		Istana
宮女	gōng	nǚ		Pelayan perempuan diistana
恭喜	gōng	xǐ		Selamat
恭維	gōng	wéi		Memuji , menyanjung
恭賀	gōng	hè		Mengucapkan selamat
ㄍㄨㄥˇ				
拱門	gǒng	mén		Lengkungan pintu
拱橋	gǒng	qiáo		Lengkungan jembatan
拱手讓人	gǒng	shǒu ràng rén		Sangat mudah memberikan barang kepada orang lain
鞏固	gǒng	gù		Memperkuat , memperkokoh

ㄎ

《ㄨㄥˋ			
共鳴	gòng míng		Gaung , gema
共同	gòng tóng		Bersama – sama
共處一室	gòng chǔ yí shì		Tinggal bersama – sama dalam satu kamar
供奉	gòng fèng		Mengabdikan diri , mengorbankan diri
貢品	gòng pǐn		Upeti , barang persembahan
貢獻	gòng xiàn		Menyumbang , sumbangan

（ㄎ）			
ㄎㄚ			
咖啡	kā fēi		Kopi
咖啡廳	kā fēi tīng		Kedai kopi
咖啡因	kā fēi yīn		Kafein
ㄎㄚˇ			
卡車	kǎ chē		Truk
卡住	kǎ zhù		Terjepit
卡片	kǎ piàn		Kartu
卡通	kǎ tōng		Film kartun , animasi
卡路里	kǎ lù lǐ		Kalori

ㄎㄜ			
瞌睡	kē shuì		Mengantuk , ingin tidur
科學	kē xué		Ilmu , ilmu pengetahuan
科目	kē mù		Mata pelajaran
科技	kē jì		Ilmu dan teknologi
苛求	kē qiú		Mengajukan permintaan yang berlebihan
苛刻	kē kè		Kejam , tidak mengenal belas kasihan
苛責	kē zé		Mencela keras , mengecam keras
顆粒	kē lì		Butir , pil
ㄎㄜˊ			
咳嗽	ké sòu		Batuk
ㄎㄜˇ			
可以	kě yǐ		Boleh
可否	kě fǒu		Apakah boleh
可能	kě néng		Mungkin
可用	kě yòng		Dapat dipakai
可愛	kě ài		Lucu , manis , elok
可疑	kě yí		Mencurigakan
可怕	kě pà		Mengerikan , menakutkan

可惜	kě xí	Sayang sekali
可憐	kě lián	Menyedihkan , membangkitkan rasa iba
可行	kě xíng	Boleh , dapat dilaksanakan
可靠	kě kào	Dapat dipercaya , dapat diandalkan
可是	kě shì	Tapi , tetapi , namun
可謂	kě wèi	Disebut
渴求	kě qiú	Menginginkan
渴望	kě wàng	Mengharapkan dengan sangat

ㄎㄜˋ

克服	kè fú	Mengatasi , menanggulangi
克制	kè zhì	Mengendalikan diri , menahan diri
刻版	kè bǎn	Kaku , tidak luwes
刻薄	kè bó	Kejam , bengis
刻苦	kè kǔ	Bekerja keras , tekun , rajin
刻意	kè yì	Dengan sepenuh hati
刻骨銘心	kè gǔ míng xīn	Diingat sepanjang hidup
客觀	kè guān	Berpandangan objektif
客人	kè rén	Tamu
客戶	kè hù	Konsumen , langganan , klien
客氣	kè qì	Sopan , tahu tata krama
客車	kè chē	Mobil penumpang
客廳	kè tīng	Ruang tamu , kamar tamu
課程	kè chéng	Kurikulum
課表	kè biǎo	Jadwal pelajaran

ㄎㄞ

開口	kāi kǒu	Buka mulut , mulai bicara
開始	kāi shǐ	Mulai
開關	kāi guān	Tombol pembuka dan penutup , sakelar
開車	kāi chē	Menyetir mobil , mengendarai mobil
開花	kāi huā	Berbunga
開刀	kāi dāo	Operasi
開工	kāi gōng	Mulai bekerja , mulai usaha
開價	kāi jià	Membuka harga
開張	kāi zhāng	Memulai bisnis , mulai usaha
開創	kāi chuàng	Mendirikan , memprakarsai
開門	kāi mén	Membuka pintu
開會	kāi huì	Rapat
開學	kāi xué	Mulai pelajaran sekolah

ㄎ

開心	kāi xīn	Senang , gembira
開動	kāi dòng	Menjalankan , menggerakkan , bergerak
開除	kāi chú	Pecat , memecat
開水	kāi shuǐ	Air putih matang , air masak
開庭	kāi tíng	Mulai persidangan
開發	kāi fā	Membangun , membuka
開玩笑	kāi wán xiào	Bercanda , bergurau , berkelakar
開發中國家	kāi fā zhōng guó jiā	Negara yang sedang berkembang
開門見山	kāi mén jiàn shān	Berbicara langsung pada sasarannya
ㄎㄞˇ		
凱子	kǎi zi	Orang yang membiayai , cukong
凱旋	kǎi xuán	Pulang dengan kemenangan

ㄎㄠˇ		
考試	kǎo shì	Ujian
考題	kǎo tí	Bahan ujian
烤焦	kǎo jiāo	Hangus terbakar
烤肉	kǎo ròu	Daging panggang
烤雞	kǎo jī	Ayam panggang
烤鴨	kǎo yā	Bebek panggang
烤魚	kǎo yú	Ikan panggang
烤麵包	kǎo miàn bāo	Roti panggang
烤箱	kǎo xiāng	Oven pemanggang
ㄎㄠˋ		
靠近	kào jìn	Dekat , sekitar
靠邊	kào biān	Meminggir , menepi
靠岸	kào àn	Menepi , mendekat ke tepi
靠山	kào shān	Penyokong , beking

ㄎㄡˇ		
口號	kǒu hào	Slogan , semboyan
口渴	kǒu kě	Haus , mulut kering
口袋	kǒu dài	Saku , kantung
口試	kǒu shì	Ujian lisan
口角	kǒu jiǎo	Ribut mulut , sudut mulut
口才	kǒu cái	Pandai berbicara
口吃	kǒu jí	Gagap , bicara tidak lancar
口是心非	kǒu shì xīn fēi	Lain dimulut lain dihati

ㄎㄡˋ				
扣除	kòu	chú		Memotong , mengurangi
扣留	kòu	liú		Menahan , mencabut untuk sementara
扣押	kòu	yā		Menahan , menyita

ㄎㄢˇ				
砍人	kǎn	rén		Membacok orang
砍柴	kǎn	chái		Memotong peralatan
砍頭	kǎn	tóu		Memotong kepala , memenggal kepala
侃侃而談	kǎn	kǎn	ér tán	Berbicara dengan tenang dan penuh keyakinan
ㄎㄢˋ				
看上	kàn	shàng		Menyukai , suka kepada , senang kepada
看見	kàn	jiàn		Melihat
看不見	kàn	bú	jiàn	Tidak dapat melihat
看病	kàn	bìng		Memeriksa kesehatan , pergi ke dokter
看書	kàn	shū		Membaca buku
看管	kàn	guǎn		Menjaga , mengurus
看家	kàn	jiā		Menjaga rumah
看電影	kàn	diàn	yǐng	Menonton film
看來好吃	kàn	lái	hǎo chī	Kelihatannya enak , kelihatannya lezat

ㄎㄣˇ				
肯定	kěn	dìng		Pasti
肯做	kěn	zuò		Ingin bekerja , mau bekerja
懇求	kěn	qiú		Memohon dengan sangat
啃骨頭	kěn	gǔ	tóu	Menggerogoti tulang

ㄎㄤ				
康復	kāng	fù		Sehat kembali , sembuh
ㄎㄤˋ				
抗議	kàng	yì		Memprotes , protes
抗爭	kàng	zhēng		Melawan , menentang
抗衡	kàng	héng		Bersaing dengan , menandingi
抗生素	kàng	shēng	sù	Antibiotik

ㄎㄥ				
坑洞	kēng	dòng		Lubang
坑道	kēng	dào		Lorong tambang , terowongan , parit
坑人	kēng	rén		Menipu orang

丂

ㄎㄨ			
枯黃	kū	huáng	Layu menguning
枯萎	kū	wēi	Layu , kering
枯竭	kū	jié	Habis terpakai , kering
枯燥無味	kū	zào wú wèi	Membosankan , monoton
哭泣	kū	qì	Menangis , tersedu sedan
ㄎㄨˇ			
苦瓜	kǔ	guā	Sayur pare
苦味	kǔ	wèi	Rasa pahit
苦工	kǔ	gōng	Pekerjaan yang berat
苦水	kǔ	shuǐ	Air pahit , penderitaan
苦頭	kǔ	tóu	Rasa pahit , penderitaan
苦盡甘來	kǔ	jìn gān lái	Bersusah – susah dahulu bersenang – senang kemudian
ㄎㄨˋ			
庫存	kù	cún	Persediaan , cadangan , simpanan
庫房	kù	fáng	Gudang
酷愛	kù	ài	Menggilai , sangat suka , sangat senang
褲子	kù	zi	Celana

ㄎㄨㄚ			
誇獎	kuā	jiǎng	Memuji , menyanjung
誇張	kuā	zhāng	Membesar – besarkan
ㄎㄨㄚˋ			
跨越	kuà	yuè	Melangkahi , melompati

ㄎㄨㄛˋ			
擴大	kuò	dà	Memperbesar , memperluas
擴張	kuò	zhāng	Memperluas , ekspansi
擴充	kuò	chōng	Mengembangkan
擴散	kuò	sàn	Menyebar , tersebar
闊氣	kuò	qì	Mewah , boros

ㄎㄨㄞˋ			
會計	kuài	jì	Pembukuan , accounting
快速	kuài	sù	Cepat , dengan kecepatan tinggi
快車	kuài	chē	Kereta api express , bis express
快遞	kuài	dì	Pengantaran dengan cepat , kurir
快樂	kuài	lè	Gembira , senang

快感	kuài gǎn	Perasaan senang
快要	kuài yào	Hampir saja , nyaris
快到了	kuài dào le	Hampir tiba
筷子	kuài zi	Sumpit

ㄎㄨㄟ

虧本	kuī běn	Rugi , rugi modal
虧損	kuī sǔn	Kerugian , defisit
虧欠	kuī qiàn	Berhutang
虧待	kuī dài	Memperlakukan tidak adil
窺視	kuī shì	Mengintai , memata – matai

ㄎㄨㄟˊ

葵花	kuí huā	Bunga matahari

ㄎㄨㄟˋ

愧疚	kuì jiù	Perasaan bersalah
潰爛	kuì làn	Membusuk , menjadi borok
潰退	kuì tuì	Mundur kocar kacir
餽贈	kuì zèng	Memberi hadiah , memberi oleh - oleh

ㄎㄨㄢ

寬闊	kuān kuò	Lebar
寬度	kuān dù	Lebar , lebarnya
寬大	kuān dà	Luas , longgar
寬宏大量	kuān hóng dà liàng	Berhati lapang , bermurah hati

ㄎㄨㄢˇ

款式	kuǎn shì	Pola , corak
款待	kuǎn dài	Menjamu , melayani tamu dengan ramah

ㄎㄨㄣ

昆蟲	kūn chóng	Serangga
昆布	kūn bù	Ganggang laut

ㄎㄨㄣˇ

捆綁	kǔn bǎng	Mengikat
捆住	kǔn zhù	Terikat

ㄎㄨㄣˋ

困難	kùn nán	Kesulitan , kesukaran
困擾	kùn rǎo	Kesulitan , mengganggu
困境	kùn jìng	Dalam keadaan sulit , dalam kemelaratan
困苦	kùn kǔ	Hidup menderita , hidup merana

ㄎㄨㄤ		
框起來	kuāng qǐ lái	Dirangkakan , dibingkaikan
框架	kuāng jià	Rangka (rumah / bangunan)
ㄎㄨㄤˊ		
狂歡	kuáng huān	Pesta pora
狂妄	kuáng wàng	Pongah , angkuh tak tahu diri
狂犬病	kuáng quǎn bìng	Penyakit anjing gila , rabies
ㄎㄨㄤˋ		
況且	kuàng qiě	Selain itu , disamping itu
曠課	kuàng kè	Membolos sekolah , membolos pelajaran
曠職	kuàng zhí	Membolos kerja
礦山	kuàng shān	Pertambangan
礦石	kuàng shí	Bijih tambang
礦泉水	kuàng quán shuǐ	Air mineral
ㄎㄨㄥ		
空間	kōng jiān	Kamar kosong
空閒	kōng xián	Mengganggur , senggang
空房	kōng fáng	Rumah kosong
空手	kōng shǒu	Tangan kosong
空手道	kōng shǒu dào	Karate (olahraga)
空氣	kōng qì	Udara
空軍	kōng jūn	Transportasi udara
空白	kōng bái	Ruang kosong
空中	kōng zhōng	Diudara
空降	kōng jiàng	Diterjunkan dari udara
空心菜	kōng xīn cài	Sayur kangkung
ㄎㄨㄥˇ		
孔雀	kǒng què	Burung cendrawasih
恐龍	kǒng lóng	Naga
恐怖	kǒng bù	Menakutkan
恐怕	kǒng pà	Khawatir akan , takutnya
恐怕是	kǒng pà shì	Khawatir akan
ㄎㄨㄥˋ		
控告	kòng gào	Menuduh , menggugat
控制	kòng zhì	Menguasai , mengontrol , mengendalikan
空閒	kòng xián	Mengganggur , waktu senggang

(ㄏ) ㄏㄚ			
哈哈	hā	ha	Ha ha
哈欠	hā	qiàn	Menguap

ㄏㄜ			
喝水	hē	shuǐ	Minum air
喝酒	hē	jiǔ	Minum arak
喝醉	hē	zuì	Mabuk
呵呵大笑	hē	hē dà xiào	Terbahak – bahak
ㄏㄜˊ			
合計	hé	jì	Jumlah total
合併	hé	bìng	Bergabung
合意	hé	yì	Cocok , sesuai dengan kesukaan
合作	hé	zuò	Kerja sama , bekerja sama
合唱	hé	chàng	Paduan suara , koor
合格	hé	gé	Memenuhi syarat / standar
合適	hé	shì	Cocok , pantas , pas
合算	hé	suàn	Sepadan dengan biaya yang dikeluarkan
合理	hé	lǐ	Masuk akal , rasional
合資	hé	zī	Modal patungan
合約	hé	yuē	Kontrak , perjanjian
合約書	hé	yuē shū	Surat kontrak / perjanjian
合法	hé	fǎ	Legal , sah menurut hukum
何時	hé	shí	Kapan , waktunya kapan
何年	hé	nián	Tahunnya kapan
何月	hé	yuè	Bulannya kapan
何日	hé	rì	Harinya kapan
何人	hé	rén	Orang yang mana
何處	hé	chù	Dimana
何必	hé	bì	Tidak perlu , buat apa
何苦	hé	kǔ	Buat apa pusing – pusing
何不	hé	bù	Mengapa tidak
何況	hé	kuàng	Apalagi , jangankan
何去何從	hé	qù hé cóng	Jalan mana yang ditempuh
河川	hé	chuān	Sungai
河邊	hé	biān	Dipinggir sungai
河堤	hé	tí	Tepi sungai , tanggul , pematang
河口	hé	kǒu	Muara sungai

ㄏ

和平	hé píng	Damai , perdamaian
和局	hé jú	Seri
和氣	hé qì	Ramah tamah , sopan santun
和好	hé hǎo	Rukun kembali , berdamai
和尚	hé shàng	Biksu
和誰說話	hé shéi shuō huà	Dengan siapa berbicara
荷花	hé huā	Bunga teratai
荷葉	hé yè	Daun teratai
荷包蛋	hé bāo dàn	Telor mata sapi , telor ceplok
核對	hé duì	Mencek
核能	hé néng	Tenaga nuklir , energi nuklir
核武	hé wǔ	Nuklir
核心	hé xīn	Inti
盒子	hé zi	Kotak , dos
盒蓋	hé gài	Tutup kotak , tutup dos
褐色	hé sè	Warna coklat
和	hé	Dan
ㄏㄜˋ		
賀卡	hè kǎ	Kartu ucapan selamat
賀禮	hè lǐ	Hadiah , kado
賀年	hè nián	Mengucapkan selamat tahun baru
荷槍實彈	hè qiāng shí dàn	Menyandang senapan yang berisi peluru

ㄏㄞˊ		
還沒	hái méi	Belum
還好	hái hǎo	Boleh juga , baik – baik saja
還早	hái zǎo	Masih pagi
孩子	hái zi	Anak , bocah
孩子氣	hái zi qì	Kekanak – kanakan
ㄏㄞˇ		
海洋	hǎi yáng	Samudra
海水	hǎi shuǐ	Air laut
海邊	hǎi biān	Pinggir laut
海底	hǎi dǐ	Dasar laut
海峽	hǎi xiá	Selat
海盜	hǎi dào	Bajak laut
海鮮	hǎi xiān	Hidangan hasil laut , sea food
海豹	hǎi bào	Anjing laut
海豚	hǎi tún	Lumba – lumba

海外	hǎi	wài		Seberang laut , luar negeri
海關	hǎi	guān		Pabean , bea cukai
海軍	hǎi	jūn		Angkatan laut
海軍上將	hǎi	jūn	shàng jiàng	Jenderal angkatan laut
海軍中將	hǎi	jūn	zhōng jiàng	Letnan jenderal angkatan laut
海軍少將	hǎi	jūn	shào jiàng	Mayor jenderal angkatan laut
海軍上校	hǎi	jūn	shàng xiào	Kolonel angkatan laut
海軍上尉	hǎi	jūn	shàng wèi	Kapten angkatan laut
海誓山盟	hǎi	shì	shān méng	Ikrar teguh dalam percintaan
海報	hǎi	bào		Poster
ㄏㄞˋ				
害羞	hài	xiū		Malu
害怕	hài	pà		Takut , jeri
害喜	hài	xǐ		Ngidam
駭浪	hài	làng		Gelombang yang dahsyat
ㄏㄟ				
黑色	hēi	sè		Warna hitam
黑心	hēi	xīn		Hati jahat , imitasi , palsu
黑心商品	hēi	xīn	shāng pǐn	Barang palsu , barang tiruan , barang imitasi
黑板	hēi	bǎn		Papan tulis , papan bor
黑暗	hēi	àn		Gelap , kegelapan
黑煙	hēi	yān		Asap hitam
黑夜	hēi	yè		Malam
黑白分明	hēi	bái	fēn míng	Dapat membedakan dengan jelas mana yang baik mana yang buruk
ㄏㄠˊ				
毫髮	háo	fǎ		Sangat kecil
豪華	háo	huá		Mewah , glamor
豪邁	háo	mài		Gagah perkasa , maju tak gentar
豪杰	háo	jié		Tokoh berbakat luar biasa , pahlawan
ㄏㄠˇ				
好的	hǎo	de		Baik , ok
好了	hǎo	le		Sudah
好吧	hǎo	ba		Baiklah , ok
好人	hǎo	rén		Orang baik
好運	hǎo	yùn		Nasib baik
好像	hǎo	xiàng		Kelihatannya , sepertinya

好久	hǎo	jiǔ	Sangat lama
好處	hǎo	chù	Manfaat , berguna , faedah
好事	hǎo	shì	Perbuatan baik
好高	hǎo	gāo	Sangat tinggi
好強	hǎo	qiáng	Sangat kuat , kuat benar
好吃	hǎo	chī	Enak , lezat
好笑	hǎo	xiào	Lucu , menggelikan
好一些	hǎo	yì xiē	Menjadi lebih baik
好起來	hǎo	qǐ lái	Menjadi sembuh , lebih baik
好大	hǎo	dà	Sangat besar
好心	hǎo	xīn	Berniat baik , bermaksud baik
好轉	hǎo	zhuǎn	Membaik , berubah menjadi baik
好用	hǎo	yòng	Sangat berguna
好手	hǎo	shǒu	Ahli , profesional
好兆頭	hǎo	zhào tóu	Firasat baik
好話	hǎo	huà	Omongan yang baik
好漢	hǎo	hàn	Orang yang jantan , pemberani
好看	hǎo	kàn	Bagus
好難看	hǎo	nán kàn	Sangat jelek / buruk
好聽	hǎo	tīng	Merdu didengar
好香	hǎo	xiāng	Wangi
好棒	hǎo	bàng	Hebat
好笨	hǎo	bèn	Sangat bodoh , sangat tolol
好聰明	hǎo	cōng míng	Sangat pintar , sangat pandai
好神奇	hǎo	shén qí	Ajaib
好普通	hǎo	pǔ tōng	Biasa saja
好差勁	hǎo	chā jìn	Sangat jelek , sangat buruk
好忙	hǎo	máng	Sangat sibuk
好閒	hǎo	xián	Sangat tidak sibuk , sangat senggang
好無聊	hǎo	wú liáo	Sangat membosankan
好可憐	hǎo	kě lián	Sangat menyedihkan
好可惜	hǎo	kě xí	Sangat sayang sekali
好恐怖	hǎo	kǒng bù	Sangat menyeramkan
好厲害	hǎo	lì hài	Sangat hebat
好羨慕	hǎo	xiàn mù	Sangat iri
好想買	hǎo	xiǎng mǎi	Sangat ingin membeli
好結果	hǎo	jié guǒ	Akhir yang baik
好主顧	hǎo	zhǔ gù	Langganan yang baik
好性情	hǎo	xìng qíng	Perasaan hati senang

好消息	hǎo xiāo xí		Berita baik
好容易	hǎo róng yì		Sangat mudah
好高級	hǎo gāo jí		Berkualitas sangat tinggi
好低級	hǎo dī jí		Berkualitas sangat rendah
好了沒	hǎo le méi		Sudah selesai belum
ㄏㄠˋ			
好勝	hào shèng		Ambisius , selalu ingin menang
好色	hào sè		Porno , suka porno
好奇	hào qí		Orang yang ingin selalu tahu
號碼	hào mǎ		Nomor
耗費	hào fèi		Biaya yang dikeluarkan
耗時	hào shí		Waktu yang digunakan
耗盡	hào jìn		Terpakai habis
耗損	hào sǔn		Rugi , kerugian
浩大	hào dà		Sangat besar
浩劫	hào jié		Musibah , bencana besar

ㄏㄡˊ			
喉嚨	hóu lóng		Kerongkongan
喉嚨痛	hóu lóng tòng		Kerongkongan sakit
喉結	hóu jié		Jakun
喉頭	hóu tóu		Pangkal tenggorok
猴子	hóu zi		Monyet
猴急	hóu jí		Kebakaran monyet
猴戲	hóu xì		Topeng monyet
ㄏㄡˇ			
吼叫	hǒu jiào		Mengaum , meraung
ㄏㄡˋ			
後面	hòu miàn		Belakang
後半部	hòu bàn bù		Bagian belakang
後退	hòu tuì		Mundur , mengundurkan diri
後悔	hòu huǐ		Menyesal
後代	hòu dài		Generasi berikutnya
後果	hòu guǒ		Akibat , konsekuensi
後來	hòu lái		Kemudian , lalu
後天	hòu tiān		Lusa , 2 hari lagi
後年	hòu nián		Tahun sesudah tahun depan
後十年	hòu shí nián		10 tahun kemudian
後來居上	hòu lái jū shàng	Pendatang baru mengalahkan orang lama

厚愛	hòu	ài			Cinta yang dalam
厚薄	hòu	bó			Ketebalan , tebal tipisnya
厚度	hòu	dù			Tebal , ketebalan
厚道	hòu	dào			Jujur dan baik hati
厚待	hòu	dài			Melayani dengan baik
后冠	hòu	guàn			Tiara , mahkota kecil di kepala
候補	hòu	bǔ			Cadangan , calon
候鳥	hòu	niǎo			Burung kelana , burung perantau

ㄏㄢˊ					
含糊	hán	hú			Kabur , samar – samar
含意	hán	yì			Arti , makna
函數	hán	shù			Fungsi (matematika)
涵蓄	hán	xù			Berisi , mengandung (arti)
涵養	hán	yǎng			Mengendalikan diri , menguasai diri
寒冷	hán	lěng			Dingin , dingin sekali
寒冬	hán	dōng			Hawa dingin
寒心	hán	xīn			Sangat kecewa
韓國	hán	guó			Negara Korea
ㄏㄢˇ					
罕見	hǎn	jiàn			Jarang , jarang terlihat
罕用	hǎn	yòng			Jarang digunakan
喊話	hǎn	huà			Propaganda kepada musuh digaris depan
喊冤叫屈	hǎn	yuān	jiào	qū	Berteriak mengatakan hukuman atas dirinya tidak adil
ㄏㄢˋ					
和	hàn				Dan , dengan
汗水	hàn	shuǐ			Air keringat , peluh
汗腺	hàn	xiàn			Kelenjar keringat
汗衫	hàn	shān			Kaos oblong
汗流浹背	hàn	liú	jiá	bèi	Mandi keringat
悍將	hàn	jiàng			Pejuang yang berani
漢人	hàn	rén			Orang Cina , orang Han
漢語	hàn	yǔ			Bhs. Cina , bhs. Tionghua
撼動	hàn	dòng			Menggoyahkan , mengguncangkan

ㄏㄣˊ					
痕跡	hén	jī			Bekas , tanda
ㄏㄣˇ					
很多	hěn	duō			Sangat banyak

很少	hěn	shǎo	Sangat sedikit
很忙	hěn	máng	Sangat sibuk
很好	hěn	hǎo	Sangat baik , sangat bagus
很痛	hěn	tòng	Sangat sakit
很難	hěn	nán	Sangat sukar , sangat sulit
很毒	hěn	dú	Sangat beracun
狠毒	hěn	dú	Jahat
狠心	hěn	xīn	Kejam
ㄏㄣˋ			
恨	hèn		Benci , membenci
恨你	hèn	nǐ	Benci kamu

ㄏㄤˊ			
航海	háng	hǎi	Pelayaran laut
航線	háng	xiàn	Jalur penerbangan , jalur udara
行列(文字的排列)	háng	liè (wén zì de pái liè)	Barisan (huruf)
行家	háng	jiā	Ahli
行業	háng	yè	Bidang usaha , profesi
行情	háng	qíng	Harga pasaran
航空	háng	kōng	Penerbangan
航空小姐	háng	kōng xiǎo jiě	Pramugari
航空郵件	háng	kōng yóu jiàn	Pos udara , air mail

ㄏㄥˊ			
恆心	héng	xīn	Ulet
橫向	héng	xiàng	Melintang
橫財	héng	cái	Harta yang diperoleh dengan cara tidak halal
橫禍	héng	huò	Malapetaka yang tidak diingini
衡量	héng	liáng	Menimbang , mengukur , menilai

ㄏㄨ			
忽略	hū	luè	Mengabaikan , melalaikan
忽視	hū	shì	Mengabaikan , melalaikan
忽然	hū	rán	Tiba – tiba , mendadak
呼喚	hū	huàn	Memanggil , menghimbau
呼吸	hū	xī	Napas , bernapas
呼朋引伴	hū	péng yǐn bàn	Menarik golongan sebangsanya untuk berbuat jahat

117

ㄏ

ㄏㄨˊ			
胡椒	hú	jiāo	Lada , merica
胡扯	hú	chě	Omong kosong
胡亂	hú	luàn	Dengan sembrono , secara serampangan
胡說	hú	shuō	Bicara ngawur
胡鬧	hú	nào	Berbuat sewenang – wenang
湖泊	hú	bó	Danau , telaga
糊塗	hú	tú	Linglung , kacau pikirannya
壺	hú		Cerek , teko
鬍子	hú	zi	Janggut , jenggot
蝴蝶	hú	dié	Kupu – kupu
蝴蝶結	hú	dié jié	Pita kupu – kupu
狐狸	hú	lí	Rubah
狐臭	hú	chòu	Bau ketiak , bau ketek
ㄏㄨˇ			
虎	hǔ		Macan , harimau
虎口	hǔ	kǒu	Mulut macan
虎頭蛇尾	hǔ	tóu shé wěi	Memulai dengan baik dan mengakhiri dengan buruk , hangat – hangat tahi ayam
ㄏㄨˋ			
戶口	hù	kǒu	Jumlah anggota keluarga yang tercatat
戶頭	hù	tóu	Rekening uang
戶外	hù	wài	Diluar rumah
互相	hù	xiāng	Satu sama lain
互助	hù	zhù	Saling membantu
互動	hù	dòng	Saling berhubungan
互換	hù	huàn	Saling tukar , saling menukar
互惠	hù	huì	Saling menguntungkan
護士	hù	shì	Perawat , suster
護理	hù	lǐ	Perawatan
護照	hù	zhào	Paspor

ㄏㄨㄚ			
花朵	huā	duǒ	Bunga , kembang
花蕊	huā	ruǐ	Putik (betina) , benang sari (jantan)
花園	huā	yuán	Taman bunga , kebun bunga
花環	huā	huán	Kalung bunga
花錢	huā	qián	Menghabiskan uang
花費	huā	fèi	Biaya yang dihabiskan , pengeluaran

花樣	huā	yàng			Pola , variasi
花枝招展	huā	zhī	zhāo	zhǎn	Berdandan perlente , berpakaian sangat bagus
花花公子	huā	huā	gōng	zǐ	Playboy

華人	huá	rén		Orang Cina , orang Tionghua
華語	huá	yǔ		Bhs. Cina , bhs. Tionghua
華僑	huá	qiáo		Keturunan ras Cina
華麗	huá	lì		Gemerlapan , indah
譁然	huá	rán		Ribut , gempar
划船	huá	chuán		Mendayung
划拳	huá	quán		Minum arak sambil bermain tebak – tebakan tangan
划算	huá	suàn		Menguntungkan
划不來	huá	bù	lái	Rugi , tidak bermanfaat
划得來	huá	de	lái	Tidak rugi , bermanfaat
滑板	huá	bǎn		Papan luncur
滑倒	huá	dǎo		Tergelincir
滑雪	huá	xuě		Ski di salju
滑溜溜	huá	liū	liū	Licin

化妝	huà	zhuāng		Berhias , berdandan , merias
化妝品	huà	zhuāng	pǐn	Alat kecantikan , alat kosmetik
化妝粉	huà	zhuāng	fěn	Bedak kosmetik
化學	huà	xué		Kimia
化解	huà	jiě		Mendamaikan
化石	huà	shí		Fosil
化爲烏有	huà	wéi	wū	yǒu	Lenyap , menghilang
話題	huà	tí		Topik pembicaraan
話裡有話	huà	lǐ	yǒu	huà	Perkataan yang mengandung arti lain
畫圖	huà	tú		Mengambar pola
劃分	huà	fēn		Memberi tanda , membagi

活著	huó	zhe		Hidup
活命	huó	mìng		Menyambung hidup , menyambung nyawa
活動	huó	dòng		Bergerak , menggerak – gerakkan
活力	huó	lì		Vitalitas , daya hidup
活期存款	huó	qí	cún	kuǎn	Rekening deposito yang bisa diambil setiap waktu

ㄏ

火柴	huǒ	chái			Korek api , geretan
火把	huǒ	bǎ			Obor , suluh
火光	huǒ	guāng			Nyala api
火力	huǒ	lì			Daya tembak , tembakan (militer)
火藥	huǒ	yào			Bahan peledak , mesiu
火災	huǒ	zāi			Kebakaran
火險	huǒ	xiǎn			Asuransi kebakaran
火葬	huǒ	zàng			Memperabukan , kremasi
火車	huǒ	chē			Kereta api
火車站	huǒ	chē	zhàn		Stasiun kereta api
火鍋	huǒ	guō			Hot pot
火箭	huǒ	jiàn			Roket
火腿	huǒ	tuǐ			Ham
火星	huǒ	xīng			Planet Mars
火上加油	huǒ	shàng	jiā	yóu	Membuat masalah semakin rumit , membuat orang semakin marah
夥伴	huǒ	bàn			Teman , kawan , partner
ㄏㄨㄛˋ					
或是	huò	shì			Atau
或許	huò	xǔ			Barang kali , mungkin
獲得	huò	dé			Mendapat , memperoleh
獲救	huò	jiù			Mendapat pertolongan
獲利	huò	lì			Mendapat keuntungan
獲勝	huò	shèng			Mendapat kemenangan
貨物	huò	wù			Barang
貨品	huò	pǐn			Jenis barang , macam barang
貨真價實	huò	zhēn	jià	shí	Barang tulen dengan harga pantas
霍亂	huò	luàn			Penyakit kolera
禍害	huò	hài			Bencana
禍端	huò	duān			Sumber bencana
ㄏㄨㄞˊ					
懷念	huái	niàn			Mengenang , terkenang akan
懷疑	huái	yí			Sangsi , curiga
懷恨	huái	hèn			Menaruh dendam , menyimpan kebencian
懷孕	huái	yùn			Hamil , mengandung
ㄏㄨㄞˋ					
壞了	huài	le			Rusak
壞話	huài	huà			Perkataan jahat

壞人	huài rén	Orang jahat

ㄏㄨㄟ		
灰心	huī xīn	Kecewa , kehilangan semangat
灰暗	huī àn	Kelam kabut , suram
灰色	huī sè	Warna abu – abu
灰塵	huī chén	Debu
輝煌	huī huáng	Cemerlang , gemilang
輝映	huī yìng	Berkilau , bersinar
徽章	huī zhāng	Lencana
揮舞	huī wǔ	Melambaikan , mengayunkan
揮手	huī shǒu	Melambai –lambaikan tangan
揮旗	huī qí	Mengibar – ngibarkan bendera
揮刀	huī dāo	Mengayunkan pedang
揮發	huī fā	Menguap
恢復	huī fù	Pulih , memulihkan
ㄏㄨㄟˊ		
回來	huí lái	Kembali
回去	huí qù	Pulang , kembali
回家	huí jiā	Pulang ke rumah
回途	huí tú	Ditengah perjalanan pulang
回心轉意	huí xīn zhuǎn yì	Mengubah sikap dengan membuang rasa bermusuhan
回顧	huí gù	Mengingat kembali , meninjau kembali
回答	huí dá	Menjawab
回憶	huí yì	Mengenang , mengingat kembali
回信	huí xìn	Membalas surat
回教	huí jiào	Agama islam
回教徒	huí jiào tú	Penganut agama islam , muslim
回話	huí huà	Balasan , jawaban
回想	huí xiǎng	Mengingat kembali
迴避	huí bì	Menghindar , mengelak
迴轉	huí zhuǎn	Berputar
ㄏㄨㄟˇ		
毀謗	huǐ bàng	Memfitnah , fitnah
毀滅	huǐ miè	Memusnahkan , membasmi
毀壞	huǐ huài	Merusak
毀約	huǐ yuē	Melanggar janji , mengingkari janji
毀於一旦	huǐ yú yí dàn	Musnah dalam satu malam

悔改	huǐ gǎi	Bertobat , insyap
悔恨	huǐ hèn	Menyesal sekali , penuh rasa penyesalan
悔不當初	huǐ bù dāng chū	Menyesal karena telah berbuat sesuatu
ㄏㄨㄟˋ		
會	huì	Dapat , bisa
會面	huì miàn	Bertemu
會同	huì tóng	Menangani suatu hal bersama badan lain yang bersangkutan
會談	huì tán	Perundingan , pembicaraan
會議	huì yì	Rapat , sidang , konferensi
會員	huì yuán	Anggota
會員証	huì yuán zhèng	Kartu anggota
會長	huì zhǎng	Ketua perkumpulan
會餐	huì cān	Pesta makan , jamuan makan
會話	huì huà	Percakapan
繪製	huì zhì	Menggambar pola
賄賂	huì lù	Menyuap , menyogok
賄選	huì xuǎn	Penyuapan dalam pemilihan
惠顧	huì gù	Kedatangan saudara (hormat)
匯集	huì jí	Mengumpulkan , menghimpun
慧眼	huì yǎn	Penglihatan yang tajam , pengetahuan yang dalam

ㄏㄨㄢ		
歡喜	huān xǐ	Gembira , senang , girang
歡迎	huān yíng	Menyambut
歡送	huān sòng	Mengantar
歡呼	huān hū	Menyambut , menyoraki
ㄏㄨㄢˊ		
還你	huán nǐ	Mengembalikan kepada kamu
還錢	huán qián	Mengembalikan uang
還俗	huán sú	Biksu / biksuni hidup sebagai orang awam lagi
環境	huán jìng	Lingkungan
環繞	huán rào	Mengelilingi , mengitari
環節	huán jié	Mata rantai
ㄏㄨㄢˇ		
緩衝	huǎn chōng	Penyangga
緩慢	huǎn màn	Pelan , lambat
緩刑	huǎn xíng	Penangguhan hukuman , masa percobaaan
ㄏㄨㄢˋ		

幻想	huàn	xiǎng			Ilusi , khayalan
幻覺	huàn	jué			Halusinasi
換	huàn				Mengganti , menukar
換車	huàn	chē			Mengganti mobil
換人	huàn	rén			Mengganti orang
換衣	huàn	yī			Mengganti baju
換錢	huàn	qián			Menukar uang
患病	huàn	bìng			Berpenyakit , menderita penyakit
患者	huàn	zhě			Penderita , pasien
患得患失	huàn	dé	huàn	shī	Merasa cemas akan untung rugi pribadi
喚醒	huàn	xǐng			Menyadarkan , membangkitkan

昏倒	hūn	dǎo			Pingsan
昏暗	hūn	àn			Suram , gelap , redup
婚禮	hūn	lǐ			Pesta perkawinan
婚紗	hūn	shā			Tudung pengantin wanita
婚宴	hūn	yàn			Pesta perkawinan , pesta pernikahan
婚約	hūn	yuē			Janji perkawinan
婚姻	hūn	yīn			Perkawinan
婚期	hūn	qí			Hari pernikahan , hari perkawinan

ㄏㄨㄣˊ

混濁	hún	zhuó			Keruh (air) , polusi (udara)
渾圓	hún	yuán			Bundar sekali
渾身解數	hún	shēn	jiě	shù	Mencoba segala cara
魂魄	hún	pò			Arwah , jiwa

ㄏㄨㄣˋ

混雜	hùn	zá			Bercampur baur
混亂	hùn	luàn			Kacau – balau , semrawut
混合	hùn	hé			Mencampur , membaurkan

慌張	huāng	zhāng			Gugup , bingung
慌亂	huāng	luàn			Kalang kabut

ㄏㄨㄤˊ

皇帝	huáng	dì			Raja , kaisar
皇冠	huáng	guàn			Mahkota
皇宮	huáng	gōng			Istana
皇家	huáng	jiā			Keluarga raja

黃色	huáng	sè			Warna kuning
黃金	huáng	jīn			Emas
黃昏	huáng	hūn			Petang hari , sore hari , senja
黃豆	huáng	dòu			Kacang kedelai
惶恐	huáng	kǒng			Gugup dan ketakutan
ㄏㄨㄤˇ					
謊報	huǎng	bào			Memberi laporan palsu
謊話	huǎng	huà			Kebohongan , dusta
恍然大悟	huǎng	rán	dà	wù	Tiba – tiba sadar akan apa yang telah terjadi
ㄏㄨㄤˋ					
晃動	huàng	dòng			Terayun – ayun , tergoncang – goncang

ㄏㄨㄥ					
烘烤	hōng	kǎo			Memanggang
烘乾	hōng	gān			Mengeringkan
轟炸	hōng	zhà			Membom
轟動	hōng	dòng			Menggemparkan
轟轟烈烈	hōng	hōng	liè	liè	Berkobar - kobar
ㄏㄨㄥˊ					
紅色	hóng	sè			Warna merah ,
紅包	hóng	bāo			Angpau
紅燈	hóng	dēng			Lampu merah
紅茶	hóng	chá			Teh hitam
紅豆	hóng	dòu			Kacang merah
紅毛丹	hóng	máo	dān		Rambutan
紅燒	hóng	shāo			Membuat semur (cara memasak)
紅十字	hóng	shí	zì		Palang merah
紅綠燈	hóng	lǜ	dēng		Lampu lalu lintas
宏偉	hóng	wěi			Megah
宏亮	hóng	liàng			Suara nyaring
洪水	hóng	shuǐ			Air bah
虹橋	hóng	qiáo			Jembatan pelangi
鴻運	hóng	yùn			Nasib baik
ㄏㄨㄥˇ					
哄騙	hǒng	piàn			Menipu , membohongi

（ㄐ）			
ㄐㄧ			
幾乎	jī	hū	Hampir semua

肌膚	jī	fū		Kulit
肌肉	jī	ròu		Otot
雞	jī			Ayam
雞肉	jī	ròu		Daging ayam
雞蛋	jī	dàn		Telur ayam
雞頭	jī	tóu		Kepala ayam
雞腳	jī	jiǎo		Kaki ayam
飢餓	jī	è		Kelaparan
飢渴	jī	kě		Kehausan
基本	jī	běn		Dasar , pokok , fundamental
基礎	jī	chǔ		Dasar , landasan
基因	jī	yīn		Gen
基地	jī	dì		Pangkalan untuk beroperasi
基金	jī	jīn		Dana , simpanan
基於	jī	yú		Disebabkan oleh , sebab , karena
基督教	jī	dū	jiào	Agama kristen / nasrani
基督徒	jī	dū	tú	Pemeluk agama kristen / nasrani
跡象	jī	xiàng		Tanda
畸形	jī	xíng		Kelainan bentuk , abnormal
稽查	jī	chá		Memeriksa
稽核	jī	hé		Memeriksa , mengadakan perhitungan
機會	jī	huì		Kesempatan
機場	jī	chǎng		Lapangan terbang , bandar udara
機器	jī	qì		Robot
機械	jī	xiè		Mesin
機構	jī	gòu		Susunan
機關	jī	guān		Lembaga , kantor , badan
機關槍	jī	guān	qiāng	Senapan mesin
機車	jī	chē		Mobil
機密	jī	mì		Rahasia dan penting
積極	jī	jí		Aktif , antusias
積蓄	jī	xù		Menyimpan , mengumpulkan
激勵	jī	lì		Mendorong
激烈	jī	liè		Dengan hebat , seru
激起	jī	qǐ		Menimbulkan , membangkitkan
績效	jī	xiào		Prestasi
幾乎	jī	hū		Hampir semua
ㄐㄧˊ				
及時	jí	shí		Tepat pada waktunya

及格	jí	gé	Lulus ujian
及早	jí	zǎo	Secepat mungkin , sedini mungkin
吉利	jí	lì	Untung , menguntungkan
吉他	jí	tā	Gitar
吉祥	jí	xiáng	Keberuntungan , mujur , untung
即是	jí	shì	Adalah , yaitu
即將	jí	jiāng	Segera akan , hampir
即刻	jí	kè	Segera , lekas
即使	jí	shǐ	Bahkan , sekalipun , meskipun
急忙	jí	máng	Tergesa – gesa , buru - buru
急迫	jí	pò	Mendesak
急救	jí	jiù	Pertolongan pertama
急診	jí	zhěn	Bagian darurat , emergency
急性子	jí	xìng zi	Temperamen tidak sabar
急事	jí	shì	Urusan yang mendesak , urgent
級別	jí	bié	Level , kelas
疾病	jí	bìng	Penyakit
寂靜	jí	jìng	Hening , sunyi senyap
寂寞	jí	mò	Kesepian
集合	jí	hé	Berkumpul , berhimpun
集中	jí	zhōng	Memusatkan , menghimpun
集團	jí	tuán	Grup , kelompok
棘手	jí	shǒu	Sukar untuk dipecahkan , rumit
極力	jí	lì	Dengan sekuat tenaga , berusaha keras
極端	jí	duān	Perbuatan yang ekstrem
極限	jí	xiàn	Batas , maksimum
擊出	jí	chū	Memukul
擊中	jí	zhòng	Memukul telak
擊倒	jí	dǎo	Memukul sampai jatuh
籍貫	jí	guàn	Kampung halaman
ㄐ一ˇ			
脊椎	jǐ	zhuī	Tulang belakang , tulang punggung
幾個	jǐ	ge	Berapa banyak
幾時	jǐ	shí	Jam berapa
幾歲	jǐ	suì	Umur berapa
幾點鐘	jǐ	diǎn zhōng	Jam berapa
擠壓	jǐ	yā	Menekan
ㄐ一ˋ			
嫉妒	jì	dù	Cemburu , iri hati

計算	jì suàn		Menghitung
計量	jì liàng		Mengukur
計價	jì jià		Menghitung harga
計較	jì jiào		Berhitungan
計劃	jì huà		Rencana
計程車	jì chéng chē		Taxi
記憶	jì yì		Ingatan
記得	jì de		Mengingat
記住	jì zhù		Mengingat benar - benar
記不得	jì bù dé		Tidak mengingat
記性	jì xìng		Daya ingat , memory
記號	jì hào		Tanda , simbol
記下	jì xià		Mencatat
記錄	jì lù		Merekam
記帳	jì zhàng		Mencatat pemasukan dan pengeluaran
記錯	jì cuò		Salah mengingat
記者	jì zhě		Wartawan
紀律	jì lǜ		Disiplin
紀念	jì niàn		Memperingati , mengenang
紀念日	jì niàn rì		Hari peringatan
紀念品	jì niàn pǐn		Souvenir , tanda mata
技工	jì gōng		Pekerja yang ahli
技巧	jì qiǎo		Ketrampilan , kecakapan
技能	jì néng		Keahlian
技術	jì shù		Ketrampilan , teknik
技師	jì shī		Teknisi , juru teknik
妓女	jì nǚ		Wanita tuna susila , WTS , pelacur
妓院	jì yuàn		Bordil , rumah pelacuran
忌日	jì rì		Hari kematian
祭典	jì diǎn		Upacara sembahyang
祭品	jì pǐn		Persembahan kurban , sesajen
祭祖	jì zǔ		Sembahyang nenek moyang
季節	jì jié		Musim
既定	jì dìng		Ditetapkan , ditentukan
既然	jì rán		Karena , jika
繼續	jì xù		Meneruskan , melanjutkan
繼承	jì chéng		Mewarisi
寄放	jì fàng		Menitipkan
寄宿	jì sù		Menginap , menumpang

寄託	jì tuō	Menaruh harapan , cita-cita , perasaan kpd orang / sesuatu hal
寄錢	jì qián	Mengirim uang
寄信	jì xìn	Mengirim surat
寄售	jì shòu	Menitip jual
寄生蟲	jì shēng chóng	Parasit
際遇	jì yù	Nasib mujur atau malang
劑量	jì liàng	Dosis , takaran

ㄐ

ㄐ一ㄚ

加、減、乘、除	jiā、jiǎn、chéng、chú	Menambah , mengurang , mengkali , membagi
加上	jiā shàng	Menambah , memperbanyak
加強	jiā qiáng	Memperkuat , memperkokoh
加倍	jiā bèi	Melipat gandakan , melipat duakan
加油	jiā yóu	Menambah minyak , ayo – ayo !
加薪	jiā xīn	Menambah gaji
加害	jiā hài	Merugikan , mencelakai
加熱	jiā rè	Menambah panas
加油站	jiā yóu zhàn	Pom bensin
佳作	jiā zuò	Karya tulis yang bagus , buah tangan yang cemerlang
家	jiā	Rumah
家屬	jiā shǔ	Anggota keluarga
家長	jiā zhǎng	Orang tua murid
家事	jiā shì	Masalah keluarga
家庭	jiā tíng	Rumah tangga
家庭主婦	jiā tíng zhǔ fù	Ibu rumah tangga
家具	jiā jù	Perabotan rumah tangga
家裡	jiā lǐ	Dalam rumah , dirumah
家門	jiā mén	Pintu rumah
家教	jiā jiào	Pendidikan dalam keluarga
家庭作業	jiā tíng zuò yè	Pekerjaan rumah tangga
家破人亡	jiā pò rén wáng	Keluarga berantakan / cerai berai
嘉賓	jiā bīn	Tamu agung , tamu terhormat
嘉獎	jiā jiǎng	Memuji , menghargai

ㄐ一ㄚˊ

夾層	jiá céng	Dua lapis , kamar rahasia
夾攻	jiá gōng	Diserang dari dua arah

夾板	jiá	bǎn		Kayu triplek
ㄐㄧㄚˇ				
假如	jiǎ	rú		Misalnya , kalau , jika
假設	jiǎ	shè		Apabila , jika , andai kata
假冒	jiǎ	mào		Memalsu , berkedok sebagai
假牙	jiǎ	yá		Gigi palsu
假裝	jiǎ	zhuāng		Berpura – pura , berlagak
甲板	jiǎ	bǎn		Geladak , dek
甲蟲	jiǎ	chóng		Kumbang
ㄐㄧㄚˋ				
價錢	jià	qián		Harga
價目	jià	mù		Harga yang dipasang
駕駛	jià	shǐ		Mengendarai , mengemudi , menyetir
駕駛執照	jià	shǐ	zhí zhào	Surat ijin mengemudi
嫁人	jià	rén		Menikah (untuk perempuan)
嫁妝	jià	zhuāng		Pakaian , perabotan dsb yang dibawa mempelai perempuan
假日	jià	rì		Hari libur
假期	jià	qí		Masa libur
架設	jià	shè		Mendirikan dan memasang
架子	jià	zi		Kerangka , garis besar
架空	jià	kōng		Tinggi lantainya dan berkolong
ㄐㄧㄝ				
接客	jiē	kè		Jemput tamu
接送	jiē	sòng		Antar jemput
接待	jiē	dài		Menjamu / melayani tamu
接受	jiē	shòu		Menerima
接觸	jiē	chù		Menyentuh , bersentuhan
接線	jiē	xiàn		Memasang kawat listrik
接近	jiē	jìn		Mendekati
接吻	jiē	wěn		Mencium
街道	jiē	dào		Jalan raya
街上	jiē	shàng		Di jalan
階級	jiē	jí		Kelas , tingkat
階段	jiē	duàn		Tahap
階梯	jiē	tī		Tangga
揭穿	jiē	chuān		Membongkar , mengekspos , menelanjangi
揭開	jiē	kāi		Membuka , menyingkap

揭幕	jiē	mù		Meresmikan , membuka selubung monumen

ㄐㄧㄝˊ

節日	jié	rì		Hari perayaan , hari besar
節目	jié	mù		Acara , program
節省	jié	shěng		Menghemat , hemat
節約	jié	yuē		Menghemat , berhemat
結束	jié	shù		Berakhir , mengakhiri
結果	jié	guǒ		Hasil
結算	jié	suàn		Hasil akhir , perhitungan
結盟	jié	méng		Bersekutu , bergabung , berserikat
結婚	jié	hūn		Menikah
結婚典禮	jié	hūn diǎn lǐ		Pesta pernikahan
劫機	jié	jī		Membajak pesawat
劫持	jié	chí		Menculik , membajak
劫數	jié	shù		Malapetaka yang telah ditakdirkan (Buddha)
傑作	jié	zuò		Karya agung , adikarya
傑出	jié	chū		Terkemuka , luar biasa
捷徑	jié	jìng		Jalan memintas , jalan pendek
捷運	jié	yùn		MRT
捷報	jié	bào		Laporan kemenangan , berita kemenangan
截斷	jié	duàn		Memutuskan , memotong
截止	jié	zhǐ		Batas waktu pendaftaran / penutupan
潔淨	jié	jìng		Membersihkan

ㄐㄧㄝˇ

姐姐	jiě	jie	Kakak perempuan
姐夫	jiě	fū	Suami kakak perempuan
姐妹	jiě	mèi	Saudara perempuan
解開	jiě	kāi	Membuka , menguraikan
解答	jiě	dá	Menjawab , menjelaskan
解散	jiě	sàn	Membubarkan , bubar
解僱	jiě	gù	Memecat , memberhentikan
解約	jiě	yuē	Membatalkan perjanjian / kontrak
解釋	jiě	shì	Menerangkan
解凍	jiě	dòng	Mencair , menjadi cair
解熱	jiě	rè	Menghilangkan hawa panas
解藥	jiě	yào	Obat penawar , obat penangkal
解決	jiě	jué	Memecahkan , menyelesaikan

ㄐㄧㄝˋ

介紹	jiè	shào	Memperkenalkan

ㄐ

介入	jiè	rù		Ikut campur , mencampuri
介意	jiè	yì		Menghiraukan , mengindahkan
介詞	jiè	cí		Kata depan , preposisi
戒指	jiè	zhǐ		Cincin
界限	jiè	xiàn		Batas wilayah
借	jiè			Meminjam
借給	jiè	gěi		Meminjamkan
借用	jiè	yòng		Meminjam
借錢	jiè	qián		Meminjam uang
借款	jiè	kuǎn		Meminjam uang
借據	jiè	jù		Bon memimjam uang , surat hutang
藉口	jiè	kǒu		Alasan
屆滿	jiè	mǎn		Waktu berakhir , habis waktunya

ㄐ一ㄠ				
交換	jiāo	huàn		Saling tukar , saling menukar
交流	jiāo	liú		Mengadakan pertukaran , tukar – menukar
交待	jiāo	dài		Memberi tugas
交談	jiāo	tán		Bercakap – cakap
交通	jiāo	tōng		Lalu lintas
交通警察	jiāo	tōng	jǐng chá	Polisi lalu lintas
郊區	jiāo	qū		Pinggiran kota
郊遊	jiāo	yóu		Bertamasya , berwisata
教你	jiāo	nǐ		Mengajari kamu
教書	jiāo	shū		Mengajar
焦枯	jiāo	kū		Layu , kering
焦躁	jiāo	zào		Khawatir , cemas , gelisah
膠帶	jiāo	dài		Solatip
膠水	jiāo	shuǐ		Lem
膠囊	jiāo	náng		Kapsul
澆水	jiāo	shuǐ		Menyiram air
驕傲	jiāo	ào		Sombong , tinggi hati
驕縱	jiāo	zòng		Sombong dan berbuat sesuka hati
嬌小	jiāo	xiǎo		Kecil mungil
嬌嫩	jiāo	nèn		Kecil dan lembut
嬌生慣養	jiāo	shēng	guàn yǎng	Dibesarkan dalam lingkungan yang dilindungi
ㄐ一ㄠˇ				
角色	jiǎo	sè		Berperan

131

角度	jiǎo dù	Sudut pandang
角膜	jiǎo mó	Kornea mata , selaput tanduk mata
角落	jiǎo luò	Sudut , pojok
狡滑	jiǎo huá	Licik
餃子	jiǎo zi	Swikeau
腳	jiǎo	Kaki
腳步	jiǎo bù	Langkah kaki
腳印	jiǎo yìn	Bekas jejak / tapak kaki
腳踏墊	jiǎo tà diàn	Bantalan kaki
矯健	jiǎo jiàn	Tegap dan kuat
矯正	jiǎo zhèng	Memperbaiki , membetulkan
矯枉過正	jiǎo wǎng guò zhèng	Terlalu keras dalam mengoreksi sehingga berakibat buruk
攪拌	jiǎo bàn	Mengaduk – aduk
攪局	jiǎo jú	Menganggu kesenangan orang lain
繳稅	jiǎo shuì	Membayar pajak
ㄐㄧㄠˋ		
叫	jiào	Memanggil
叫做	jiào zuò	Dinamakan , disebut
叫好	jiào hǎo	Menyoraki , bersorak
叫賣	jiào mài	Menjajakan dagangan dengan berteriak
校官	jiào guān	Pengawas militer di sekolah
較量	jiào liàng	Mengadu tenaga bertanding
較早	jiào zǎo	Lebih pagi
較近	jiào jìn	Lebih dekat
較好	jiào hǎo	Lebih baik
教師	jiào shī	Guru
教會	jiào huì	Gereja
教授	jiào shòu	Dosen
教唆	jiào suō	Menghasut
教育	jiào yù	Pendidikan
教科書	jiào kē shū	Buku pelajaran
轎車	jiào chē	Mobil sedan
轎子	jiào zi	Tandu
ㄐㄧㄡˇ		
九	jiǔ	Sembilan
九十	jiǔ shí	Sembilan puluh
九月	jiǔ yuè	September

九成	jiǔ chéng		90 %
九泉	jiǔ quán		Alam barkah , akhirat
久	jiǔ		Lama
久等	jiǔ děng		Menunggu lama
久遠	jiǔ yuǎn		Pada waktu yang sudah lama sekali
酒	jiǔ		Arak
酒吧	jiǔ bā		Bar
酒醉	jiǔ zuì		Mabuk karena minum arak
酒鬼	jiǔ guǐ		Peminum , pemabuk
酒拳	jiǔ quán		Permainan yang dilakukan pada waktu minum arak
酒席	jiǔ xí		Perjamuan , pesta makan
酒精	jiǔ jīng		Alkohol
酒家女	jiǔ jiā nǚ		Pekerja wanita yang menemani tamu minum arak

ㄐㄧㄡˋ

究竟	jiù jìng		Bagaimanapun , betapapun
舊	jiù		Lama
舊曆年	jiù lì nián		Kalender cina / penanggalan cina
救援	jiù yuán		Membantu , menolong
救災	jiù zāi		Menolong korban bencana alam
救火	jiù huǒ		Memadamkan kebakaran
救命	jiù mìng		Menolong jiwa seseorang
救星	jiù xīng		Penolong , penyelamat
就近	jiù jìn		Disekitar
就要	jiù yào		Akan melakukan
就是說	jiù shì shuō		Yaitu , yakni
就是這樣	jiù shì zhè yàng		Ya begitu
就是這個意思	jiù shì zhè ge yì si		Ya artinya begini
舅舅	jiù jiu		Paman (dari pihak mama)
舅媽	jiù mā		Istri paman (dari pihak mama)

ㄐㄧㄢ

尖	jiān		Tajam , runcing
尖利	jiān lì		Tajam , runcing , lancip
尖端	jiān duān		Puncak , ujung
尖兵	jiān bīng		Patroli cucuk (militer)
尖酸刻薄	jiān suān kè bó		Kata yang pedas dan menyakitkan hati
堅決	jiān jué		Keputusan yang tetap , sangat teguh
堅強	jiān qiáng		Kuat , teguh , kokoh

堅持	jiān chí	Berkeras , memegang teguh
肩膀	jiān bǎng	Pundak
肩負	jiān fù	Memikul , menanggung
監獄	jiān yù	Penjara , bui
監督	jiān dū	Mengawasi , mengontrol
監視	jiān shì	Terus mengawasi , mengamat – amati
監護人	jiān hù rén	Pihak wali , perwalian
煎蛋	jiān dàn	Mengoreng telur
煎熬	jiān áo	Siksaan , penyiksaan
煎藥	jiān yào	Menggodok obat
兼差	jiān chā	Bekerja part time , sambilan
兼顧	jiān gù	Mempertimbangkan beberapa segi
艱苦	jiān kǔ	Sukar , sulit
ㄐㄧㄢˇ		
簡單	jiǎn dān	Mudah , sederhana
簡直	jiǎn zhí	Benar – benar , sungguh – sungguh
檢查	jiǎn chá	Memeriksa
檢驗	jiǎn yàn	Mengetes , menguji
檢舉	jiǎn jǔ	Melapor kepada yang berwajib
檢討	jiǎn tǎo	Introspeksi , mengoreksi diri
剪斷	jiǎn duàn	Memotong putus
剪裁	jiǎn cái	Memotong baju , kain
剪貼	jiǎn tiē	Menggunting dan menempel (koran , komputer)
剪紙	jiǎn zhǐ	Seni memotong kertas
剪接	jiǎn jiē	Menyunting film
剪短	jiǎn duǎn	Memotong pendek
剪刀	jiǎn dāo	Gunting
剪髮	jiǎn fǎ	Memotong / memangkas rambut
減（算術）	jiǎn （suàn shù）	Mengurangi
減少	jiǎn shǎo	Mengurangi sedikit
減價	jiǎn jià	Mengurangi harga
減輕	jiǎn qīng	Mengurangi berat
減稅	jiǎn shuì	Mengurangi pajak
減半	jiǎn bàn	Mengurangi setengah
減肥	jiǎn féi	Berdiet , mengurangi kegemukan
ㄐㄧㄢˋ		
見面	jiàn miàn	Bertemu , menemui
見笑	jiàn xiào	Menertawakan , ditertawakan
見證	jiàn zhèng	Saksi , kesaksian

見客	jiàn	kè	Menerima tamu
見過	jiàn	guò	Pernah bertemu
見解	jiàn	jiě	Pandangan , pendapat
件	jiàn		Sehelai / sepotong , dokumen
建立	jiàn	lì	Mendirikan , membangun
建設	jiàn	shè	Membangun , pembangunan
建築	jiàn	zhú	Membangun
建議	jiàn	yì	Usulan , mengusulkan ,menyarankan
健康	jiàn	kāng	Sehat
健忘	jiàn	wàng	Mudah lupa , pelupa
健在	jiàn	zài	Orang yang berusia lanjut masih hidup & sehat
箭頭	jiàn	tóu	Anak panah
漸漸	jiàn	jiàn	Semakin lama semakin
間諜	jiàn	dié	Mata – mata
間隔	jiàn	gé	Jarak waktu
間斷	jiàn	duàn	Putus , terputus
間接	jiàn	jiē	Tidak langsung
踐踏	jiàn	tà	Menginjak – injak
鍵盤	jiàn	pán	Papan tombol , keyboard
艦隊	jiàn	duì	Armada
艦長	jiàn	zhǎng	Kapten , komandan
鑑定	jiàn	dìng	Menilai kekurangan dan kelebihan seseorang
鑑賞	jiàn	shǎng	Memeriksa dan menghargai

ㄐㄧㄣ			
今天	jīn	tiān	Hari ini
今早	jīn	zǎo	Pagi hari ini
今午	jīn	wǔ	Siang hari ini
今晚	jīn	wǎn	Malam hari ini
今年	jīn	nián	Tahun ini
今後	jīn	hòu	Sesudah hari ini
金錢	jīn	qián	Uang
金融	jīn	róng	Keuangan
金屬	jīn	shǔ	Logam
金牌	jīn	pái	Medali emas
津貼	jīn	tiē	Subsidi , tunjangan
斤兩	jīn	liǎng	Berat , bobot
筋骨	jīn	gǔ	Otot dan tulang

ㄐㄧㄣˇ

僅僅	jǐn	jǐn	Hanya , cuma
僅有	jǐn	yǒu	Hanya ada , cuma ada
僅夠	jǐn	gòu	Hanya cukup , cuma cukup
緊張	jǐn	zhāng	Gugup , gelisah
緊迫	jǐn	pò	Mendesak , urgen
緊要	jǐn	yào	Penting sekali , gawat , kritis
緊急	jǐn	jí	Darurat , urgen , gawat , emergency
謹慎	jǐn	shèn	Berhati – hati , waspada

ㄐㄧㄣˋ

近視	jìn	shì	Melihat jarak jauh tidak jelas
近日	jìn	rì	Baru – baru ini
近來	jìn	lái	Baru – baru ini
近況	jìn	kuàng	Situasi baru – baru ini
近期	jìn	qí	Dalam waktu dekat ini
進來	jìn	lái	Masuk
進去	jìn	qù	Pergi masuk
進步	jìn	bù	Maju
進化	jìn	huà	Evolusi
進口	jìn	kǒu	Impor
盡頭	jìn	tóu	Ujung jalan
盡力	jìn	lì	Diusahakan sekuat tenaga , sedapat mungkin
盡量	jìn	liàng	Semaksimal mungkin
盡職	jìn	zhí	Melaksanakan tugas semaksimal mungkin
儘管	jìn	guǎn	Tanpa khawatir , tanpa ragu – ragu
儘快	jìn	kuài	Usahakan secepat mungkin
儘量	jìn	liàng	Sebisa – bisanya , sedapat - dapatnya
儘早	jìn	zǎo	Selekas mungkin , sepagi mungkin
禁止	jìn	zhǐ	Melarang , dilarang
禁煙	jìn	yān	Dilarang merokok
禁忌	jìn	jì	Tabu , larangan , pantangan
勁敵	jìn	dí	Lawan / musuh yang hebat
晉級	jìn	jí	Mempromosikan , promosi
浸泡	jìn	pào	Merendam

ㄐㄧㄤ

將要	jiāng	yào		Akan , hendak , mau
將來	jiāng	lái		Masa yang akan datang , masa depan , kelak
將軍	jiāng	jūn		Jenderal , laksamana
將計就計	jiāng	jì jiù	jì	Menjalankan siasat senjata makan tuan

江水	jiāng	shuǐ		Air sungai , air kali
僵硬	jiāng	yìng		Kaku
僵持	jiāng	chí		Tidak mau mengalah , menolak untuk mengalah
僵局	jiāng	jú		Kemacetan , keadaan serba sulit
薑湯	jiāng	tāng		Air jahe
疆土	jiāng	tǔ		Daerah , wilayah
ㄐㄧㄤ∨				
講話	jiǎng	huà		Berbicara
講話中（電話）	jiǎng	huà	zhōng （diàn huà）	Sedang berbicara
講習	jiǎng	xí		Latihan jangka pendek
講義	jiǎng	yì		Bahan pelajaran yang akan dipelajari
講解	jiǎng	jiě		Mendiskusikan dan menerangkan
講究	jiǎng	jiù		Memperhatikan , mementingkan
獎金	jiǎng	jīn		Bonus , premi
獎勵	jiǎng	lì		Hadiah sebagai pendorong semangat
ㄐㄧㄤˋ				
醬油	jiàng	yóu		Kecap asin
醬瓜	jiàng	guā		Timun atau lainnya yang direndam di kecap asin
降低	jiàng	dī		Mengurangi , menurunkan
降下	jiàng	xià		Turun (harga , hujan , salju dsb)
降價	jiàng	jià		Turun harga
降級	jiàng	jí		Turun kelas , turun tingkat
將領	jiàng	lǐng		Perwira militer yang berkedudukan tinggi
糨糊	jiàng	hú		Lem sagu
ㄐㄧㄥ				
經過	jīng	guò		Melewati , melalui
經驗	jīng	yàn		Pengalaman
經費	jīng	fèi		Dana , biaya , budget
經濟	jīng	jì		Ekonomi
經理	jīng	lǐ		Manajer
經辦員	jīng	bàn	yuán	Petugas yang mengurus
經營	jīng	yíng		Mengelola
經常	jīng	cháng		Sering
經由	jīng	yóu		Oleh (orang) , melalui (tempat)
經得起	jīng	de	qǐ	Dapat bertahan , dapat melalui
精彩	jīng	cǎi		Menarik
精通	jīng	tōng		Mahir benar akan sesuatu

ㄐ

精密	jīng mì	Persis , akurat , tepat sekali
精神	jīng shén	Semangat , jiwa , kesadaran
精神病	jīng shén bìng	Penyakit jiwa , gila
精華	jīng huá	Intisari
鯨魚	jīng yú	Ikan paus
驚慌	jīng huāng	Panik
驚訝	jīng yà	Kaget , terkejut

ㄐ一ㄥˇ

井水	jǐng shuǐ	Air sumur , air perigi
景氣	jǐng qì	Makmur
景色	jǐng sè	Pemandangan
景仰	jǐng yǎng	Menghormati dan mengagumi
頸椎	jǐng zhuī	Tulang tengkuk
警告	jǐng gào	Peringatan , memperingatkan
警衛	jǐng wèi	Mengawal , menjaga keamanan
警察	jǐng chá	Polisi
警察局	jǐng chá jú	Kantor polisi

ㄐ一ㄥˋ

競爭	jìng zhēng	Persaingan , bersaing
競賽	jìng sài	Perlombaan , pertandingan
競選	jìng xuǎn	Kampanye , bersaing dalam pemilihan
鏡子	jìng zi	Kaca , cermin
鏡片	jìng piàn	Lensa
鏡頭	jìng tóu	Lensa kamera
鏡框	jìng kuāng	Bingkai , bingkai kacamata
竟敢	jìng gǎn	Berani melakukan sesuatu , berani - beraninya
竟然	jìng rán	Tak diduga – duga , diluar dugaan
淨土	jìng tǔ	Tanah bersih (Buddha)
淨身水	jìng shēn shuǐ	Air suci (Buddha)
敬酒	jìng jiǔ	Minum untuk menghormati , toast
敬禮	jìng lǐ	Memberi penghormatan
境界	jìng jiè	Perbatasan
境內	jìng nèi	Dalam batas wilayah
靜靜的	jìng jìng de	Dengan diam – diam , dengan tidak ribut

ㄐㄩ

居民	jū mín	Penduduk , penghuni
居然	jū rán	Hal yang tidak diharapkan terjadi
居住	jū zhù	Tinggal , menghuni , mendiami

拘捕	jū bǔ	Menangkap
ㄐㄩˊ		
局長	jú zhǎng	Kepala kantor , kepala jawatan
局勢	jú shì	Situasi
局面	jú miàn	Situasi , keadaan
局部	jú bù	Sebagian
焗飯	jú fàn	Nasi dipanggang dengan keju dan bahan lainnya
菊花	jú huā	Bunga krisantemun
橘色	jú sè	Warna orange
橘子	jú zi	Buah jeruk
ㄐㄩˇ		
舉起	jǔ qǐ	Mengangkat
舉手	jǔ shǒu	Mengangkat tangan
舉例	jǔ lì	Memberi contoh
舉行	jǔ xíng	Menyelenggarakan , melangsungkan
沮喪	jǔ sàng	Depresi
咀嚼	jǔ jué	Mengunyah
矩形	jǔ xíng	Persegi panjang
ㄐㄩˋ		
句子	jù zi	Kalimat
句號	jù hào	Titik
句型	jù xíng	Pola kalimat
巨大	jù dà	Sangat besar , maha besar
巨額	jù é	Jumlah yang sangat besar
巨星	jù xīng	Bintang besar , bintang dunia
拒絕	jù jué	Menolak
拒捕	jù bǔ	Melawan penangkapan
具備	jù bèi	Perlengkapan
俱樂部	jù lè bù	Klub
劇毒	jù dú	Racun / bisa yang sangat keras
劇烈	jù liè	Hebat , keras , sengit
據說	jù shuō	Kata orang , kabarnya , konon
距離	jù lí	Jarak
鋸子	jù zi	Gergaji
聚會	jù huì	Berkumpul , mengadakan pertemuan
聚餐	jù cān	Makan bersama , pesta makan
懼怕	jù pà	Takut , gentar
ㄐㄩㄝˊ		

決心	jué	xīn	Bulat hati , tekad bulat
決策	jué	cè	Keputusan , keputusan politik
決議	jué	yì	Resolusi , keputusan
決定	jué	dìng	Memutuskan , menetapkan
決不	jué	bù	Sekali – kali tidak akan
抉擇	jué	zé	Memilih
絕對	jué	duì	Pasti , mutlak
絕無	jué	wú	Pasti tidak akan
絕望	jué	wàng	Tidak ada harapan sama sekali
訣別	jué	bié	Berpisah , mengucapkan selamat tinggal
訣竅	jué	qiào	Rahasia sukses , kunci sukses
覺得	jué	de	Merasa , berpendapat
覺悟	jué	wù	Kesadaran , menjadi sadar

ㄐㄩㄢ			
捐款	juān	kuǎn	Menyumbang uang
捐獻	juān	xiàn	Menyumbang , mendermakan
ㄐㄩㄢˇ			
捲起	juǎn	qǐ	Menggulung , melipat
捲入	juǎn	rù	Terlibat , terbawa
ㄐㄩㄢˋ			
倦怠	juàn	dài	Lelah , capek
眷屬	juàn	shǔ	Keluarga , famili

ㄐㄩㄣ			
君主	jūn	zhǔ	Raja , penguasa tinggi di zaman kuno
君子	jūn	zǐ	Orang budiman , orang baik
軍人	jūn	rén	Tentara
軍隊	jūn	duì	Pasukan tentara
軍艦	jūn	jiàn	Kapal perang
軍官	jūn	guān	Perwira , opsir
軍火	jūn	huǒ	Amunisi
ㄐㄩㄣˋ			
俊美	jùn	měi	Elok , cantik

（ㄑ）			
ㄑㄧ			
七	qī		Tujuh
七十	qī	shí	Tujuh puluh

七月	qī	yuè	Juli
妻子	qī	zi	Istri , bini
妻兒	qī	ér	Anak istri
淒慘	qī	căn	Sangat menyedihkan , memilukan , tragis
欺負	qī	fù	Mengganggu
欺騙	qī	piàn	Menipu
漆黑	qī	hēi	Gelap gulita , gelap pekat
棲息	qī	xí	Bertengger (burung)
〈一ˊ			
期間	qí	jiān	Waktu , selama , sementara
期限	qí	xiàn	Batas waktu
期待	qí	dài	Mengharapkan , menantikan
奇怪	qí	guài	Aneh , janggal
奇妙	qí	miào	Ajaib , menakjubkan
旗艦	qí	jiàn	Bendera kapal
旗子	qí	zi	Bendera , panji
旗袍	qí	páo	Gaun wanita ketat ala Shanghai
歧見	qí	jiàn	Pendapat yang berbeda
歧途	qí	tú	Jalan salah , jalan sesat
祈禱	qí	dăo	Berdoa
其他	qí	tā	Lainnya
其次	qí	cì	Nomor dua (urutan)
其實	qí	shí	Sebenarnya
其中	qí	zhōng	Di antaranya , didalamnya
其餘	qí	yú	Sisanya
棋盤	qí	pán	Papan catur
棋子	qí	zi	Anak catur
騎馬	qí	mă	Menunggang kuda
騎兵	qí	bīng	Prajurit berkuda
騎士	qí	shì	Ksatria berkuda
崎嶇	qí	qū	Tidak rata
齊全	qí	quán	Komplit
〈一ˇ			
乞丐	qĭ	gài	Pengemis
乞求	qĭ	qiú	Memohon dengan sangat
起來	qĭ	lái	Bangun , berdiri
起床	qĭ	chuáng	Bangun tidur
起初	qĭ	chū	Pada mulanya , mula – mula
起碼	qĭ	mă	Paling sedikit

豈敢	qǐ	gǎn	Saya tak patut menerima pujian itu
啓程	qǐ	chéng	Berangkat
啓發	qǐ	fā	Mengilhami , menginspirasi
啓用	qǐ	yòng	Mulai menggunakan
啓齒	qǐ	chǐ	Membuka mulut , mulai berbicara
ㄑㄧˋ			
企業	qì	yè	Perusahaan
企鵝	qì	é	Burung penguin
企圖	qì	tú	Berniat , bermaksud , mencoba
企劃	qì	huà	Proyek
氣話	qì	huà	Kata – kata yang dikeluarkan waktu marah
氣質	qì	zhí	Ada kharisma , ada sopan santun dan berisi
氣氛	qì	fèn	Suasana
氣管	qì	guǎn	Batang tenggorok , kerongkongan
氣球	qì	qiú	Balon
氣體	qì	tǐ	Gas
氣味	qì	wèi	Bau , aroma
氣候	qì	hòu	Iklim , cuaca
氣象台	qì	xiàng tái	Badan meteorologi
氣象預報	qì	xiàng yù bào	Ramalan cuaca
汽水	qì	shuǐ	Air soda , soft drink
汽車	qì	chē	Mobil
汽油	qì	yóu	Bensin
棄權	qì	quán	Tidak memberi suara dalam pemilihan , melepaskan hak
棄嬰	qì	yīng	Membuang bayi , bayi yang dibuang
棄置	qì	zhì	Membuang , menyampingkan
緝捕	qì	bǔ	Mencari dan menangkap
器材	qì	cái	Peralatan , perlengkapan
器官	qì	guān	Organ tubuh
契機	qì	jī	Saat , momen
契約	qì	yuē	Kontrak , perjanjian
ㄑㄧㄚ			
掐著	qiā	zhe	Mencekik
掐死我了	qiā	sǐ wǒ le	Mencekik mati saya
ㄑㄧㄚˋ			
恰當	qià	dàng	Tepat , cocok
洽商	qià	shāng	Bermusyawarah , berembuk , berkonsultasi

洽談	qià	tán	Berembuk , bermusyawarah

ㄑㄧㄝ			
切	qiē		Memotong
切斷	qiē	duàn	Memotong putus
切菜	qiē	cài	Memotong sayur
ㄑㄧㄝˊ			
茄子	qié	zi	Terong
ㄑㄧㄝˇ			
且慢	qiě	màn	Nanti dulu , jangan segera pergi atau berbuat
ㄑㄧㄝˋ			
竊取	qiè	qǔ	Menyerobot , merampas
竊賊	qiè	zéi	Pencuri , pencopet
竊竊私語	qiè	qiè sī yǔ	Berbincang secara berbisik - bisik

ㄑㄧㄠ			
敲打	qiāo	dǎ	Memukul , memalu
敲門	qiāo	mén	Mengetuk pintu
ㄑㄧㄠˊ			
橋	qiáo		Jembatan
橋牌	qiáo	pái	Permainan olahraga otak menggunakan kartu
僑胞	qiáo	bāo	Saudara setanah air yang tinggal diluar negeri
僑生	qiáo	shēng	Pelajar berkebangsaan Tionghua yang belajar di luar negeri
瞧不起	qiáo	bù qǐ	Memandang rendah , melecehkan
ㄑㄧㄠˇ			
巧合	qiǎo	hé	Kebetulan
巧妙	qiǎo	miào	Cerdik , pandai , pintar
巧手	qiǎo	shǒu	Tangan yang cekatan / tangkas
ㄑㄧㄠˋ			
竅門	qiào	mén	Kunci untuk memecahkan masalah
翹課	qiào	kè	Membolos sekolah
翹翹板	qiào	qiào bǎn	Papan jungkat – jungkit

ㄑㄧㄡ			
秋天	qiū	tiān	Musim gugur
丘陵	qiū	líng	Bukit , perbukitan
ㄑㄧㄡˊ			
求職	qiú	zhí	Mencari kerja

求婚	qiú	hūn			Melamar , mengajak menikah
求救	qiú	jiù			Meminta tolong / bantuan
求情	qiú	qíng			Minta maaf , minta pengampunan
求偶	qiú	ǒu			Mencari jodoh
球	qiú				Bola
球隊	qiú	duì			Tim pemain bola
球迷	qiú	mí			Pencinta permainan bola
球衣	qiú	yī			Baju bermain bola
球鞋	qiú	xié			Sepatu bermain bola
囚犯	qiú	fàn			Narapidana
囚禁	qiú	jìn			Menyekap , memenjarakan

ㄑㄧㄢ					
千	qiān				Seribu
千里	qiān	lǐ			Seribu mil
千萬	qiān	wàn			10 juta
千斤	qiān	jīn			Seribu cin (1 cin = 500 gram)
千斤頂	qiān	jīn	dǐng		Dongkrak
千變萬化	qiān	biàn	wàn	huà	Selalu dan sering berubah – ubah
牽掛	qiān	guà			Khawatir , memikirkan
牽連	qiān	lián			Bersangkutan , terlibat , tersangkut
牽手	qiān	shǒu			Bergandeng tangan
鉛	qiān				Timah
鉛筆	qiān	bǐ			Pensil , potlot
鉛球	qiān	qiú			Peluru (olahraga tolak peluru)
遷移	qiān	yí			Berpindah , hijrah
遷入	qiān	rù			Pindah masuk
遷出	qiān	chū			Pindah keluar
謙虛	qiān	xū			Rendah hati
簽到	qiān	dào			Mendaftarkan kehadiran diri , absensi
簽名	qiān	míng			Menandatangani
簽證	qiān	zhèng			Visa
簽約	qiān	yuē			Menandatangani perjanjian
簽收	qiān	shōu			Tanda tangan sesudah menerima sesuatu
ㄑㄧㄢˊ					
前天	qián	tiān			Kemarin dulu , 2 hari yang lalu
前面	qián	miàn			Dibagian depan
前例	qián	lì			Yang telah terjadi lebih dulu dan dipakai sebagai contoh

前途	qián	tú	Masa depan
前輪	qián	lún	Roda depan
前進	qián	jìn	Maju , berjalan maju
前胸	qián	xiōng	Dada depan
錢	qián		Uang , duit
錢包	qián	bāo	Dompet
虔誠	qián	chéng	Saleh , bertakwa kepada Tuhan
潛水	qián	shuǐ	Menyelam
潛力	qián	lì	Potensi
ㄑㄧㄢˇ			
淺色	qiǎn	sè	Warna muda
淺藍色	qiǎn	lán sè	Warna biru muda
淺見	qiǎn	jiàn	Pandangan yang picik / dangkal
遣返	qiǎn	fǎn	Memulangkan
遣送	qiǎn	sòng	Mengirim pulang
ㄑㄧㄢˋ			
欠錢	qiàn	qián	Meminjam uang , meminjam duit
欠缺	qiàn	quē	Kurang , kekurangan
倩影	qiàn	yǐng	Bayang – bayang wanita cantik
歉意	qiàn	yì	Penyesalan , rasa sesal

ㄑㄧㄣ			
親愛	qīn	ài	Sayang , buah hati
親密	qīn	mì	Karib , akrab , mesra
親戚	qīn	qī	Saudara , famili
親自	qīn	zì	Sendiri , berbuat sendiri
侵略	qīn	lüè	Penyerangan
侵吞	qīn	tūn	Menelan , menggelapkan
ㄑㄧㄣˊ			
芹菜	qín	cài	Daun seledri
勤勉	qín	miǎn	Rajin , giat , tekun
勤儉	qín	jiǎn	Rajin dan hemat
勤快	qín	kuài	Cepat
勤勞	qín	láo	Rajin
禽獸	qín	shòu	Binatang unggas
ㄑㄧㄣˇ			
寢具	qǐn	jù	Peralatan tidur seperti bantal , seprai dll
寢室	qǐn	shì	Kamar tidur

ㄑㄧㄤ			
槍枝	qiāng	zhī	Senapan , bedil
槍手	qiāng	shǒu	Penembak , ahli menembak
槍斃	qiāng	bì	Menembak mati , tembak mati
腔調	qiāng	diào	Eksen , logat bicara
ㄑㄧㄤˊ			
牆壁	qiáng	bì	Tembok , dinding
牆角	qiáng	jiǎo	Sudut tembok , pojok dinding
強壯	qiáng	zhuàng	Kuat
強國	qiáng	guó	Negara yang kuat
強迫	qiáng	pò	Memaksa
強烈	qiáng	liè	Hebat , kuat
強辯	qiáng	biàn	Mendebat keras
強調	qiáng	diào	Menekankan
ㄑㄧㄤˇ			
搶劫	qiǎng	jié	Merampok , menggarong
搶救	qiǎng	jiù	Menolong , menyelamatkan
搶先	qiǎng	xiān	Mendahului

ㄑㄧㄥ			
青菜	qīng	cài	Sayur - sayuran
青蛙	qīng	wā	Kodok , katak
青少年	qīng	shào nián	Remaja , anak baru gede
青春期	qīng	chūn qí	Masa puber , pubertas
輕(重量)	qīng	(zhòng liàng)	Ringan , enteng
輕便	qīng	biàn	Ringan dan mudah dibawa
輕輕的	qīng	qīng de	Pelan – pelan , dengan hati - hati
輕工業	qīng	gōng yè	Industri ringan
清晨	qīng	chén	Pagi – pagi , subuh
清楚	qīng	chǔ	Jelas
清潔	qīng	jié	Membersihkan , bersih
清水	qīng	shuǐ	Air bersih
清理	qīng	lǐ	Membersihkan dan membereskan
傾向	qīng	xiàng	Cenderung
傾斜	qīng	xié	Miring , condong
ㄑㄧㄥˊ			
情緒	qíng	xù	Emosi , perasaan
情人	qíng	rén	Kekasih , pacar
情感	qíng	gǎn	Perasaan

情報	qíng	bào		Informasi , keterangan
情願	qíng	yuàn		Lebih baik
情況	qíng	kuàng		Keadaan , situasi
晴天	qíng	tiān		Hari cerah
ㄑㄧㄥˇ				
請	qǐng			Mohon , tolong
請假	qǐng	jià		Meminta ijin kerja
請教	qǐng	jiào		Menanyakan , numpang tanya
請客	qǐng	kè		Mentraktir
請求	qǐng	qiú		Memohon
請用	qǐng	yòng		Silahkan memakai
請便	qǐng	biàn		Silahkan
請帖	qǐng	tiě		Surat undangan , kartu undangan
請指示	qǐng	zhǐ	shì	Mohon memberi petunjuk
請看	qǐng	kàn		Silahkan lihat
請幫忙	qǐng	bāng	máng	Mohon untuk membantu
請讓路	qǐng	ràng	lù	Tolong memberi jalan
請接	qǐng	jiē		Tolong terima
ㄑㄧㄥˋ				
慶祝	qìng	zhù		Merayakan
ㄑㄩ				
曲線	qū	xiàn		Tikungan , liku
曲折	qū	zhé		Tikungan , belokan
蛆	qū			Belatung
區別	qū	bié		Perbedaan , diskriminasi
區域	qū	yù		Distrik , daerah , area
趨勢	qū	shì		Kecenderungan , kecondongan
軀體	qū	tǐ		Badan ,tubuh
驅逐	qū	zhú		Mengusir , mengenyahkan
屈服	qū	fú		Menyerah , tunduk , takluk
屈就	qū	jiù		Berkenan / sudi memangku jabatan
屈辱	qū	rǔ		Penghinaan
ㄑㄩˇ				
曲子	qǔ	zi		Lagu , nyanyian
取笑	qǔ	xiào		Menertawakan , mengolok – olok
取得	qǔ	dé		Mendapat , memperoleh
取消	qǔ	xiāo		Membatalkan
取締	qǔ	dì		Melarang , menindak

娶妻	qǔ qī	Memperistri
ㄑㄩˋ		
去	qù	Pergi
去臭	qù chòu	Menghilangkan bau
去世	qù shì	Meninggal , wafat , mati
去年	qù nián	Tahun lalu , tahun kemarin
去處	qù chù	Tempat tujuan
去買	qù mǎi	Pergi membeli
去哪裡	qù nǎ lǐ	Pergi kemana
去送行	qù sòng xíng	Pergi mengantar
去找人	qù zhǎo rén	Pergi mencari orang
去訪問	qù fǎng wèn	Pergi mengunjungi
去看醫生	qù kàn yī shēng	Pergi kedokter
去買食物	qù mǎi shí wù	Pergi membeli makanan
趣事	qù shì	Kisah / kejadian yang menarik
趣味	qù wèi	Minat , kesukaan

ㄑㄩㄝ		
缺少	quē shǎo	Kurang , kekurangan
缺貨	quē huò	Barang kurang , persediaan kurang
缺錢	quē qián	Kurang uang
缺席	quē xí	Tidak hadir
缺點	quē diǎn	Kekurangan
缺口	quē kǒu	Terobosan , lubang , celah
ㄑㄩㄝˋ		
確實	què shí	Sebenarnya
確定	què dìng	Pasti
雀斑	què bān	Bintik , noda

ㄑㄩㄢ		
圈子	quān zi	Lingkaran
圈起來	quān qǐ lái	Melingkari , mengelilingi
ㄑㄩㄢˊ		
權力	quán lì	Kekuasaan , wewenang
權利	quán lì	Hak
全部	quán bù	Semua , seluruh
全天	quán tiān	Sepanjang hari
全能	quán néng	Maha kuasa , serba bisa (olahraga)
全體	quán tǐ	Seluruh anggota

ㄑ

全身	quán shēn	Seluruh badan , seluruh tubuh
全家	quán jiā	Seluruh keluarga
全國	quán guó	Seluruh negeri , nasional
全球	quán qiú	Sedunia , sejagat
全身麻醉劑	quán shēn má zuì jì	Dibius seluruh badan
泉水	quán shuǐ	Mata air
泉源	quán yuán	Sumber mata air
拳頭	quán tóu	Kepalan tangan , tinju
拳擊	quán jí	Meninju
拳擊手	quán jí shǒu	Memukul dengan kepalan tangan
拳擊場	quán jí chǎng	Arena permainan tinju
詮釋	quán shì	Catatan , keterangan
ㄑㄩㄢˇ		
犬	quǎn	Anjing
ㄑㄩㄢˋ		
勸告	quàn gào	Menasehati , memperingatkan , menegur
勸導	quàn dǎo	Menasehati dan membimbing

ㄑㄩㄣˊ		
裙子	qún zi	Rok
群眾	qún zhòng	Masyarakat , khayalak

ㄑㄩㄥˊ		
窮困	qióng kùn	Kemiskinan , kemelaratan
窮人	qióng rén	Orang miskin

（ㄒ）		
ㄒㄧ		
西部	xī bù	Bagian barat
西北風	xī běi fēng	Angin barat laut
西北方	xī běi fāng	Arah barat laut
西南方	xī nán fāng	Arah barat daya
西瓜	xī guā	Semangka
西餐	xī cān	Masakan ala barat
西洋	xī yáng	Barat , dunia barat
西洋人	xī yáng rén	Orang barat
西裝	xī zhuāng	Pakaian gaya barat
吸引	xī yǐn	Menarik , memikat

吸收	xī	shōu	Menyerap , menyedot
吸力	xī	lì	Daya tarik
吸氣	xī	qì	Menghirup napas , menarik napas
吸管	xī	guǎn	Sedotan
吸煙	xī	yān	Merokok
吸血鬼	xī	xiě guǐ	Drakula , lintah darat (rentenir)
吸塵器	xī	chén qì	Mesin pengisap debu
希望	xī	wàng	Mengharapkan , harapan , menginginkan
稀奇	xī	qí	Heran , aneh , ganjil
稀少	xī	shǎo	Sedikit sekali , jarang , langka
稀飯	xī	fàn	Bubur beras
犀牛	xī	niú	Badak
溪水	xī	shuǐ	Air sungai
溪谷	xī	gǔ	Jurang sempit yang dilalui air
蜥蜴	xī	yì	Kadal , bengkarung
膝蓋	xī	gài	Lutut
膝下	xī	xià	Sebutan untuk orang tua (disurat)
嘻笑	xī	xiào	Tertawa gembira
犧牲	xī	shēng	Mengorbankan , berkorban
攜帶	xī	dài	Membawa
ㄒㄧˊ			
息怒	xí	nù	Berhenti marah
熄火	xí	huǒ	Matikan api
熄燈	xí	dēng	Matikan lampu
熄滅	xí	miè	Mematikan , matikan , memadamkan , padamkan
錫器	xí	qì	Peralatan timah
習題	xí	tí	Pertanyaan untuk latihan (dalam pekerjaan sekolah)
習慣	xí	guàn	Biasa , terbiasa
習俗	xí	sú	Adat , kebiasaan
媳婦	xí	fù	Menantu perempuan , istri anak lelaki
ㄒㄧˇ			
洗衣	xǐ	yī	Mencuci baju
洗髮	xǐ	fǎ	Mencuci rambut
洗手	xǐ	shǒu	Mencuci tangan
洗澡	xǐ	zǎo	Mandi
洗腦	xǐ	nǎo	Mencuci otak
洗東西	xǐ	dōng xī	Mencuci barang
洗照片	xǐ	zhào piàn	Mencuci film foto

150

洗衣機	xǐ yī jī	Mesin cuci
洗潔劑	xǐ jié jì	Cairan pembersih
洗髮精	xǐ fǎ jīng	Shampoo , sabun mencuci rambut
洗碗精	xǐ wǎn jīng	Cairan pembersih piring
喜歡	xǐ huān	Suka , menyukai
喜酒	xǐ jiǔ	Pesta perkawinan , arak yang diminum pada pesta perkawinan
喜劇	xǐ jù	Komedi
ㄒㄧˋ		
夕陽	xì yáng	Matahari terbenam
戲劇	xì jù	Sandiwara , drama , teater
戲院	xì yuàn	Gedung teater , teater
系統	xì tǒng	Sistim , sistematis
細心	xì xīn	Penuh perhatian
細菌	xì jùn	Kuman , bakteri
細節	xì jié	Perincian , seluk beluk
ㄒㄧㄚ		
瞎子	xiā zi	Orang buta , tuna netra
蝦子	xiā zi	Udang
蝦仁	xiā rén	Udang segar kupas kulit , daging udang
ㄒㄧㄚˊ		
狹窄	xiá zhǎi	Sempit , sesak
狹小	xiá xiǎo	Sempit , sempit dan kecil
峽谷	xiá gǔ	Ngarai , jurang sempit dan curam
ㄒㄧㄚˋ		
下流	xià liú	Bagian hilir , rendah , kotor , keji
下方	xià fāng	Bawah , dibawah
下降	xià jiàng	Turun , jatuh , anjlok
下面	xià miàn	Bawah , dibawah
下去	xià qù	Turun , pergi kebawah
下車	xià chē	Turun dari mobil
下船	xià chuán	Turun dari kapal atau perahu
下雨	xià yǔ	Turun hujan
下令	xià lìng	Memberi perintah , memberi komando
下班	xià bān	Pulang kerja , usai kerja
下課	xià kè	Pulang sekolah , usai sekolah
下次	xià cì	Lain kali , lain waktu
下午	xià wǔ	Sore hari , petang hari

下星期	xià xīng qí	Minggu depan	
下個月	xià ge yuè	Bulan depan	
下半年	xià bàn nián	Dari bulan juli sampai desember	
嚇人	xià rén	Mengagetkan orang , mengejutkan orang	
嚇到	xià dào	Kaget , terkejut	
夏季	xià jì	Musim panas	
夏天	xià tiān	Musim panas	
夏裝	xià zhuāng	Pakaian musim panas	
夏威夷	xià wēi yí	Hawai	

ㄒ一ㄝ			
歇息	xiē xí	Beristirahat , mengaso	
ㄒ一ㄝˊ			
協助	xié zhù	Membantu , menolong	
協會	xié huì	Perhimpunan , lembaga , persatuan	
斜坡	xié pō	Lereng , landaian	
斜線	xié xiàn	Garis miring	
斜角	xié jiǎo	Sudut miring , pojok miring	
斜對面	xié duì miàn	Seberang serong	
邪惡	xié è	Jahat , buruk , busuk	
鞋子	xié zi	Sepatu	
鞋帶	xié dài	Tali sepatu	
鞋跟	xié gēn	Tumit sepatu	
ㄒ一ㄝˇ			
寫信	xiě xìn	Menulis surat	
寫作	xiě zuò	Menulis karangan	
寫字	xiě zì	Menulis	
寫下	xiě xià	Menulis	
血	xiě	Darah	
血統	xiě tǒng	Keturunan	
ㄒ一ㄝˋ			
謝謝	xiè xie	Terima kasih	
謝禮	xiè lǐ	Hadiah karena merasa berterima kasih	
卸貨	xiè huò	Membongkar barang muatan	
卸妝	xiè zhuāng	Membersihkan rias muka	
洩密	xiè mì	Membocorkan rahasia	
洩氣	xiè qì	Mengeluarkan unek – unek	
瀉藥	xiè yào	Obat cuci perut , obat urus – urus	
瀉肚子	xiè dù zi	Mencret , berak – berak	

152

蟹黃	xiè huáng	Telur kepiting
蟹肉	xiè ròu	Daging kepiting

ㄒㄧㄠ

消失	xiāo shī	Hilang , lenyap
消息	xiāo xí	Berita , informasi
消滅	xiāo miè	Melenyapkan , memusnahkan
消化	xiāo huà	Mencernakan , pencernaan
消費	xiāo fèi	Mengonsumsi , memakai
消毒劑	xiāo dú jì	Obat pembasmi hama
消防車	xiāo fáng chē	Mobil pemadam kebakaran
消防隊	xiāo fáng duì	Pasukan pemadam kebakaran
宵夜	xiāo yè	Makan sebelum tidur malam
銷毀	xiāo huǐ	Menghancurkan atau merusak dengan cara membakar
銷售	xiāo shòu	Menjual , memasarkan
蕭條	xiāo tiáo	Sunyi dan suram , depresi (ekonomi)
瀟灑	xiāo sǎ	Wajar dan lepas bebas (tentang expresi wajah atau gaya tulisan tangan)
囂張	xiāo zhāng	Sombong , congkak , pongah

ㄒㄧㄠˇ

小氣	xiǎo qì	Pelit , kikir
小心	xiǎo xīn	Hati – hati
小聲	xiǎo shēng	Suara pelan – pelan
小指	xiǎo zhǐ	Kelingking
小腹	xiǎo fù	Perut bawah
小姐	xiǎo jiě	Nona , gadis
小姑	xiǎo gū	Adik perempuan suami , adik ipar perempuan (dari pihak suami)
小便	xiǎo biàn	Kencing , buang air kecil
小艇	xiǎo tǐng	Perahu kecil , perahu dayung
小說	xiǎo shuō	Novel
小偷	xiǎo tōu	Pencuri , maling
小學	xiǎo xué	Sekolah dasar , SD
小麥	xiǎo mài	Gandum , terigu
小時候	xiǎo shí hòu	Waktu masih kecil

ㄒㄧㄠˋ

笑容	xiào róng	Air muka ada senyum
笑話	xiào huà	Lelucon , senda gurau

孝順	xiào	shùn	Anak yang berbakti kepada orang tua
校規	xiào	guī	Peraturan sekolah
效忠	xiào	zhōng	Membaktikan diri dengan sepenuh hati , berjanji setia kepada
效果	xiào	guǒ	Efek , hasil , pengaruh
效率	xiào	lǜ	Efisiensi
ㄒㄧㄡ			
休息	xiū	xí	Beristirahat , mengaso
休養	xiū	yǎng	Beristirahat untuk memulihkan kesehatan , tetirah
休假	xiū	jià	Berlibur , liburan
休閒	xiū	xián	Waktu luang , waktu senggang
休學	xiū	xué	Tidak sekolah sementara waktu
修改	xiū	gǎi	Memperbaiki
修理	xiū	lǐ	Memperbaiki , mereparasi
修飾	xiū	shì	Menghias , memperindah
修養	xiū	yǎng	Berbudi halus
羞恥	xiū	chǐ	Rasa malu
ㄒㄧㄡˇ			
朽木	xiǔ	mù	Kayu atau pohon lapuk
ㄒㄧㄡˋ			
鏽蝕	xiù	shí	Berkarat , menjadi karat
嗅覺	xiù	jué	Indra penciuman
秀氣	xiù	qì	Molek , elok
袖子	xiù	zi	Lengan baju
ㄒㄧㄢ			
先生	xiān	shēng	Tuan , bapak
先走	xiān	zǒu	Pergi dulu
先天	xiān	tiān	Bawaan / pembawaan sejak lahir
掀開	xiān	kāi	Membuka dengan cara menyibakkan ke samping
仙女	xiān	nǚ	Peri , bidadari
仙丹	xiān	dān	Obat mukjizat hidup abadi
仙人掌	xiān	rén zhǎng	Kaktus
鮮豔	xiān	yàn	Warna menyolok mata
鮮奶	xiān	nǎi	Susu segar
ㄒㄧㄢˊ			
閒著	xián	zhe	Tidak sibuk , tidak ada yang dikerjakan
賢慧	xián	huì	Wanita yang berbudi luhur dan bijaksana

ㄒ

154

鹹的	xián	de	Asin
鹹魚	xián	yú	Ikan asin
嫌棄	xián	qì	Membenci dan menjauhi
嫌疑	xián	yí	Kecurigaan
ㄒㄧㄢˇ			
險惡	xiǎn	è	Berbahaya , terancam bencana
ㄒㄧㄢˋ			
縣長	xiàn	zhǎng	Bupati , kepala daerah kabupaten
縣政府	xiàn	zhèng fǔ	Pemerintah kabupaten , pemerintah daerah
現在	xiàn	zài	Sekarang
現金	xiàn	jīn	Uang tunai , uang cash
現象	xiàn	xiàng	Gejala
現成	xiàn	chéng	Sudah jadi
現任	xiàn	rèn	Sekarang menjabat sebagai , yang sekarang bertugas
現身	xiàn	shēn	Menampakkan diri , muncul
現代	xiàn	dài	Zaman modern , masa kini , modern
現代化	xiàn	dài huà	Memodernisasi , memodernkan
限制	xiàn	zhì	Membatasi , batas
限量	xiàn	liàng	Membatasi jumlah / kuantitas
陷害	xiàn	hài	Mencelakai , mencelakakan
陷入	xiàn	rù	Terperosok kedalam , terperangkap dalam
線索	xiàn	suǒ	Petunjuk
憲兵	xiàn	bīng	Polisi militer
憲法	xiàn	fǎ	Undang – undang dasar , konstitusi
羨慕	xiàn	mù	Mengagumi , mengiri , iri hati
餡餅	xiàn	bǐng	Pastel isi daging , sayuran dsb
獻花	xiàn	huā	Menyerahkan bunga
獻身	xiàn	shēn	Membaktikan diri , mengorbankan jiwa
ㄒㄧㄣ			
心臟	xīn	zàng	Jantung
心跳	xīn	tiào	Detak jantung
心情	xīn	qíng	Perasaan , emosi
辛苦	xīn	kǔ	Berat , susah payah
欣賞	xīn	shǎng	Mengagumi
新的	xīn	de	Baru
新年	xīn	nián	Tahun baru
新鮮	xīn	xiān	Segar

新聞	xīn	wén	Berita
新郎	xīn	láng	Pengantin laki – laki , mempelai laki – laki
新娘	xīn	niáng	Pengantin perempuan , mempelai perempuan
新婚	xīn	hūn	Pasangan yang baru menikah , pengantin baru
新加坡	xīn	jiā pō	Negara Singapura
薪水	xīn	shuǐ	Gaji , upah kerja
ㄒㄧㄣˋ			
信任	xìn	rèn	Percaya , menaruh kepercayaan
信仰	xìn	yǎng	Agama , kepercayaan , keyakinan
信心	xìn	xīn	Percaya diri
信用	xìn	yòng	Dapat dipercaya
信徒	xìn	tú	Penganut agama , pemeluk agama
信件	xìn	jiàn	Surat dan dokumen
信紙	xìn	zhǐ	Kertas surat
信封	xìn	fēng	Sampul surat , amplop
信箱	xìn	xiāng	Kotak surat , kotak pos

ㄒ

ㄒㄧㄤ			
相同	xiāng	tóng	Sama , serupa
相反	xiāng	fǎn	Kebalikan , berlawanan
相等	xiāng	děng	Sama (jumlah , derajat dll)
相信	xiāng	xìn	Percaya , yakin
相遇	xiāng	yù	Bertemu , berjumpa
相識	xiāng	shì	Mengenal satu sama lain , memperkenalkan diri satu sama lain
相處	xiāng	chǔ	Hidup , bergaul , berhubungan
相撞	xiāng	zhuàng	Saling bertubrukan , saling bertabrakan
箱子	xiāng	zi	Kotak , kardus
鄉下	xiāng	xià	Kampung , dusun , perdesaan
香味	xiāng	wèi	Bau wangi , bau sedap , bau harum
香料	xiāng	liào	Rempah – rempah , bumbu
香皂	xiāng	zào	Sabun mandi , sabun wangi
香煙	xiāng	yān	Rokok
香蕉	xiāng	jiāo	Pisang
香腸	xiāng	cháng	Sosis
香菇	xiāng	gū	Jamur
香水	xiāng	shuǐ	Minyak wangi , wangi – wangian
香檳	xiāng	bīn	Minuman sampanye , champagne
香港	xiāng	gǎng	Negara Hong Kong

詳細	xiáng	xì	Terperinci , seksama , mendetail

想法	xiǎng	fǎ	Pendapat , gagasan
想要	xiǎng	yào	Berhastrat , ingin
想念	xiǎng	niàn	Merindukan , kangen
想像	xiǎng	xiàng	Membayangkan , mengkhayalkan
想吐	xiǎng	tù	Ingin muntah

向前	xiàng	qián	Ke depan
向後	xiàng	hòu	Ke belakang
向左	xiàng	zuǒ	Ke kiri
向右	xiàng	yòu	Ke kanan
向外	xiàng	wài	Ke luar
向內	xiàng	nèi	Ke dalam
項目	xiàng	mù	Barang , benda
巷子	xiàng	zi	Gang
巷口	xiàng	kǒu	Mulut gang
象牙	xiàng	yá	Gading gajah , taring gajah
項鍊	xiàng	liàn	Kalung , rantai
橡膠	xiàng	jiāo	Karet
橡皮擦	xiàng	pí cā	Karet penghapus
相片	xiàng	piàn	Foto
相簿	xiàng	bù	Album foto
相機	xiàng	jī	Kamera , alat pemotret

興奮	xīng	fèn		Sangat gembira , terlalu gembira
猩猩	xīng	xīng		Orang utan , simpanse
星座	xīng	zuò		Zodiak , rasi
星星	xīng	xīng		Bintang
星期幾	xīng	qí	jǐ	Hari apa
星期一	xīng	qí	yī	Hari senin
星期二	xīng	qí	èr	Hari selasa
星期三	xīng	qí	sān	Hari rabu
星期四	xīng	qí	sì	Hari kamis
星期五	xīng	qí	wǔ	Hari jumat
星期六	xīng	qí	liù	Hari sabtu
星期日	xīng	qí	rì	Hari minggu

ㄒㄧㄥˊ			
刑警	xíng	jǐng	Polisi yang mengurus perkara kriminal
刑法	xíng	fǎ	Hukum pidana
行為	xíng	wéi	Kelakuan , tingkah laku
行人	xíng	rén	Pejalan kaki , pedestrian
行李	xíng	lǐ	Barang bawaan , bagasi
行程	xíng	chéng	Rute / jarak perjalanan
形象	xíng	xiàng	Citra , figur
形容	xíng	róng	Menggambarkan
形狀	xing	zhuàng	Bentuk , wujud
ㄒㄧㄥˇ			
醒來	xǐng	lái	Sadar , siuman
ㄒㄧㄥˋ			
興趣	xìng	qù	Hobby , minat , rasa tertarik
幸福	xìng	fú	Bahagia
幸運	xìng	yùn	Nasib baik , nasib mujur
性別	xìng	bié	Jenis kelamin
性感	xìng	gǎn	Seksi
性命	xìng	mìng	Jiwa , nyawa , hidup
性病	xìng	bìng	Penyakit kelamin
姓氏	xìng	shì	Nama marga , nama keluarga
姓名	xìng	míng	Nama lengkap

ㄒㄩ			
需要	xū	yào	Menghendaki , memerlukan , kebutuhan , keperluan
虛弱	xū	ruò	Lemah , tidak kuat
虛假	xū	jiǎ	Palsu , pura – pura , semu
虛心	xū	xīn	Rendah hati
ㄒㄩˇ			
許多	xǔ	duō	Banyak
ㄒㄩˋ			
敘述	xù	shù	Menceritakan , mengisahkan
續約	xù	yuē	Kontrak yang diperpanjang
續集	xù	jí	Lanjutan , sambungan

ㄒㄩㄝˊ			
學習	xué	xí	Belajar , mempelajari
學校	xué	xiào	Sekolah

學生	xué	shēng	Mahasiswa , murid , pelajar
學期	xué	qí	Semester , masa pelajaran
學問	xué	wèn	Pengetahuan , ilmu
學位	xué	wèi	Gelar akademis
學費	xué	fèi	Biaya sekolah / kuliah , uang sekolah / kuliah
ㄒㄩㄝˇ			
雪	xuě		Salju
ㄒㄩㄝˋ			
穴道	xuè	dào	Jalan darah

ㄒㄩㄢ			
宣傳	xuān	chuán	Mempropagandakan , berpropaganda
宣布	xuān	bù	Mengumumkan
宣判	xuān	pàn	Mengumumkan keputusan
ㄒㄩㄢˊ			
玄機	xuán	jī	Kebenaran yang dalam dan sulit dimengerti
旋轉	xuán	zhuǎn	Berputar – putar
旋律	xuán	lǜ	Melodi
懸掛	xuán	guà	Menggantungkan , mengibarkan
懸空	xuán	kōng	Bergantung di awang – awang
ㄒㄩㄢˇ			
選擇	xuǎn	zé	Memilih
選舉	xuǎn	jǔ	Memberikan suara , memilih
選手	xuǎn	shǒu	Atlet yang ikut dalam pertandingan olahraga
ㄒㄩㄢˋ			
炫耀	xuàn	yào	Memamerkan , memperlihatkan dengan bangga

ㄒㄩㄣˊ			
巡視	xún	shì	Mengadakan perjalanan inspeksi
詢問	xún	wèn	Menanyakan , bertanya , meminta keterangan
尋找	xún	zhǎo	Mencari
循環	xún	huán	Beredar , peredaran
ㄒㄩㄣˋ			
訓練	xùn	liàn	Melatih , berlatih
迅速	xùn	sù	Cepat , lekas , segera
訊號	xùn	hào	Sinyal
訊息	xùn	xí	Kabar , berita

ㄒㄩㄥ			

兄弟	xiōng	dì		Saudara laki – laki
兇手	xiōng	shǒu		Pembunuh
胸部	xiōng	bù		Dada
匈牙利	xiōng	yá	lì	Negara Bulgaria
ㄒㄩㄥˊ				
雄性	xióng	xìng		Jantan
雄壯	xióng	zhuàng		Perkasa dan agung , indah dan megah
熊貓	xióng	māo		Panda

（ㄓ）				
ㄓ				
織品	zhī	pǐn		Barang tenunan
之間	zhī	jiān		Diantara
支出	zhī	chū		Membayar , membelanjakan
支票	zhī	piào		Cek
支援	zhī	yuán		Membantu , menyokong
支持	zhī	chí		Menyokong , mendukung
支流	zhī	liú		Anak sungai , cabang sungai
汁液	zhī	yì		Sari , sari cair
肢體	zhī	tǐ		Anggota tubuh , anggota badan
芝麻	zhī	má		Wijen
知道	zhī	dào		Tahu , mengetahui
知識	zhī	shì		Pengetahuan
知覺	zhī	jué		Insting , kesadaran
脂肪	zhī	fáng		Lemak , gajih
蜘蛛	zhī	zhū		Laba – laba
ㄓˊ				
執照	zhí	zhào		Surat izin
執行	zhí	xíng		Menjalankan , melaksanakan
直接	zhí	jiē		Langsung
直線	zhí	xiàn		Garis lurus
侄兒	zhí	ér		Keponakan laki dari saudara lelaki
侄女	zhí	nǚ		Keponakan perempuan dari saudara lelaki
值班	zhí	bān		Bertugas , berdinas
職業	zhí	yè		Pekerjaan , profesi
職位	zhí	wèi		Kedudukan , jabatan
職員	zhí	yuán		Pegawai , karyawan
職務	zhí	wù		Tugas , pekerjaan
職業病	zhí	yè	bìng	Adanya hal – hal negatif berkaitan dengan

ㄓ

			pekerjaan yang digeluti
植物	zhí	wù	Tumbuhan , tumbuh – tumbuhan , flora
植物油	zhí	wù yóu	Minyak tumbuh – tumbuhan
質料	zhí	liào	Bahan , material
业 V			
止痛	zhǐ	tòng	Menghilangkan sakit / nyeri
止咳	zhǐ	ké	Menghilangkan batuk
指頭	zhǐ	tóu	Jari – jari
指甲	zhǐ	jiǎ	Kuku
指路	zhǐ	lù	Menunjukkan jalan
指導	zhǐ	dǎo	Membimbing , menuntun , memberi pengarahan
指示	zhǐ	shì	Menginstrusikan , instruksi
指定	zhǐ	dìng	Menunjuk , menetapkan
指名	zhǐ	míng	Menunjuk nama , menyebut nama
指責	zhǐ	zé	Mencela , mengecam , menyalahkan
指控	zhǐ	kòng	Menuduh , mendakwa
指揮	zhǐ	huī	Memerintah , mengomando
只要	zhǐ	yào	Hanya ingin , asal saja , selama
只好	zhǐ	hǎo	Mau tak mau , terpaksa
只想	zhǐ	xiǎng	Hanya berpikir
只是	zhǐ	shì	Hanya , semata – mata
紙	zhǐ		Kertas
紙巾	zhǐ	jīn	Tissue
紙牌	zhǐ	pái	Kartu permainan , kartu main
紙箱	zhǐ	xiāng	Kardus , karton
紙幣	zhǐ	bì	Uang kertas
业 `			
至少	zhì	shǎo	Paling sedikit , minimum
至於	zhì	yú	Mengenai
制度	zhì	dù	Sistim , peraturan
制止	zhì	zhǐ	Menghentikan , mencegah
製造	zhì	zào	Membuat , membikin , menghasilkan
治病	zhì	bìng	Mengobati sakit
治安	zhì	ān	Keamanan , keamanan umum
秩序	zhì	xù	Tata tertib
痔瘡	zhì	chuāng	Penyakit ambeien / wasir
智慧	zhì	huì	Kearifan , kebijaksanaan
智商	zhì	shāng	IQ , tingkat kecerdasan

ㄓㄚ

扎實	zhā	shí			Kokoh , kuat , berisi
扎根	zhā	gēn			Berakar

ㄓㄚˇ

眨眼	zhǎ	yǎn			Sekejap mata , sekilas mata , sekilas pandang
眨眼睛	zhǎ	yǎn	jīng		Mengedipkan mata , mengejapkan mata
眨眼的工夫	zhǎ	yǎn	de	gōng fū	Dalam sekejap mata

ㄓㄚˋ

炸雞	zhà	jī	Ayam goreng
炸彈	zhà	dàn	Bom
柵欄	zhà	lán	Pagar

ㄓㄜ

遮醜	zhē	chǒu	Menutupi kejelekan
遮蔽	zhē	bì	Menutupi , menyelubungi

ㄓㄜˊ

折斷	zhé	duàn	Mematahkan
折價	zhé	jià	Potongan harga , diskon
折扣	zhé	kòu	Kortingan , potongan , diskon
摺疊	zhé	dié	Melipat (baju , kertas , dll)
摺痕	zhé	hén	Lipatan kusut , lecek (baju , kertas , dll)

ㄓㄜˋ

這個	zhè	ge	Ini
這些	zhè	xiē	Semua ini
這樣	zhè	yàng	Begini , demikian
這裡	zhè	lǐ	Sini , disini
這次	zhè	cì	Kali ini , yang sekarang
這種	zhè	zhǒng	Yang ini , jenis ini

ㄓㄞ

摘要	zhāi	yào			Ikhtisar , membuat ikhtisar
摘花	zhāi	huā			Memetik bunga

ㄓㄞˇ

窄小	zhǎi	xiǎo			Sempit dan kecil
窄軌鐵路	zhǎi	guǐ	tiě	lù	Jalan rel kereta sempit

ㄓㄞˋ

債主	zhài	zhǔ	Orang yang memberi pinjaman , kreditor
債款	zhài	kuǎn	Pinjaman

ㄓ

債券	zhài quàn	Obligasi , surat obligasi
ㄓㄠ		
招待	zhāo dài	Melayani , menjamu
招待券	zhāo dài quàn	Karcis gratis , karcis cuma – cuma
招牌	zhāo pái	Merek , papan merek / nama
招供	zhāo gòng	Mengakui kejahatan
ㄓㄠˇ		
找錢	zhǎo qián	Uang kembalian
找東西	zhǎo dōng xī	Mencari barang
找麻煩	zhǎo má fán	Mencari masalah / problem
ㄓㄠˋ		
照常	zhào cháng	Seperti biasa
照顧	zhào gù	Menjaga
照片	zhào piàn	Foto
照相	zhào xiàng	Memotret , berfoto
照相機	zhào xiàng jī	Kamera , kodak , alat pemotret
ㄓㄡ		
州長	zhōu zhǎng	Gubernur
週刊	zhōu kān	Terbit mingguan
週年	zhōu nián	Ulang tahun
週年慶	zhōu nián qìng	Perayaan ulang tahun
週期	zhōu qí	Periode , berkala
週末	zhōu mò	Akhir pekan , akhir minggu
周到	zhōu dào	Memberi perhatian penuh dan memuaskan
周圍	zhōu wéi	Sekeliling , sekitar
粥	zhōu	Bubur
ㄓㄡˋ		
咒語	zhòu yǔ	Kutukan , hujatan
皺紋	zhòu wén	Keriput
ㄓㄢ		
占卜	zhān bǔ	Meramalkan , menujumkan
占星術	zhān xīng shù	Ilmu nujum , astrologi
沾水	zhān shuǐ	Memberi sedikit air , membasahi
沾光	zhān guāng	Mendapat keuntungan dari hubungan dengan seseorang / suatu hal
ㄓㄢˇ		

展開	zhǎn	kāi		Mengembangkan , membentangkan
展覽	zhǎn	lǎn		Pameran , memamerkan , memperagakan
展覽品	zhǎn	lǎn	pǐn	Barang yang dipamerkan
ㄓㄢˋ				
暫時	zhàn	shí		Sementara , sebentar
暫停	zhàn	tíng		Berhenti , berhenti sebentar
佔領	zhàn	lǐng		Menduduki , merebut
佔便宜	zhàn	pián	yí	Mengambil keuntungan atas kerugian orang lain
戰爭	zhàn	zhēng		Perang , pertempuran
戰場	zhàn	chǎng		Medan perang , medan pertempuran
站崗	zhàn	gāng		Berjaga digardu / pos , mengadakan penjagaan
站牌	zhàn	pái		Tempat naik turun bis
站住	zhàn	zhù		Berhenti , stop
站起來	zhàn	qǐ	lái	Bangkit berdiri

ㄓㄣ				
針灸	zhēn	jiū		Akupuntur
偵察	zhēn	chá		Menyelidiki , mengintai
偵探	zhēn	tàn		Detektif , reserse
珍惜	zhēn	xí		Menghargai , menyayangi
珍珠	zhēn	zhū		Mutiara
真的	zhēn	de		Benar , sungguh
真心	zhēn	xīn		Sepenuh hati , sungguh – sungguh
ㄓㄣˇ				
枕頭	zhěn	tóu		Bantal kepala
枕頭套	zhěn	tóu	tào	Sarung bantal kepala
疹子	zhěn	zi		Penyakit campak
診所	zhěn	suǒ		Klinik
診療	zhěn	liáo		Menentukan diagnosa dan memberi pengobatan
ㄓㄣˋ				
陣容	zhèn	róng		Formasi tempur
陣雨	zhèn	yǔ		Hujan sebentar
振作	zhèn	zuò		Mengobarkan semangat
震撼	zhèn	hàn		Menggoncangkan
震動	zhèn	dòng		Goncang , getar
鎮靜	zhèn	jìng		Tenang , kalem
鎮壓	zhèn	yā		Menindas , memadatkan tanah
鎮定劑	zhèn	dìng	jì	Obat penenang

ㄓ

ㄓ ㄤ			
章節	zhāng	jié	Bab dan ayat
章魚	zhāng	yú	Gurita
蟑螂	zhāng	láng	Kecoak
張貼	zhāng	tiē	Menempel , memasang (pemberitahuan , poster dll)
ㄓ ㄤ ∨			
掌握	zhǎng	wò	Menguasai , mengontrol
掌心	zhǎng	xīn	Lekuk telapak tangan
長子	zhǎng	zǐ	Anak lelaki sulung
長大	zhǎng	dà	Tumbuh dewasa , dibesarkan
漲價	zhǎng	jià	Naik harga , kenaikan harga
漲潮	zhǎng	cháo	Pasang naik
ㄓ ㄤ ヽ			
丈夫	zhàng	fū	Suami , laki
帳戶	zhàng	hù	Rekening uang
帳單	zhàng	dān	Bon , rekening
帳篷	zhàng	péng	Kemah , tenda
脹氣	zhàng	qì	Kembung
障礙	zhàng	ài	Halangan , rintangan

ㄓ ㄥ					
爭吵	zhēng	chǎo			Bertengkar , cekcok
爭取	zhēng	qǔ			Memperjuangkan
征服	zhēng	fú			Menaklukan , menundukkan
掙扎	zhēng	zhá			Berat hati , meronta – ronta
蒸氣	zhēng	qì			Uap air
蒸發	zhēng	fā			Menguap , penguapan
蒸籠	zhēng	lóng			Alat pengukus dari bambu
徵兵	zhēng	bīng			Merekrut prajurit baru
徵人	zhēng	rén			Merekrut pekerja baru
睜開眼睛	zhēng	kāi	yǎn	jīng	Membuka mata , menyalangkan mata
ㄓ ㄥ ∨					
整齊	zhěng	qí			Rapi , teratur
整人	zhěng	rén			Menghukum seseorang
整天	zhěng	tiān			Sepanjang hari , sehari penuh
整個	zhěng	ge			Seluruh , segenap
ㄓ ㄥ ヽ					
正月(一月)	zhèng	yuè	(yī	yuè)	Bulan pertama penanggalan cina (januari)
正常	zhèng	cháng			Normal

正要	zhèng	yào	Baru akan
正確	zhèng	què	Benar , tepat
正義	zhèng	yì	Keadilan
正式	zhèng	shì	Resmi , formal
正本	zhèng	běn	Asli , orisinil
正面	zhèng	miàn	Bagian depan , bagian muka
證明	zhèng	míng	Membuktikan
證人	zhèng	rén	Saksi
證件	zhèng	jiàn	Dokumen
證據	zhèng	jù	Bukti – bukti
證書	zhèng	shū	Ijazah , sertifikat
政治	zhèng	zhì	Politik
政府	zhèng	fǔ	Pemerintah
政策	zhèng	cè	Kebijaksanaan politik
政黨	zhèng	dǎng	Partai politik
政權	zhèng	quán	Kekuasaan politik , rezim
症狀	zhèng	zhuàng	Gejala penyakit
鄭重	zhèng	zhòng	Serius , sungguh – sungguh

ㄓ

ㄓㄨ			
珠寶	zhū	bǎo	Barang perhiasan , mutiara dan permata
珠算	zhū	suàn	Menghitung dengan swipoa
豬	zhū		Babi
豬肉	zhū	ròu	Daging babi
豬腳	zhū	jiǎo	Kaki babi
豬油	zhū	yóu	Minyak babi
ㄓㄨˊ			
竹子	zhú	zi	Bambu , suluh
竹筍	zhú	sǔn	Rebung
竹竿	zhú	gān	Galah bambu
逐漸	zhú	jiàn	Semakin , berangsur – angsur
ㄓㄨˇ			
主人	zhǔ	rén	Tuan , tuan rumah , pemilik
主權	zhǔ	quán	Kedaulatan
主動	zhǔ	dòng	Inisiatif , atas kemauan sendiri
主角	zhǔ	jiǎo	Tokoh / peran utama
主席	zhǔ	xí	Ketua / kepala organisasi
主任	zhǔ	rèn	Kepala , ketua , direktur
主要	zhǔ	yào	Utama , pokok

煮菜	zhǔ	cài	Masak sayur
煮飯	zhǔ	fàn	Masak nasi
ㄓㄨˋ			
住宅	zhù	zhái	Tempat tinggal , rumah , kediaman
住址	zhù	zhǐ	Alamat
注意	zhù	yì	Memperhatikan , menaruh perhatian
注音	zhù	yīn	Notasi fonetis
注重	zhù	zhòng	Mementingkan , menekankan
柱子	zhù	zi	Tiang , pilar
祝福	zhù	fú	Merestui , mengucapkan selamat
蛀牙	zhù	yá	Gigi rusak
註冊	zhù	cè	Mendaftar
助手	zhù	shǒu	Pembantu , asisten

ㄓㄨㄚ			
抓住	zhuā	zhù	Memegang erat
抓緊	zhuā	jǐn	Menggenggam erat , mencengkram erat
抓癢	zhuā	yǎng	Menggaruk
抓賊	zhuā	zéi	Menangkap pencuri

ㄓㄨㄛ			
桌子	zhuō	zi	Meja
桌球	zhuō	qiú	Pingpong
捉迷藏	zhuō	mí cáng	Kucing – kucingan , sembunyi - sembunyian
ㄓㄨㄛˊ			
啄木鳥	zhuó	mù niǎo	Burung pelatuk

ㄓㄨㄟ			
追捕	zhuī	bǔ	Mengejar dan menangkap
追求	zhuī	qiú	Mencari , mengejar
追問	zhuī	wèn	Menanyakan secara terperinci
ㄓㄨㄟˋ			
墜落	zhuì	luò	Jatuh
墜毀	zhuì	huǐ	Jatuh dan hancur (pesawat terbang dll)

ㄓㄨㄢ			
專家	zhuān	jiā	Ahli , pakar , spesialis
專長	zhuān	cháng	Keahlian / pengetahuan khusus
專用	zhuān	yòng	Untuk tujuan khusus

專利	zhuān	lì		Hak paten
專賣	zhuān	mài		Khusus menjual
磚塊	zhuān	kuài		Batu bata
ㄓㄨㄢˇ				
轉彎	zhuǎn	wān		Belok , membelok
轉播	zhuǎn	bō		Menyiarkan , relai
ㄓㄨㄢˋ				
賺錢	zhuàn	qián		Untung , beruntung , menghasilkan uang

ㄓㄨㄣˇ				
准許	zhǔn	xǔ		Mengizinkan , memperkenankan
準確	zhǔn	què		Tepat , persis , akurat
準時	zhǔn	shí		Tepat waktu
準備	zhǔn	bèi		Mempersiapkan , menyediakan
ㄓㄨㄤ				
裝飾	zhuāng	shì		Menghias , memajang
裝配	zhuāng	pèi		Merakit , memasang
裝潢	zhuāng	huáng		Merenovasi
裝修	zhuāng	xiū		Memperbaiki
妝扮	zhuāng	bàn		Menyamar , menyaru
ㄓㄨㄤˋ				
狀況	zhuàng	kuàng		Keadaan , kondisi
壯觀	zhuàng	guān		Mengesankan , spektakuler
撞擊	zhuàng	jí		Menabrak , membentur
撞車	zhuàng	chē		Menabrak mobil

ㄓㄨㄥ				
中心	zhōng	xīn		Pusat , sentral , inti
中部	zhōng	bù		Bagian tengah
中央	zhōng	yāng		Pusat , sentral
中國	zhōng	guó		Negara China
中國人	zhōng	guó	rén	Orang China , orang Tionghoa
中國話	zhōng	guó	huà	Bahasa mandarin
中國菜	zhōng	guó	cài	Masakan ala China
中午	zhōng	wǔ		Siang hari , tengah hari
中間	zhōng	jiān		Diantara , ditengah – tengah
中途	zhōng	tú		Ditengah jalan
中止	zhōng	zhǐ		Memutuskan , menghentikan
中年	zhōng	nián		Separoh baya , setengah umur

ㄓ

168

中指	zhōng	zhǐ	Jari tengah
忠誠	zhōng	chéng	Setia , taat , loyal
終於	zhōng	yú	Akhirnya (yang diharap – harapkan)
終點	zhōng	diǎn	Tempat perjalanan berakhir , tempat tujuan
鐘錶	zhōng	biǎo	Jam
鐘頭	zhōng	tóu	1 jam , 60 menit
鐘聲	zhōng	shēng	Bunyi lonceng jam
ㄓㄨㄥˇ			
種子	zhǒng	zǐ	Benih , bibit
種類	zhǒng	lèi	Macam , tipe , jenis
種族	zhǒng	zú	Ras , golongan bangsa , rumpun bangsa
腫瘤	zhǒng	liú	Tumor
ㄓㄨㄥˋ			
種植	zhòng	zhí	Menanam
仲介	zhòng	jiè	Agen
重量	zhòng	liàng	Berat , bobot
重要	zhòng	yào	Penting
重點	zhòng	diǎn	Hal yang pokok / utama
中毒	zhòng	dú	Keracunan
中風	zhòng	fēng	Penyakit stroke
（ㄔ）			
ㄔ			
吃飯	chī	fàn	Makan nasi
吃藥	chī	yào	Minum obat
吃虧	chī	kuī	Rugi , menanggung rugi
吃苦	chī	kǔ	Susah
吃力	chī	lì	Dengan susah payah , sangat sukar
癡情	chī	qíng	Cinta buta
ㄔˊ			
池塘	chí	táng	Kolam , empang
遲到	chí	dào	Terlambat
持續	chí	xù	Terus menerus , bersambung
持久	chí	jiǔ	Tahan lama , awet
ㄔˇ			
尺寸	chǐ	cùn	Ukuran , luasnya
恥笑	chǐ	xiào	Menertawakan , mengejek , mencemoohkan
齒輪	chǐ	lún	Roda gigi
ㄔˋ			

赤道	chì	dào	Garis khatulistiwa
翅膀	chì	bǎng	Sayap

ㄔㄚ			
叉子	chā	zi	Garpu
差別	chā	bié	Perbedaan , ketidaksamaan
插頭	chā	tóu	Tusuk kontak
插畫	chā	huà	Menyela / memotong pembicaraan orang lain
插入	chā	rù	Memasukkan , menancapkan
插手	chā	shǒu	Ikut serta , ikut ambil bagian , ikut campur tangan
ㄔㄚˊ			
茶葉	chá	yè	Dauh teh
茶杯	chá	bēi	Cangkir teh
茶壺	chá	hú	Poci teh
查詢	chá	xún	Menyelidiki , menanyakan tentang
ㄔㄚˋ			
差不多	chà	bu duō	Kurang lebih , kira – kira

ㄔㄜ			
車子	chē	zi	Mobil
車輪	chē	lún	Roda kendaraan , roda mobil
車庫	chē	kù	Garasi mobil
車票	chē	piào	Karcis bis , tiket bis
車費	chē	fèi	Ongkos / biaya naik kendaraan , kereta api dll
車站	chē	zhàn	Stasiun , tempat perhentian
車禍	chē	huò	Kecelakaan lalu lintas
ㄔㄜˇ			
扯後腿	chě	hòu tuǐ	Merintangi seseorang
ㄔㄜˋ			
徹底	chè	dǐ	Seluruhnya , semuanya
撤退	chè	tuì	Menarik diri , mengundurkan diri

ㄔㄞ			
拆穿	chāi	chuān	Membuka , menyingkapkan
拆除	chāi	chú	Membongkar
拆散	chāi	sàn	Memisahkan
ㄔㄞˊ			
柴油	chái	yóu	Minyak solar , minyak diesel
柴火	chái	huǒ	Kayu bakar

ㄔㄠ			
超過	chāo	guò	Melampaui , menggunguli
超車	chāo	chē	Menyalip mobil lain
超音波	chāo	yīn pō	Gelombang ultrasonik biasanya untuk periksa tubuh (payudara dll)
抄寫	chāo	xiě	Mengkopi , menyalin dengan tangan
鈔票	chāo	piào	Uang kertas
ㄔㄠˊ			
巢穴	cháo	xuè	Sarang , tempat sembunyi
朝代	cháo	dài	Dinasti
潮濕	cháo	shī	Lembab
嘲笑	cháo	xiào	Menertawakan , mengejek , mencemooh
ㄔㄠˇ			
吵架	chǎo	jià	Bertengkar , cekcok
炒飯	chǎo	fàn	Nasi goreng
炒麵	chǎo	miàn	Mie goreng
炒菜	chǎo	cài	Menumis sayuran

ㄔㄡ			
抽查	chōu	chá	Melakukan pemeriksaan secara selektif
抽筋	chōu	jīn	Kram , kejang
抽煙	chōu	yān	Merokok
抽血	chōu	xiě	Mengambil darah
抽屜	chōu	tì	Laci
抽籤	chōu	qiān	Mengundi
ㄔㄡˊ			
籌備	chóu	bèi	Mengadakan persiapan
仇人	chóu	rén	Musuh , lawan
酬勞	chóu	láo	Memberi upah , mengupahi
ㄔㄡˇ			
醜八怪	chǒu	bā guài	Orang yang sangat jelek mukanya
醜化	chǒu	huà	Memburuk – burukkan , mencemarkan
醜陋	chǒu	lòu	Jelek , buruk
ㄔㄡˋ			
臭味	chòu	wèi	Bau , bau tidak sedap
臭氧層	chòu	yǎng céng	Lapisan ozon

ㄔㄣˊ			
沉沒	chén	mò	Tenggelam

沉默	chén	mò	Pendiam , tak suka bicara
陳述	chén	shù	Menjelaskan , memaparkan
ㄔㄣˋ			
趁早	chèn	zǎo	Sedini mungkin , sebelum waktunya
趁著	chèn	zhe	Selagi , sementara
襯衫	chèn	shān	Kemeja
襯裙	chèn	qún	Rok dalam
襯托	chèn	tuō	Mengontraskan

ㄔㄢ			
攙扶	chān	fú	Memapah , dipapah
ㄔㄢˊ			
纏繞	chán	rào	Melingkar , membelit
蟬聯	chán	lián	Terus memegang suatu jabatan atau gelar
纏綿	chán	mián	Berlarut – larut
纏住	chán	zhù	Menggulung , menjerat
ㄔㄢˇ			
產品	chǎn	pǐn	Barang hasil , produk
產生	chǎn	shēng	Menimbulkan , menghasilkan

ㄔㄤˊ			
長度	cháng	dù	Ukuran panjang , panjangnya
長途	cháng	tú	Jarak jauh
長袖	cháng	xiù	Lengan panjang
長褲	cháng	kù	Celana panjang
長久	cháng	jiǔ	Untuk jangka panjang
腸子	cháng	zi	Usus
腸炎	cháng	yán	Radang usus
常常	cháng	cháng	Sering kali , acap kali
常見	cháng	jiàn	Biasa , lazim
嘗試	cháng	shì	Mencoba
ㄔㄤˇ			
場所	chǎng	suǒ	Tempat , arena , ajang
廠商	chǎng	shāng	Perusahaan dagang dan pabrik
廠長	chǎng	zhǎng	Kepala pabrik
ㄔㄤˋ			
唱歌	chàng	gē	Menyanyi lagu
暢通	chàng	tōng	Lancar , tanpa rintangan , tanpa halangan
暢談	chàng	tán	Berbicara leluasa

ㄔㄥ			
稱呼	chēng	hū	Menyebut , memanggil
稱讚	chēng	zàn	Memuji , memberi pujian
ㄔㄥˊ			
呈現	chéng	xiàn	Menampakkan , memperlihatkan
城市	chéng	shì	Kota
成爲	chéng	wéi	Menjadi
成功	chéng	gōng	Berhasil , mencapai sukses
成熟	chéng	shóu	Dewasa , matang , masak
成長	chéng	zhǎng	Tumbuh besar , tumbuh dewasa
成果	chéng	guǒ	Hasil , buah
成績	chéng	jī	Prestasi , hasil
成立	chéng	lì	Berdiri , dibentuk
成本	chéng	běn	Biaya , modal
成品	chéng	pǐn	Barang jadi , produk yang sudah selesai
承擔	chéng	dān	Memikul , menanggung
承受	chéng	shòu	Menahan , menopang
承認	chéng	rèn	Mengaku , memberi pengakuan
承諾	chéng	nuò	Janji , sumpah
承包商	chéng	bāo shāng	Kontraktor , pemborong
乘車	chéng	chē	Naik mobil , naik kendaraan
乘船	chéng	chuán	Naik kapal
乘涼	chéng	liáng	Berangin – angin , bersantai – santai ditempat yang sejuk
乘法(算數)	chéng	fǎ (suàn shù)	Perkalian (matematika)
乘客	chéng	kè	Penumpang
程度	chéng	dù	Tingkat , taraf
程式	chéng	shì	Pola , program (komputer)
程序	chéng	xù	Prosedur
誠意	chéng	yì	Ketulusan , keikhlasan
誠實	chéng	shí	Jujur
ㄔㄨ			
出來	chū	lái	Keluar kemari
出去	chū	qù	Pergi keluar
出生	chū	shēng	Lahir
出發	chū	fā	Berangkat , bertolak
出售	chū	shòu	Menjual , jual

出租	chū	zū			Menyewakan
出席	chū	xí			Hadir , ikut serta
出現	chū	xiàn			Muncul , timbul
出口	chū	kǒu			Berbicara , mengucapkan
初次	chū	cì			Pertama kali
初期	chū	qí			Tahap awal , tahap permulaan
初級	chū	jí			Tingkat permulaan , tingkat dasar
初戀	chū	liàn			Cinta pertama
ㄔㄨˊ					
除法（算術）	chú	fǎ	（suàn	shù）	Pembagian (matematika)
除了	chú	le			Selain , disamping , tambahan pula
除非	chú	fēi			Kecuali
廚房	chú	fáng			Dapur
廚師	chú	shī			Juru masak , koki
儲存	chú	cún			Menyimpan , menabung
儲蓄	chú	xù			Menabung , menyimpan
儲藏室	chú	cáng	shì		Kamar penyimpanan , kamar gudang
櫥窗	chú	chuāng			Jendela pajangan , etalase
ㄔㄨˇ					
處理	chǔ	lǐ			Menangani , mengurus
處罰	chǔ	fá			Menghukum , mendenda
ㄔㄨˋ					
觸法	chù	fǎ			Melanggar
觸電	chù	diàn			Tersengat arus listrik , kontak
觸覺	chù	jué			Indra perasa
觸礁	chù	jiāo			Terkena batu karang

ㄔㄨㄟ				Angin bertiup
吹風	chuī	fēng		Angin bertiup
吹牛	chuī	niú		Membual , menyombongkan diri
吹口哨	chuī	kǒu	shào	Bersiul
ㄔㄨㄟˊ				
垂直	chuí	zhí		Tegak lurus , vertikal
垂死	chuí	sǐ		Sekarat , hampir mati
垂危	chuí	wéi		Sakit kritis , mendekati kematian

ㄔㄨㄢ			
穿越	chuān	yuè	Melintasi , melalui
穿衣	chuān	yī	Memakai baju , mengenakan baju

174

穿褲 ㄔㄨㄢˋ	chuān kù	Memakai celana , mengenakan celana
傳達	chuán dá	Menyampaikan (informasi , dsb)
傳授	chuán shòu	Memberikan , mengajarkan
傳統	chuán tǒng	Tradisi , adat kebiasaan
傳染病	chuán rǎn bìng	Penyakit menular
船長	chuán zhǎng	Kapten kapal
船員 ㄔㄨㄢˇ	chuán yuán	Awak kapal
喘氣	chuǎn qì	Bernapas berat , terengah – engah
喘息	chuǎn xí	Megap – megap , meredakan napas
喘噓噓 ㄔㄨㄢˋ	chuǎn xū xū	Terengah – engah
串連	chuàn lián	Mengadakan kontak , mengadakan hubungan
串通	chuàn tōng	Bersekongkol , berkomplot
串供	chuàn gòng	Bersekongkol supaya pengakuan masing – masing sesuai / sama

ㄔㄨㄣ		
春天	chūn tiān	Musim semi
春節	chūn jié	Imlek , tahun baru Cina
春裝 ㄔㄨㄣˊ	chūn zhuāng	Pakaian musim semi
純潔	chún jié	Bersih dan jujur , murni
純真	chún zhēn	Tulus murni
唇膏	chún gāo	Pemerah bibir , lipstik , gincu

ㄔㄨㄤ		
窗戶	chuāng hù	Jendela
窗簾	chuāng lián	Gorden jendela , kain penutup jendela
窗框 ㄔㄨㄤˊ	chuāng kuāng	Kusen jendela
床	chuáng	Ranjang
床墊	chuáng diàn	Kasur ranjang
床單 ㄔㄨㄤˇ	chuáng dān	Seprai ranjang
闖禍	chuǎng huò	Mendapat kesulitan , mendapat musibah
闖紅燈 ㄔㄨㄤˋ	chuǎng hóng dēng	Menerobos lampu merah

創造	chuàng zào	Menciptakan , menghasilkan
創作	chuàng zuò	Menciptakan karya , menulis , mengarang
創意	chuàng yì	Menciptakan hal yang baru , kreativitas

ㄔㄨㄥ		
充足	chōng zú	Penuh , cukup memadai
充電	chōng diàn	Mengisi listrik
衝動	chōng dòng	Bertindak tergesa – gesa / terburu – buru , gegabah
沖刷	chōng shuā	Mengikis , menimbulkan erosi
沖淡	chōng dàn	Melumerkan , mengurangi
ㄔㄨㄥˊ		
蟲	chóng	Serangga , ulat , kutu
蟲害	chóng hài	Hama serangga
重來	chóng lái	Mengulang kembali
崇拜	chóng bài	Menyembah , memuja , mendewa – dewakan
崇尚	chóng shàng	Menghormati , menjunjung tinggi
ㄔㄨㄥˇ		
寵愛	chǒng ài	Memanjakan , sangat menyayangi

（ㄕ）		
ㄕ		
失去	shī qù	Kehilangan , hilang
失手	shī shǒu	Tanpa sengaja
失效	shī xiào	Hilang kemanjuran , tidak efektif lagi
失誤	shī wù	Kesalahan , kelalaian
失業	shī yè	Kehilangan pekerjaan
失戀	shī liàn	Putus cinta , menanggung cinta yang tidak terbalas
失望	shī wàng	Putus asa , putus harap , tidak ada harapan lagi
失常	shī cháng	Tidak biasanya , tidak normal
失眠	shī mián	Tidak dapat tidur
失火	shī huǒ	Kebakaran , terbakar
師父	shī fù	Guru
屍體	shī tǐ	Mayat , jenazah
詩歌	shī gē	Lagu , nyanyian
濕氣	shī qì	Lembab , kelembapan
獅子	shī zi	Singa
ㄕˊ		
十	shí	Sepuluh
十萬	shí wàn	Seratus ribu

十月	shí	yuè	Oktober
十字路口	shí zì lù kǒu		Persimpangan jalan
石頭	shí tóu		Batu
石灰	shí huī		Kapur
石油	shí yóu		Minyak bumi
時間	shí jiān		Waktu , jam
時刻表	shí kè biǎo		Jadwal , daftar waktu
時差	shí chā		Perbedaan waktu , beda waktu
時代	shí dài		Zaman , masa , era
時候	shí hòu		Waktu , saat
實驗	shí yàn		Uji coba , percobaan , eksperimen
實際	shí jì		Praktek , realitas , kenyataan
實施	shí shī		Melaksanakan , mulai berlaku
實用	shí yòng		Praktis
食物	shí wù		Makanan
食指	shí zhǐ		Jari telunjuk
ㄕˇ			
使用	shǐ yòng		Menggunakan , memakai
始終	shǐ zhōng		Dari awal hingga akhir , dari mulai hingga selesai
ㄕˋ			
士兵	shì bīng		Prajurit , serdadu
士氣	shì qì		Semangat juang
市場	shì chǎng		Pasar
市內	shì nèi		Didalam kota
市區	shì qū		Daerah kota
市政府	shì zhèng fǔ		Pemerintah kota
世界	shì jiè		Dunia
試管	shì guǎn		Tabung percobaan , tabung uji coba
試吃	shì chī		Mencoba rasa , mencicipi
試試看	shì shì kàn		Mencoba , menguji coba
試穿	shì chuān		Mencoba baju
試驗	shì yàn		Tes , percobaan , eksperimen
試題	shì tí		Soal ujian , pertanyaan ujian
識別證	shì bié zhèng		Kartu pengenal , tanda pengenal
事情	shì qíng		Hal , urusan , perkara
事實	shì shí		Fakta , kenyataan
事業	shì yè		Usaha , perusahaan
飾品	shì pǐn		Aksesori , perhiasan
視力	shì lì		Daya penglihatan

是的	shì de	Ya , benar
是否	shì fǒu	Apakah , kalau sekiranya
是非	shì fēi	Benar dan salah , desas – desus
適合	shì hé	Cocok , pas
適應	shì yìng	Adaptasi , beradaptasi
嗜好	shì hào	Kesukaan , hobby
示範	shì fàn	Mendemostrasikan , memperagakan
示威	shì wēi	Unjuk rasa , berdemonstrasi
侍奉	shì fèng	Melayani , merawat
侍衛	shì wèi	Pengawal , pengawal raja
室內	shì nèi	Dalam rumah / gedung , ruang tertutup
室外	shì wài	Luar rumah / gedung , ruang terbuka
逝世	shì shì	Wafat , meninggal
釋放	shì fàng	Membebaskan , melepaskan

ㄕㄚ		
殺人	shā rén	Membunuh orang
殺菌	shā jùn	Membunuh kuman
殺蟲劑	shā chóng jì	Obat pembasmi serangga , insektisida
殺價	shā jià	Menawar dengan harga rendah
沙拉	shā lā	Selada
沙灘	shā tān	Pasir pantai
沙發	shā fā	Sofa
沙漠	shā mò	Padang pasir , gurun pasir
砂子	shā zi	Pasir , kerikil
砂糖	shā táng	Gula pasir
砂眼	shā yǎn	Penyakit mata yang menular
紗布	shā bù	Kain kasa
紗窗	shā chuāng	Kasa jendela
煞車	shā chē	Mengerem
ㄕㄚˇ		
傻瓜	shǎ guā	Tolol , goblok
傻笑	shǎ xiào	Tersenyum menyeringai , tertawa tolol

ㄕㄜ		
奢華	shē huá	Mewah , berlebih – lebihan
奢侈	shē chǐ	Berfoya – foya
賒帳	shē zhàng	Membeli atau menjual dengan kredit
ㄕㄜˊ		

舌頭	shé	tóu			Lidah
蛇	shé				Ular
什麼	shé	me			Apa
ㄕㄜˇ					
捨棄	shě	qì			Meninggalkan , melepaskan
ㄕㄜˋ					
設立	shè	lì			Mendirikan
設定	shè	dìng			Setel , pasang , menyetel
設法	shè	fǎ			Berusaha , berdaya upaya , berikhtiar
設備	shè	bèi			Perlengkapan , fasilitas
設計	shè	jì			Merancang , desain , rancangan
社團	shè	tuán			Organisasi massa , perkumpulan
社區	shè	qū			Daerah , wilayah
社會	shè	huì			Masyarakat
射箭	shè	jiàn			Memanah
射手	shè	shǒu			Penembak , pemanah
涉水過河	shè	shuǐ	guò	hé	Menyeberang sungai
涉嫌	shè	xián			Menjadi tersangka , dicurigai terlibat
攝影	shè	yǐng			Memotret , membuat film
攝影師	shè	yǐng	shī		Juru foto , juru kamera
攝氏	shè	shì			Derajat celcius
ㄕㄞ					
篩選	shāi	xuǎn			Menyaring dan memilih
ㄕㄞˋ					
曬乾	shài	gān			Menjemur kering
曬黑	shài	hēi			Menjemur hitam
曬傷	shài	shāng			Luka karena sengatan sinar matahari
曬太陽	shài	tài	yáng		Berjemur sinar matahari
曬衣服	shài	yī	fú		Menjemur baju
ㄕㄟˊ					
誰的	shéi	de			Siapa punya
誰會	shéi	huì			Siapa dapat
誰要	shéi	yào			Siapa ingin
ㄕㄠ					
燒餅	shāo	bǐng			Kue bakar yang atasnya ditaburi wijen
燒傷	shāo	shāng			Luka bakar

稍候	shāo	hòu		Sebentar , sejenak
稍微	shāo	wéi		Agak , sedikit
ㄕㄠˇ				
少數	shǎo	shù		Minoritas , sejumlah kecil
少見	shǎo	jiàn		Jarang dijumpai , jarang terjadi
ㄕㄠˋ				
少男	shào	nán		Remaja laki – laki
少女	shào	nǚ		Remaja perempuan
少年	shào	nián		Masa remaja , masa akil balig
哨子	shào	zi		Peluit , sempritan

ㄕㄡ				
收到	shōu	dào		Menerima , memperoleh , mendapat
收入	shōu	rù		Penghasilan , pendapatan , pemasukan
收據	shōu	jù		Bon , kuitansi , tanda terima
收拾	shōu	shí		Membereskan , membenahi , merapikan
收工	shōu	gōng		Berkemas , berhenti bekerja untuk hari itu
收穫	shōu	huò		Hasil , panen
收音機	shōu	yīn	jī	Radio
ㄕㄡˊ				
熟練	shóu	liàn		Mahir , terampil , cakap , terlatih
熟悉	shóu	xī		Mengetahui / mengenal dengan baik
ㄕㄡˇ				
手掌	shǒu	zhǎng		Telapak tangan
手腕	shǒu	wǎn		Pergelangan tangan
手臂	shǒu	bèi		Lengan tangan
手指	shǒu	zhǐ		Jari tangan
手帕	shǒu	pà		Sapu tangan
手錶	shǒu	biǎo		Jam tangan , arloji
手工	shǒu	gōng		Pekerjaan tangan
手續	shǒu	xù		Prosedur , proses
手法	shǒu	fǎ		Keterampilan , teknik
手段	shǒu	duàn		Tindakan / cara licik
手冊	shǒu	cè		Pedoman , buku penuntun / panduan
手術	shǒu	shù		Operasi , pembedahan
手電筒	shǒu	diàn	tǒng	Senter
手續費	shǒu	xù	fèi	Biaya proses / prosedur , ongkos pelayanan
首先	shǒu	xiān		Yang paling dulu , yang paling mula
首長	shǒu	zhǎng		Pejabat tinggi , perwira senior

首都	shǒu	dū	Ibukota
守法	shǒu	fǎ	Patuh pada hukum
守時	shǒu	shí	Tepat waktu
守信	shǒu	xìn	Dapat dipercaya
ㄕㄡˋ			
受苦	shòu	kǔ	Menderita , sengsara
受損	shòu	sǔn	Rugi , menderita rugi
受騙	shòu	piàn	Tertipu , terkecoh
受傷	shòu	shāng	Terluka
受不了	shòu	bù liǎo	Tidak tahan
授權	shòu	quán	Memberi kuasa , memberi wewenang
瘦身	shòu	shēn	Diet , menguruskan badan
售價	shòu	jià	Harga jual , harga penjualan
售票處	shòu	piào chù	Tempat penjualan karcis
壽命	shòu	mìng	Lamanya hidup
壽星	shòu	xīng	Orang yang berulang tahun
壽險	shòu	xiǎn	Asuransi jiwa
獸性	shòu	xìng	Sifat kebinatangan
ㄕㄢ			
山	shān		Gunung
山上	shān	shàng	Diatas gunung
刪除	shān	chú	Menghilangkan , menghapuskan
珊瑚	shān	hú	Karang
ㄕㄢˇ			
閃電	shǎn	diàn	Kilat
閃避	shǎn	bì	Mengelak , menghindar
閃耀	shǎn	yào	Berkelap – kelip , bersinar – sinar
ㄕㄢˋ			
煽動	shàn	dòng	Memanas – manaskan , menghasut
扇子	shàn	zi	Kipas
善良	shàn	liáng	Baik dan jujur , baik hati
善意	shàn	yì	Maksud baik , niat baik
擅長	shàn	cháng	Ahli , pandai , mahir
ㄕㄣ			
申請	shēn	qǐng	Mengajukan permintaan , memohon
申請書	shēn	qǐng shū	Surat permohonan
申報	shēn	bào	Melaporkan (pajak , pabean)

身體	shēn	tǐ		Badan , tubuh
身邊	shēn	biān		Disamping seseorang
身分	shēn	fèn		Status , identitas , jati diri
身份證	shēn	fèn	zhèng	Karta tanda penduduk , KTP
紳士	shēn	shì		Tuan , priyayi
伸縮	shēn	suō		Mengerut , memanjang dan memendek , fleksibel , lentur
伸展	shēn	zhǎn		Membentang , merentang
深刻	shēn	kè		Mendalam
深夜	shēn	yè		Larut malam
深度	shēn	dù		Tingkat kedalaman , dalamnya
ㄕㄣˊ				
神秘	shén	mì		Misterius
神經	shén	jīng		Saraf
神奇	shén	qí		Gaib , menakjubkan
神氣	shén	qì		Sikap , air muka , lagak
神情	shén	qíng		Ekspresi
ㄕㄣˇ				
審查	shěn	chá		Memeriksa , menanyai
審問	shěn	wèn		Menginterogasi , menanyai
審判	shěn	pàn		Mengadili , memeriksa
嬸嬸	shěn	shen		Istri adik ayah , bibi , tante
ㄕㄣˋ				
甚至	shèn	zhì		Bahkan , malahan
慎重	shèn	zhòng		Hati – hati sekali , berhati – hati sekali
腎臟	shèn	zàng		Ginjal
ㄕㄤ				
傷口	shāng	kǒu		Luka
傷心	shāng	xīn		Sedih , bersedih hati
傷害	shāng	hài		Menyakiti , melukai , mencelakakan
商量	shāng	liáng		Berunding , berembuk
商店	shāng	diàn		Toko , warung , kedai
商品	shāng	pǐn		Barang dagangan , komoditi
商業	shāng	yè		Perdagangan , perniagaan
商標	shāng	biāo		Cap / merek dagang
商人	shāng	rén		Pedagang , pengusaha
ㄕㄤˇ				
賞識	shǎng	shì		Menghargai , menilai tinggi

賞金	shǎng	jīn	Uang hadiah
ㄕㄤˋ			
上司	shàng	sī	Atasan , boss
上來	shàng	lái	Naik kemari
上車	shàng	chē	Naik bis
上船	shàng	chuán	Naik kapal
上面	shàng	miàn	Atas , diatas
上班	shàng	bān	Bekerja
上學	shàng	xué	Bersekolah
上帝	shàng	dì	Tuhan , Allah , Yang Maha Kuasa
上次	shàng	cì	Waktu ini , terakhir
上午	shàng	wǔ	Pagi hari
上星期	shàng	xīng qí	Minggu kemarin
尚未	shàng	wèi	Belum , masih
ㄕㄥ			
升級	shēng	jí	Naik tingkat , naik kelas
升降機	shēng	jiàng jī	Lift
升旗	shēng	qí	Menaikkan bendera
升學	shēng	xué	Sekolah ke jenjang yang lebih tinggi tingkatannya
生長	shēng	zhǎng	Besar , bertumbuh
生日	shēng	rì	Ulang tahun
生活	shēng	huó	Hidup , kehidupan
生命	shēng	mìng	Nyawa , hidup , jiwa
生病	shēng	bìng	Sakit , jatuh sakit
生氣	shēng	qì	Marah , naik darah
生意	shēng	yì	Dagang , usaha
生鏽	shēng	xiù	Berkarat
生魚片	shēng	yú piàn	Ikan sashimi , sejenis ikan yang dimakan mentah
聲音	shēng	yīn	Suara , bunyi
ㄕㄥˊ			
繩子	shéng	zi	Tali
繩索	shéng	suǒ	Tali tambang
繩梯	shéng	tī	Tangga tali
ㄕㄥˇ			
省錢	shěng	qián	Hemat uang
省事	shěng	shì	Mengurangi kerepotan , menyederhanakan suatu hal
省時	shěng	shí	Hemat waktu

省略	shěng	lüè		Menghapuskan , menghilangkan
ㄕㄥˋ				
聖人	shèng	rén		Orang suci
聖經	shèng	jīng		Alkitab
聖誕節	shèng	dàn	jié	Hari natal
勝利	shèng	lì		Menang , kemenangan
勝算	shèng	suàn		Siasat yang menjamin kemenangan
剩餘	shèng	yú		Sisa , lebih

ㄕㄨ			
書包	shū	bāo	Tas , tas sekolah
書本	shū	běn	Buku
書房	shū	fáng	Kamar baca dan tulis , toko buku
書桌	shū	zhuō	Meja tulis
書店	shū	diàn	Toko buku
梳子	shū	zi	Sisir
梳髮	shū	fǎ	Menyisir rambut
舒服	shū	fú	Menyenangkan , enak
舒適	shū	shì	Nyaman
輸血	shū	xiě	Transfusi darah
輸入	shū	rù	Impor , masuk
輸出	shū	chū	Ekspor , keluar
疏忽	shū	hū	Lalai , lengah
疏散	shū	sàn	Tersebar , terpencar
疏遠	shū	yuǎn	Hubungan / perasaan menjadi renggang
蔬菜	shū	cài	Sayur mayur
ㄕㄨˊ			
叔叔	shú	shu	Paman (panggilan terhadap lelaki yang jauh lebih tua) , paman (saudara laki ayah)
淑女	shú	nǚ	Wanita , perempuan
ㄕㄨˇ			
暑假	shǔ	jià	Liburan musim panas
屬於	shǔ	yú	Milik dari , termasuk , terhitung
薯條	shǔ	tiáo	Kentang goreng
ㄕㄨˋ			
數字	shù	zì	Angka , bilangan
數學	shù	xué	Matematika
數量	shù	liàng	Jumlah , kuantitas , banyaknya
樹林	shù	lín	Hutan , hutan kecil

樹葉	shù　yè	Daun pohon
樹蔭	shù　yīn	Naungan pohon

ㄕㄨㄚ		
刷子	shuā　zi	Sikat
刷牙	shuā　yá	Menyikat / menggosok gigi
刷新紀錄	shuā　xīn　jì　lù	Memecahkan rekor
ㄕㄨㄚˇ		
耍寶	shuǎ　bǎo	Bercanda , bergurau
耍賴	shuǎ　lài	Berbuat kurang ajar

ㄕㄨㄛ		
說法	shuō　fǎ	Cara mengatakan sesuatu , pendapat
說話	shuō　huà	Berbicara , berkata , berucap
說明	shuō　míng	Menerangkan , menjelaskan
說謊	shuō　huǎng	Berbohong , berdusta , ngibul
說笑話	shuō　xiào　huà	Menceritakan hal yang lucu
說故事	shuō　gù　shì	Bercerita
說壞話	shuō　huài　huà	Bicara yang tidak baik mengenai seseorang / sesuatu
ㄕㄨㄛˋ		
碩士	shuò　shì	Gelar master , magister
碩士班	shuò　shì　bān	Sekolah untuk mencapai gelar master / magister

ㄕㄨㄞ		
衰弱	shuāi　ruò	Lemah , tidak kuat
摔倒	shuāi　dǎo	Terjatuh , terjerembab
摔角	shuāi　jiǎo	Gulat , adu gulat
摔傷	shuāi　shāng	Terjatuh luka
ㄕㄨㄞˋ		
帥	shuài	Tampan , ganteng
率領	shuài　lǐng	Memimpin , mengomando
率直	shuài　zhí	Terus terang , blak – blakkan

ㄕㄨㄟˇ		
水	shuǐ	Air
水費	shuǐ　fèi	Biaya memakai air
水管	shuǐ　guǎn	Pipa air , selang air
水桶	shuǐ　tǒng	Ember air
水果	shuǐ　guǒ	Buah – buahan

185

水餃	shuǐ	jiǎo		Swikiau rebus , pastel rebus
水庫	shuǐ	kù		Waduk
水泥	shuǐ	ní		Semen
水準	shuǐ	zhǔn		Tingkat , standar , taraf
水銀	shuǐ	yín		Air raksa (kimia)
ㄕㄨㄟˋ				
稅款	shuì	kuǎn		Uang pajak
稅收	shuì	shōu		Pendapatan pajak
睡覺	shuì	jiào		Tidur
睡醒	shuì	xǐng		Bangun tidur
睡衣	shuì	yī		Baju tidur
ㄕㄨㄣˋ				
順路	shùn	lù		Melewati , searah
順便	shùn	biàn		Sekalian
順序	shùn	xù		Urutan
順利	shùn	lì		Lancar , sukses
順眼	shùn	yǎn		Enak dilihat / dipandang
順從	shùn	cóng		Penurut , patuh , taat
瞬間	shùn	jiān		Sekejap , sekilas
ㄕㄨㄤ				
雙方	shuāng	fāng		Kedua belah pihak
雙倍	shuāng	bèi		Dobel , rangkap
雙數	shuāng	shù		Bilangan genap
雙胞胎	shuāng	bāo	tāi	Kembar
雙人床	shuāng	rén	chuáng	Tempat tidur untuk dua orang
霜凍	shuāng	dòng		Tumbuhan rusak karena kedinginan
ㄕㄨㄤˇ				
爽約	shuǎng	yuē		Tidak menepati janji , melanggar janji
爽快	shuǎng	kuài		Terus terang , jujur , menyegarkan , serta merta
（ㄖ）				
ㄖˋ				
日出	rì	chū		Matahari terbit
日光	rì	guāng		Sinar matahari
日曆	rì	lì		Kalender , penanggalan
日期	rì	qí		Tanggal
日記	rì	jì		Catatan setiap hari , diary

ㄖ

日語	rì yǔ	Bahasa jepang
日本	rì běn	Negara Jepang
日本料理	rì běn liào lǐ	Masakan Jepang

ㄖㄜˇ		
惹事	rě shì	Menimbulkan gara – gara / masalah
惹禍	rě huò	Mendatangkan malapetaka , menimbulkan masalah
惹火燒身	rě huǒ shāo shēn	Siapa yang melakukan hal yang berbahaya akan mendapat celaka
ㄖㄜˋ		
熱	rè	Panas
熱水	rè shuǐ	Air panas
熱水瓶	rè shuǐ píng	Termos air
熱咖啡	rè kā fēi	Kopi panas
熱心	rè xīn	Antusias , gairah membantu
熱鬧	rè nào	Ramai , meriah
熱情	rè qíng	Kehangatan , antusiasme
熱門	rè mén	Populer , sangat disukai

ㄖㄠˊ		
饒命	ráo mìng	Memberi ampun dengan tidak membunuh
饒恕	ráo shù	Memaafkan , mengampuni
ㄖㄠˋ		
繞路	rào lù	Mengambil jalan memutar
繞口令	rào kǒu lìng	Serangkaian kata yang sukar diucapkan tapi diucapkan dengan cepat (suatu permainan bahasa)

ㄖㄡˊ		
柔軟	róu ruǎn	Lembek , empuk
揉搓	róu cuō	Meremas – remas , menggosok – gosok
ㄖㄡˋ		
肉	ròu	Daging
肉店	ròu diàn	Toko daging
肉鬆	ròu sōng	Abon

ㄖㄢˊ		
然後	rán hòu	Kemudian , lalu
燃燒	rán shāo	Terbakar , menyala
燃料	rán liào	Bahan bakar

ㄖㄢˇ		
染色	rǎn sè	Pewarnaan
染髮	rǎn fǎ	Mengecat rambut , memberi warna pada rambut

ㄖㄣˊ		
人	rén	Orang , manusia
人生	rén shēng	Hidup , kehidupan
人民	rén mín	Rakyat
人口	rén kǒu	Penduduk , jumlah penduduk , populasi
人妖	rén yāo	Banci , bencong
人蔘	rén shēn	Ginseng
人造衛星	rén zào wèi xīng	Satelit buatan
人壽保險	rén shòu bǎo xiǎn	Asuransi jiwa
ㄖㄣˇ		
忍耐	rěn nài	Sabar , mengekang diri
忍受	rěn shòu	Menahan , menanggung
忍心	rěn xīn	Tega , sampai hati
ㄖㄣˋ		
認識	rèn shì	Kenal , mengenal
認爲	rèn wéi	Berpendapat , menganggap
認錯	rèn cuò	Mengaku salah , minta maaf
認真	rèn zhēn	Serius , bersungguh – sungguh
任何	rèn hé	Apa saja , apa pun
任務	rèn wù	Tugas , pekerjaan

ㄖㄤˋ		
讓開	ràng kāi	Menyingkir , minggir

ㄖㄥ		
扔掉	rēng diào	Melempar , membuang
ㄖㄥˊ		
仍然	réng rán	Tetap , masih

ㄖㄨˊ		
如何	rú hé	Bagaimana
如此	rú cǐ	Seperti itu , begitu , demikian
如果	rú guǒ	Jika , kalau , apabila
如意	rú yì	Sebagaimana yang diharapkan / diinginkan
如下	rú xià	Sebagai berikut , tersebut dibawah

ㄖㄨˇ		
乳牛	rǔ niú	Susu sapi
乳房	rǔ fáng	Buah dada , tetek , payudara
ㄖㄨˋ		
入門	rù mén	Dasar permulaan , pengetahuan pertama
入口	rù kǒu	Pintu masuk
入境	rù jìng	Kedatangan , masuk ke suatu negara
入會	rù huì	Masuk anggota , menjadi anggota
入迷	rù mí	Terpikat , terpesona , keranjingan
辱罵	rù mà	Mencaci maki , mengumpat , mencerca

ㄖㄨㄛˋ		
若是	ruò shì	Jika , apabila
弱點	ruò diǎn	Titik lemah , kelemahan
弱小	ruò xiǎo	Kecil dan lemah

ㄖㄨㄟˋ		
銳利	ruì lì	Tajam , runcing
瑞士	ruì shì	Negara Switzerland

ㄖㄨㄢˇ		
軟	ruǎn	Lembek , lunak
軟弱	ruǎn ruò	Lemah , soak
軟骨	ruǎn gǔ	Tulang lunak , tulang rawan

ㄖㄨㄣˋ		
潤滑	rùn huá	Melicinkan , melumaskan

ㄖㄨㄥˊ		
榮幸	róng xìng	Mendapat kehormatan
榮譽	róng yù	Nama baik , kehormatan
容易	róng yì	Mudah , tidak sukar , gampang
容器	róng qì	Wadah
容量	róng liàng	Kapasitas , daya tampung
容忍	róng rěn	Toleransi , membiarkan
溶解	róng jiě	Melarut
溶劑	róng jì	Bahan pelarut kimia
溶化	róng huà	Larut , melarut , lumer , melumer

ㄗ

（ㄗ）ㄗ			
姿勢	zī	shì	Gaya , sikap , pose
資金	zī	jīn	Dana
資料	zī	liào	Data , materi
資格	zī	gé	Kualifikasi
資源	zī	yuán	Sumber alam , sumber daya , sumber daya alam
滋潤	zī	rùn	Basah , membasahi
滋味	zī	wèi	Rasa
ㄗˇ			
子音	zǐ	yīn	Konsonan
子女	zǐ	nǚ	Anak laki dan anak perempuan
子孫	zǐ	sūn	Anak cucu , keturunan
子弟	zǐ	dì	Adik , anak , keponakan laki
子彈	zǐ	dàn	Peluru , pelor
子宮	zǐ	gōng	Rahim , peranakan
仔細	zǐ	xì	Teliti , cermat , seksama
紫菜	zǐ	cài	Sejenis ganggang merah dan dapat dimakan
紫色	zǐ	sè	Warna ungu
紫外線	zǐ	wài xiàn	Sinar ultra violet
ㄗˋ			
自己	zì	jǐ	Diri sendiri , sendiri
自己人	zì	jǐ rén	Orang sendiri
自願	zì	yuàn	Mau sendiri , kehendak diri sendiri
自信	zì	xìn	Percaya diri
自誇	zì	kuā	Membanggakan diri
自殺	zì	shā	Bunuh diri
自從	zì	cóng	Sejak , semenjak
自然	zì	rán	Alami
自由	zì	yóu	Bebas , merdeka
自來水	zì	lái shuǐ	Air ledeng
自行車	zì	xíng chē	Sepeda
字	zì		Huruf
字母	zì	mǔ	Abjad , alphabet
字體	zì	tǐ	Bentuk huruf tulisan / cetakan
字典	zì	diǎn	Kamus

ㄗㄚˊ			
雜物	zá	wù	Berbagai macam urusan lain

雜音	zá yīn	Bunyi berisik , bunyi bising
雜誌	zá zhì	Majalah

ㄗㄜˊ		
責怪	zé guài	Menyalahkan
責任	zé rèn	Tanggung jawab

ㄗㄞ		
災難	zāi nàn	Bencana , malapetaka , musibah
災害	zāi hài	Bencana , malapetaka , musibah
栽培	zāi péi	Memupuk , membudidayakan
ㄗㄞˇ		
宰相	zǎi xiàng	Perdana menteri
ㄗㄞˋ		
再一次	zài yí cì	Sekali lagi
再來	zài lái	Sekali lagi
再見	zài jiàn	Selamat tinggal , sampai jumpa lagi
在乎	zài hū	Perduli , memperdulikan , menghiraukan
在~之中	zài ~ zhī zhōng	Diantara
在~下面	zài ~ xià miàn	Dibawah
在何處	zài hé chù	Dimana
在家	zài jiā	Dirumah
在附近	zài fù jìn	Di sekitar

ㄗㄠ		
遭遇	zāo yù	Mendapat kemalangan , kesulitan
糟糕	zāo gāo	Celaka , sial
ㄗㄠˇ		
早上	zǎo shàng	Pagi hari
早安	zǎo ān	Selamat pagi
早起	zǎo qǐ	Bangun pagi
早睡	zǎo shuì	Tidur pagi
早到	zǎo dào	Tiba lebih pagi
早班	zǎo bān	Giliran kerja pagi
早餐	zǎo cān	Makan pagi , sarapan pagi
ㄗㄠˋ		
造船	zào chuán	Membuat kapal , membangun kapal
造成	zào chéng	Membuat , membikin , menjadikan
造句	zào jù	Membuat kalimat

ㄗ

噪音	zào	yīn		Suara berisik , suara bising

ㄗㄡˇ

走路	zǒu	lù		Berjalan kaki
走廊	zǒu	láng		Koridor
走私	zǒu	sī		Menyeludup , penyeludupan
走私貨	zǒu	sī	huò	Barang seludupan

ㄗㄡˋ

奏樂	zòu	yuè		Memainkan musik
奏效	zòu	xiào		Mencapai hasil yang diharapkan , terbukti efektif

ㄗㄢˊ

咱們	zán	men		Kita , kami

ㄗㄢˋ

贊成	zàn	chéng		Setuju , menyetujui
贊助	zàn	zhù		Membantu , mendukung , menyokong
讚美	zàn	měi		Memuji , memuliakan

ㄗㄣˇ

怎麼了	zěn	me	le	Kenapa
怎麼辦	zěn	me	bàn	Bagaimana

ㄗㄤ

髒亂	zāng	luàn	Kotor dan berantakan
髒話	zāng	huà	Kata - kata kotor

ㄗㄤˋ

葬禮	zàng	lǐ	Pemakaman , penguburan , upacara pemakaman

ㄗㄥ

增加	zēng	jiā	Menambah , memperbanyak
增強	zēng	qiáng	Memperkuat , memperkokoh

ㄗㄥˋ

贈送	zèng	sòng	Menghadiahkan , memberikan
贈閱	zèng	yuè	Buku / majalah yang diberikan gratis
贈品	zèng	pǐn	Barang pemberian , cindera mata , tanda mata

ㄗㄨ

租車	zū	chē	Menyewa mobil
租屋	zū	wū	Menyewa rumah
租約	zū	yuē	Kontrak sewa menyewa

租金	zū	jīn		Uang sewa
ㄗㄨˊ				
足球	zú	qiú		Sepak bola
足夠	zú	gòu		Cukup
族群	zú	qún		Ras , kaum , kelompok
ㄗㄨˇ				
阻止	zǔ	zhǐ		Merintangi , menghalangi
祖父	zǔ	fù		Kakek (dari pihak ayah)
祖母	zǔ	mǔ		Nenek (dari pihak ayah)
祖先	zǔ	xiān		Nenek moyang , leluhur
組合	zǔ	hé		Gabungan , kombinasi , menyusun , membentuk
組織	zǔ	zhī		Organsisasi , jaringan , menyusun , mengorganisasi
ㄗㄨㄛˊ				
昨天	zuó	tiān		Kemarin
昨晚	zuó	wǎn		Kemarin malam
ㄗㄨㄛˇ				
左手	zuǒ	shǒu		Tangan kiri
左邊	zuǒ	biān		Sebelah / sisi kiri
左轉	zuǒ	zhuǎn		Belok kiri
ㄗㄨㄛˋ				
坐下	zuò	xià		Duduk
坐位	zuò	wèi		Tempat duduk
坐船	zuò	chuán		Naik kapal
坐車	zuò	chē		Naik bis
坐牢	zuò	láo		Dipenjara / dibui
做事	zuò	shì		Mengerjakan , membuat
做夢	zuò	mèng		Bermimpi
作業	zuò	yè		Pekerjaan
作品	zuò	pǐn		Hasil karya
作用	zuò	yòng		Kegunaan
作廢	zuò	fèi		Tidak berlaku
作弊	zuò	bì		Berbuat curang
作文	zuò	wén		Karangan , mengarang
作家	zuò	jiā		Pengarang , penulis
座位	zuò	wèi		Tempat duduk
座談會	zuò	tán	huì	Forum , simposium
ㄗㄨㄟˇ				

ㄗ

嘴巴	zuǐ	bā	Mulut
嘴角	zuǐ	jiǎo	Sudut mulut , sudut bibir
ㄗㄨㄟˋ			
最快	zuì	kuài	Paling cepat
最多	zuì	duō	Paling banyak , terbanyak
最少	zuì	shǎo	Paling sedikit
最好	zuì	hǎo	Paling baik , terbaik
最高	zuì	gāo	Paling tinggi , tertinggi
最大	zuì	dà	Paling besar
最初	zuì	chū	Pertama – tama , mula – mula
最後	zuì	hòu	Paling akhir , paling belakang
最近	zuì	jìn	Baru – baru ini , belakangan ini , akhir – akhir ini
最新	zuì	xīn	Paling baru , terbaru
醉	zuì		Mabuk

ㄗㄨㄢ			
鑽	zuān		Membor
鑽孔	zuān	kǒng	Membuat lubang dengan bor
鑽研	zuān	yán	Belajar secara intesif , mempelajari secara mendalam
ㄗㄨㄢˋ			
鑽石	zuàn	shí	Permata , intan , berlian
鑽頭	zuàn	tóu	Pahat bor
鑽井	zuàn	jǐng	Membor sumur

ㄗㄨㄣ			
尊敬	zūn	jìng	Hormat
遵守	zūn	shǒu	Mematuhi , tunduk kepada
遵命	zūn	mìng	Tunduk pada perintah , mengikuti perintah

ㄗㄨㄥ			
宗教	zōng	jiào	Agama , kepercayaan
棕色	zōng	sè	Warna coklat
蹤跡	zōng	jī	Jejak , bekas
ㄗㄨㄥˇ			
總是	zǒng	shì	Selalu , senantiasa
總計	zǒng	jì	Jumlah seluruh , jumlah semua , jumlah total
總數	zǒng	shù	Jumlah seluruh , jumlah total
總統	zǒng	tǒng	Presiden , kepala negara

總經理 ㄗㄨㄥˋ	zǒng jīng lǐ	Pemimpim / direktur umum
縱火	zòng huǒ	Membakar dengan sengaja
縱容	zòng róng	Membiarkan
綜合	zòng hé	Campur

（ㄘ）

ㄘˊ

瓷器	cí qì	Barang – barang porselen , tembikar
磁磚	cí zhuān	Ubin keramik
詞曲	cí qǔ	Istilah umum
詞句	cí jù	Kata – kata dan ungkapan
雌性	cí xìng	Betina
辭典	cí diǎn	Kamus
辭職	cí zhí	Berhenti kerja , meletakkan jabatan
慈祥	cí xiáng	Ramah tamah
磁場	cí chǎng	Medan magnet
磁鐵	cí tiě	Magnet

ㄘˇ

此外	cǐ wài	Selain itu , lagi pula
此時	cǐ shí	Saat ini , sekarang

ㄘˋ

次序	cì xù	Urutan
次數	cì shù	Frekuensi
刺痛	cì tòng	Pedih , perih
刺青	cì qīng	Tato
刺激	cì jī	Menggairahkan , terpukul , guncang hati
伺候	cì hòu	Melayani , meladeni

ㄘㄚ

擦	cā	Mengelap , membersihkan
擦傷	cā shāng	Membersihkan luka
擦臉	cā liǎn	Mengelap / membersihkan muka
擦嘴	cā zuǐ	Membersihkan / mengelap mulut

ㄘㄜˋ

廁所	cè suǒ	WC , toilet
側邊	cè biān	Arah kesamping , miring
側門	cè mén	Pintu samping

側躺	cè	tăng		Berbaring miring
策略	cè	luè		Taktik , siasat
測驗	cè	yàn		Tes , ujian , percobaan
測量	cè	liáng		Mengukur

ㄘ

	ㄘㄞ			
猜謎	cāi	mí		Menebak teka – teki
猜拳	cāi	quán		Mengundi dengan mengadu jari
猜測	cāi	cè		Menebak , menduga , mengira
	ㄘㄞ ˊ			
財產	cái	chăn		Harta , kekayaan , milik
財團	cái	tuán		Group keuangan , konsorsium
裁判	cái	pàn		Keputusan
裁員	cái	yuán		PHK , mengurangi jumlah pegawai ,
裁縫師	cái	féng	shī	Tukang jahit
材料	cái	liào		Bahan , material
才華	cái	huá		Keahlian , kepandaian , bakat dalam seni
	ㄘㄞ ˇ			
彩券	căi	quàn		Lotre
彩虹	căi	hóng		Pelangi , bianglala
採花	căi	huā		Memetik bunga
採訪	căi	făng		Mewawancarai , meliput
採取	căi	qŭ		Mengambil , melakukan , menggunakan
	ㄘㄞ ˋ			
菜單	cài	dān		Menu , daftar makanan
菜刀	cài	dāo		Pisau dapur

	ㄘㄠ			
操場	cāo	chăng		Lapangan olahraga
操心	cāo	xīn		Cemas , khawatir
操作	cāo	zuò		Menjalankan , mengerjakan
	ㄘㄠ ˇ			
草莓	căo	méi		Buah strawberry
草稿	căo	găo		Rancangan naskah , naskah kasar
草坪	căo	píng		Lapangan rumput , halaman rumput
草率	căo	shuài		Gegabah , sembrono , sembarangan
草圖	căo	tú		Rancangan denah , bagan kasar
	ㄘㄠ ˋ			
糙米	cào	mĭ		Beras merah

ㄘㄡˋ		
湊巧	còu qiǎo	Kebetulan

ㄘㄢ		
參加	cān jiā	Mengikuti , ikut serta , ambil bagian
參觀	cān guān	Mengunjungi , meninjau , melihat – lihat
參考	cān kǎo	Membaca sebagai referensi , mencari keterangan
餐廳	cān tīng	Restoran , rumah makan , kedai makan
餐桌	cān zhuō	Meja makan
餐巾	cān jīn	Serbet makan
餐具	cān jù	Peralatan / alat – alat makan
ㄘㄢˊ		
殘忍	cán rěn	Kejam , lalim , bengis
殘障	cán zhàng	Cacat
慚愧	cán kuì	Merasa malu
蠶絲	cán sī	Serat sutra , sutra
ㄘㄢˇ		
慘敗	cǎn bài	Kekalahan yang menyedihkan
慘重	cǎn zhòng	Menyedihkan , memilukan
ㄘㄢˋ		
燦爛	càn làn	Cemerlang , semarak , gilang – gemilang

ㄘㄤ		
倉庫	cāng kù	Gudang , tempat penyimpanan
倉促	cāng cù	Tergesa – gesa , terburu – buru
蒼蠅	cāng yíng	Lalat
ㄘㄤˊ		
藏身	cáng shēn	Menyembunyikan diri

ㄘㄥˊ		
層次	céng cì	Urutan , susunan

ㄘㄨ		
粗	cū	Kasar , tebal , besar
粗心	cū xīn	Ceroboh , lengah , sembrono
粗糙	cū cāo	Kasar , kasap
粗魯	cū lǔ	Kasar , tidak tahu adat
ㄘㄨˋ		
醋	cù	Cuka

197

醋酸	cù suān	Asam cuka , asam asetat

ㄘㄨㄛ

搓揉	cuō róu	Menggosok lembut dengan tangan
搓板	cuō bǎn	Papan cuci
搓洗	cuō xǐ	Mencuci dengan menggosok – gosok

ㄘㄨㄛˋ

措施	cuò shī	Tindakan
挫折	cuò zhé	Perasaan gagal , galau , kegagalan
錯誤	cuò wù	Salah , keliru , kekeliruan
錯過	cuò guò	Menyia – nyiakan , melepaskan

ㄘㄨㄟ

催促	cuī cù	Mendorong , mendesak
催眠	cuī mián	Hipnotis , menghipnotis
摧毀	cuī huǐ	Hancur , menghancurkan

ㄘㄨㄟˋ

脆	cuì	Renyah , garing , rapuh
脆弱	cuì ruò	Lemah , rapuh
脆亮	cuì liàng	Suara merdu dan nyaring

ㄘㄨㄢˋ

篡	cuàn	Merebut , menyerobot
篡位	cuàn wèi	Merebut tahta , merebut kekuasaan
篡改	cuàn gǎi	Memutarbalikkan , memalsukan

ㄘㄨㄣ

村莊	cūn zhuāng	Desa , dusun
村長	cūn zhǎng	Lurah , kepala desa
村民	cūn mín	Penduduk desa , penduduk dusun

ㄘㄨㄣˊ

存心	cún xīn	Sengaja , bermaksud , berniat
存款	cún kuǎn	Menabung uang , tabungan
存在	cún zài	Ada , hidup
存根	cún gēn	Sobekan karcis / cek yang disimpan sebagai bukti
存貨	cún huò	Persediaan barang , stok

ㄘㄨㄥ

聰明	cōng míng	Pintar , pandai , cerdik

匆忙 ㄘㄨㄥˊ	cōng máng	Tergesa – gesa , terburu – buru , tergopoh – gopoh
從前	cóng qián	Dahulu , dulu
從今以後	cóng jīn yǐ hòu	Mulai sekarang dan selanjutnya
從早到晚	cóng zǎo dào wǎn	Dari pagi sampai malam
叢林	cóng lín	Hutan , rimba

（ㄙ） ㄙ		
司機	sī jī	Supir , sopir
司法	sī fǎ	Peradilan , kehakiman
司儀	sī yí	Pemimpin upacara
絲瓜	sī guā	Sayur oyong
絲襪	sī wà	Stocking
私人	sī rén	Pribadi , swasta , perorangan
思念	sī niàn	Rindu akan , terkenang akan , merindukan
思想	sī xiǎng	Pikiran , ideologi , gagasan
撕破	sī pò	Robek , merobek
斯文	sī wén	Lemah lembut , berbudi halus , sopan
ㄙˇ		
死亡	sǐ wáng	Mati , meninggal , wafat
死罪	sǐ zuì	Kejahatan yang dapat dikenakan hukuman mati
死角	sǐ jiǎo	Sudut mati , ruang mati (militer)
ㄙˋ		
四	sì	Empat
四邊	sì biān	Empat sisi
四角	sì jiǎo	Empat sudut
四季	sì jì	Empat musim
四十	sì shí	Empat puluh
四月	sì yuè	April
寺廟	sì miào	Kuil , kelenteng , biara
飼養	sì yǎng	Memelihara
飼料	sì liào	Makanan ternak
似乎	sì hū	Sepertinya , nampaknya

ㄙㄚ		
撒謊	sā huǎng	Berbohong , ngibul , berbohong , berdusta
ㄙㄚˇ		
灑水	sǎ shuǐ	Menyiram air

ㄙㄚˋ			
薩克斯風	sà kè sī fēng		Alat musik saksofon

ㄙㄜˋ		
色彩	sè cǎi	Warna , corak
色素	sè sù	Zat warna , pigmen
色情	sè qíng	Porno , pornografi , cabul

ㄙㄞ		
塞子	sāi zi	Sumbat , sumpal
塞車	sāi chē	Macet lalu lintas
ㄙㄞˋ		
賽跑	sài pǎo	Lomba lari
賽車	sài chē	Mobil balap
賽馬	sài mǎ	Kuda balap

ㄙㄠ		
騷擾	sāo rǎo	Menggangu , mengacau
搔癢	sāo yǎng	Menggaruk tempat yang gatal
ㄙㄠˇ		
嫂子	sǎo zi	Istri kakak laki laki
掃地	sǎo dì	Menyapu lantai
掃興	sǎo xìng	Merusak kesenangan , merasa kecewa

ㄙㄡ		
蒐集	sōu jí	Koleksi , mengoleksi
搜查	sōu chá	Memeriksa , menggeledah
搜身	sōu shēn	Menggeledah tubuh seseorang

ㄙㄢ		
三	sān	Tiga
三十	sān shí	Tiga puluh
三餐	sān cān	Tiga kali makan
三月	sān yuè	Maret
三角形	sān jiǎo xíng	Bentuk segitiga
三比一	sān bǐ yī	Tiga banding satu
三分之一	sān fēn zhī yī	Satu pertiga
三明治	sān míng zhì	Roti sandwich
三輪車	sān lún chē	Angkutan zaman dulu rickshaw

ㄙㄢˇ			
傘	sǎn		Payung
傘兵	sǎn	bīng	Prajurit terjun payung
ㄙㄢˋ			
散步	sàn	bù	Berjalan – jalan , makan angin
散心	sàn	xīn	Melegakan hati , melapangkan dada
散開	sàn	kāi	Bubar

ㄙㄣ			
森林	sēn	lín	Hutan , rimba

ㄙㄤ			
喪家	sāng	jiā	Keluarga yang berduka cita
喪事	sāng	shì	Segala urusan yang berkaitan dengan penguburan
喪禮	sāng	lǐ	Penguburan , pemakaman
ㄙㄤˇ			
嗓門	sǎng	mén	Suara
ㄙㄥ			
僧人	sēng	rén	Rahib , biarawan , biksu

ㄙㄨ			
蘇打水	sū	dǎ shuǐ	Air soda
蘇聯	sū	lián	Negara Uni Soviet
ㄙㄨˊ			
俗氣	sú	qì	Kasar , vulgar
ㄙㄨˋ			
速度	sù	dù	Kecepatan , laju
速食	sù	shí	Makanan cepat saji , fast food
宿舍	sù	shè	Asrama , pondokan
素描	sù	miáo	Sketsa
素食	sù	shí	Makanan tidak berdaging , vegetarian
塑膠	sù	jiāo	Plastik
訴苦	sù	kǔ	Menceritakan kesedihan / duka cita
訴說	sù	shuō	Menceritakan , memberitahukan , mengatakan
訴訟	sù	sòng	Perkara pengadilan
肅靜	sù	jìng	Hening khidmat

ㄙㄨㄛ			
縮小	suō	xiǎo	Memperkecil

縮短	suō	duǎn	Memperpendek
縮水	suō	shuǐ	Susut , menciut , menyusut
ㄙㄨㄛˇ			
所以	suǒ	yǐ	Maka , jadi
所有	suǒ	yǒu	Semua , segala
所得	suǒ	dé	Penghasilan , pendapatan
鎖門	suǒ	mén	Mengunci pintu
鎖住	suǒ	zhù	Terkunci , mengunci
鎖匠	suǒ	jiàng	Tukang kunci , juru kunci
索取	suǒ	qǔ	Meminta

ㄙㄨㄟ			
雖然	suī	rán	Walaupun
ㄙㄨㄟˊ			
隨便	suí	biàn	Terserah
隨時	suí	shí	Setiap waktu
ㄙㄨㄟˋ			
碎裂	suì	liè	Retak
碎片	suì	piàn	Pecahan , kepingan
隧道	suì	dào	Terowongan , tembusan

ㄙㄨㄢ			
酸痛	suān	tòng	Ngilu dan sakit
酸味	suān	wèi	Rasa asam
ㄙㄨㄢˋ			
算了	suàn	le	Ya udahlah , nggak usah dipersoalkan lagi
算術	suàn	shù	Berlaku , masuk hitungan
算帳	suàn	zhàng	Membuat perhitungan
算命	suàn	mìng	Meramal , menujumkan
蒜頭	suàn	tóu	Bawang putih

ㄙㄨㄣ			
孫子	sūn	zi	Cucu laki – laki (dari anak laki)
孫女	sūn	nǚ	Cucu perempuan (dari anak laki)
ㄙㄨㄣˇ			
筍子	sǔn	zi	Rebung
筍乾	sǔn	gān	Rebung kering
損壞	sǔn	huài	Kerusakan , merusak
損失	sǔn	shī	Kehilangan , kerugian

ㄙㄨㄥ			
鬆開	sōng	kāi	Mengendurkan
松樹	sōng	shù	Pohon pinus
松鼠	sōng	shǔ	Bajing , tupai
ㄙㄨㄥˋ			
送出	sòng	chū	Mengirim keluar
送客	sòng	kè	Mengantarkan tamu keluar
送信	sòng	xìn	Menyampaikan kabar
送貨	sòng	huò	Mengantar barang
送禮	sòng	lǐ	Memberi hadiah / kado

（一）			
一			
一月	yī	yuè	Januari
衣服	yī	fú	Baju , pakaian
衣架	yī	jià	Gantungan baju
衣領	yī	lǐng	Kerah baju
衣袖	yī	xiù	Lengan baju
衣櫃	yī	guì	Lemari baju
醫生	yī	shēng	Dokter , tabib
醫院	yī	yuàn	Rumah sakit , RS
依賴	yī	lài	Bergantung , menggandalkan
依然	yī	rán	Tetap , seperti dulu , seperti sediakala
依照	yī	zhào	Menurut , mengingat , berdasarkan ,
一ˊ			
一個	yí	ge	Satu
一次	yí	cì	Satu kali
一倍	yí	bèi	Satu kali lipat
一半	yí	bàn	Setengah
一樣	yí	yàng	Sama
一切	yí	qiè	Semua
一定	yí	dìng	Pasti
一部份	yí	bù fèn	Sedikit
姨媽	yí	mā	Bibi yang sudah kawin dari pihak ibu
姨丈	yí	zhàng	Suami bibi dari pihak ibu
胰臟	yí	zàng	Pankreas , kelenjar ludah perut
胰島素	yí	dǎo sù	Insulin
移動	yí	dòng	Bergerak , beralih

移民	yí mín	Berpindah dari suatu negara ke negara lain
移民局	yí mín jú	Kantor imigrasi
疑慮	yí lǜ	Khawatir karena sangsi
儀器	yí qì	Instrumen
遺產	yí chǎn	Warisan
遺忘	yí wàng	Lupa
遺失	yí shī	Hilang
遺憾	yí hàn	Menyesal , sayang sekali
一ˇ		
已經	yǐ jīng	Sudah
已婚	yǐ hūn	Sudah menikah
以前	yǐ qián	Sebelum , yang lalu
以後	yǐ hòu	Sesudah , belakangan
以上	yǐ shàng	Lebih , lebih dari , diatas
以下	yǐ xià	Dibawah
以內	yǐ nèi	Dalam , di antara , kurang dari
以外	yǐ wài	Selain , diluar , kecuali
以爲	yǐ wéi	Menganggap , menyangka
以及	yǐ jí	Dan , serta , beserta
倚靠	yǐ kào	Menggandalkan , bergantung
椅子	yǐ zi	Kursi , bangku
椅墊	yǐ diàn	Bantalan kursi , bantalan bangku
蟻穴	yǐ xuè	Sarang semut
一ˋ		
一人	yì rén	Satu orang
一些	yì xiē	Beberapa
一打	yì dǎ	Satu lusin
一起	yì qǐ	Bersama – sama
一般	yì bān	Umumnya , pada umumnya
一點點	yì diǎn diǎn	Sedikit
一會兒	yì huǐ ér	Sebentar , sejenak
藝術	yì shù	Seni , kesenian
議會	yì huì	Parlemen , dewan perwakilan rakyat
議員	yì yuán	Anggota parlemen
異常	yì cháng	Tidak biasa , abnormal
意思	yì si	Arti , makna , maksud
意見	yì jiàn	Pendapat , saran , ide
意外	yì wài	Diluar dugaan , tidak disangka
毅力	yì lì	Ulet

一

液體	yì	tǐ	Cairan , zat cair
溢出	yì	chū	Meluap
疫苗	yì	miáo	Vaksin
疫情	yì	qíng	Informasi dan penilaian tentang wabah
義務	yì	wù	Kewajiban
義氣	yì	qì	Berani menanggung resiko , setia kepada seseorang
一Y			
押金	yā	jīn	Uang jaminan
押韻	yā	yùn	Rima
壓力	yā	lì	Tekanan
鴉片	yā	piàn	Candu , madat
鴨子	yā	zi	Bebek
鴨蛋	yā	dàn	Telur bebek
一Y ´			
牙齒	yá	chǐ	Gigi
牙痛	yá	tòng	Sakit gigi
牙醫	yá	yī	Dokter gigi
牙刷	yá	shuā	Sikat gigi
牙膏	yá	gāo	Pasta gigi , odol
牙籤	yá	qiān	Tusuk gigi
一Y ˇ			
亞洲	yǎ	zhōu	Benua Asia
亞軍	yǎ	jūn	Juara dua
啞巴	yǎ	bā	Bisu
一Y ˋ			
訝異	yà	yì	Kaget , terkejut
一ㄝ ´			
爺爺	yé	ye	Kakek , opa (dari pihak papa)
椰子	yé	zi	Kelapa
椰子汁	yé	zi	zhī	Air kelapa
椰子油	yé	zi	yóu	Minyak kelapa
一ㄝ ˇ			
也許	yě	xǔ	Mungkin , barangkali
也好	yě	hǎo	Baik juga
野餐	yě	cān	Piknik
野蠻	yě	mán	Tak beradab , biadab , buas
野心	yě	xīn	Ambisi

一せ丶			
業務	yè	wù	Bagian pemasaran , marketing
業餘	yè	yú	Waktu luang , amatir
葉子	yè	zi	Daun
頁數	yè	shù	Jumlah halaman
夜晚	yè	wǎn	Malam
夜景	yè	jǐng	Pemandangan waktu malam
夜市	yè	shì	Pasar malam
夜總會	yè	zǒng huì	Klub malam

一ㄠ			
腰帶	yāo	dài	Ikat pinggang
腰果	yāo	guǒ	Kacang mede
腰圍	yāo	wéi	Lingkaran pinggang
要求	yāo	qiú	Memohon , meminta
邀請	yāo	qǐng	Mengundang
一ㄠ／			
謠言	yáo	yán	Gosip , berita burung
搖籃	yáo	lán	Buaian , ayunan
搖晃	yáo	huàng	Berguncang
遙遠	yáo	yuǎn	Jauh
遙控器	yáo	kòng qì	Remote
一ㄠV			
咬住	yǎo	zhù	Menggigit
一ㄠ丶			
要	yào		Ingin , mau
要命	yào	mìng	Amat , sangat , celaka , sial
藥	yào		Obat
藥丸	yào	wán	Pil
藥水	yào	shuǐ	Air obat
藥膏	yào	gāo	Salep
藥粉	yào	fěn	Serbuk obat
藥效	yào	xiào	Khasiat obat
藥房	yào	fáng	Toko obat , apotek
鑰匙	yào	shi	Kunci

一ㄡ			
優良	yōu	liáng	Unggul , superior , bagus
優勝	yōu	shèng	Menang , superior

優點	yōu	diǎn	Kelebihan , kebaikan
優待	yōu	dài	Memberi perhatian / perlakuan khusus
優秀	yōu	xiù	Terbaik , bermutu tinggi , ulung
幽默	yōu	mò	Humor
悠閒	yōu	xián	Bersantai – santai , berleha – leha
憂鬱	yōu	yù	Muram , kesal , sayu
一ㄡˊ			
由於	yóu	yú	Sebab , karena , berhubungan dengan
由此可見	yóu	cǐ kě jiàn	Jadi dapat dilihat , ini menunjukkan
郵寄	yóu	jì	Mengirim melalui pos , pos
郵局	yóu	jú	Kantor pos
郵筒	yóu	tǒng	Kotak surat
郵票	yóu	piào	Perangko
郵資	yóu	zī	Biaya mengirim pos
郵差	yóu	chā	Pak pos
油門	yóu	mén	Gas menambah kecepatan di mobil
油漆	yóu	qī	Cat , mengecat
油桶	yóu	tǒng	Tong minyak
油膩	yóu	nì	Berminyak
魷魚	yóu	yú	Ikan cumi – cumi , ikan gurita
遊戲	yóu	xì	Permainan
遊行	yóu	xíng	Pawai , parade
游泳	yóu	yǒng	Berenang
游泳池	yóu	yǒng chí	Kolam renang
猶太人	yóu	tài rén	Orang yahudi
一ㄡˇ			
友情	yǒu	qíng	Persahabatan
友善	yǒu	shàn	Maksud baik
有時	yǒu	shí	Sekali – kali , kadang – kadang
有事	yǒu	shì	Ada urusan
有錢	yǒu	qián	Mempunyai uang , berduit
有趣	yǒu	qù	Menarik , lucu
有名	yǒu	míng	Terkenal
有益	yǒu	yì	Ada keuntungan
有用	yǒu	yòng	Ada gunanya
有害	yǒu	hài	Ada kerugiannya
有救	yǒu	jiù	Ada khasiatnya
有效期限	yǒu	xiào qí xiàn	Ada masa kadaluwarsanya
有限公司	yǒu	xiàn gōng sī	Perusahaan

一ㄡˋ

又要	yòu	yào	Juga akan
右方	yòu	fāng	Kekanan
右轉彎	yòu	zhuǎn wān	Belok ke kanan
幼兒	yòu	ér	Balita , anak – anak yang masih kecil
幼稚	yòu	zhì	Kekanak – kanakan , masih anak – anak
幼稚園	yòu	zhì yuán	Sekolah taman kanak – kanak
柚子	yòu	zi	Jeruk bali , jeruk besar
誘惑	yòu	huò	Membujuk , memikat
誘人	yòu	rén	Memikat orang

一ㄢ

煙火	yān	huǒ	Kembang api
煙霧	yān	wù	Kabut , kabut bercampur asap
煙灰缸	yān	huī gāng	Asbak rokok
淹水	yān	shuǐ	Terendam air
淹死	yān	sǐ	Mati tenggelam , mati kelelep

一ㄢˊ

言論	yán	lùn	Pidato , pernyataan pandangan politik
延後	yán	hòu	Ditunda , menunda
延期	yán	qí	Menunda , menangguhkan
延誤	yán	wù	Membuat kesalahan karena penundaan
延續	yán	xù	Berlangsung terus
延長	yán	cháng	Memperpanjang
研究	yán	jiù	Riset , mempelajari dan meneliti
鹽巴	yán	bā	Garam
炎熱	yán	rè	Panas terik , amat panas
岩漿	yán	jiāng	Magma , lahar
岩石	yán	shí	Batu keras , karang
沿路	yán	lù	Sepanjang jalan
沿著	yán	zhe	Sepanjang , menyusur
顏色	yán	sè	Warna
嚴重	yán	zhòng	Parah , berat , kritis
嚴格	yán	gé	Keras , ketat
嚴肅	yán	sù	Serius , sungguh – sungguh

一ㄢˇ

眼光	yǎn	guāng	Pandangan mata , penglihatan
眼睛	yǎn	jīng	Mata
眼鏡	yǎn	jìng	Kaca mata

眼淚	yǎn	lèi		Air mata
眼屎	yǎn	shǐ		Tahi mata
眼鏡蛇	yǎn	jìng	shé	Ular sendok , ular tedung
演講	yǎn	jiǎng		Berpidato , memberi ceramah
演出	yǎn	chū		Mempertunjukkan , mementaskan
演戲	yǎn	xì		Main sandiwara , bersandiwara
演員	yǎn	yuán		Aktor / aktris , pemain
掩蔽	yǎn	bì		Lindungan , tabir , samaran
掩護	yǎn	hù		Melindungi
一ㄢˋ				
宴會	yàn	huì		Jamuan , resepsi
厭倦	yàn	juàn		Bosan , jemu
燕窩	yàn	wō		Sarang burung
燕子	yàn	zi		Burung layang – layang , burung walet
燕尾服	yàn	wěi	fú	Jas berekor
驗收	yàn	shōu		Pemeriksaan dan penerimaan
驗貨	yàn	huò		Menguji barang , mengetes barang
驗血	yàn	xiě		Tes darah , pemeriksaan darah
艷麗	yàn	lì		Berwarna terang dan indah

一ㄣ			Karena , sebab
因為	yīn	wèi	Karena , sebab
因此	yīn	cǐ	Karena itu
陰天	yīn	tiān	Hari mendung , cuaca berawan
陰森	yīn	sēn	Seram , mengerikan
音訊	yīn	xùn	Berita , kabar
音樂	yīn	yuè	Musik
音符	yīn	fú	Not musik , tangga nada musik
姻緣	yīn	yuán	Jodoh
一ㄣˊ			
吟詩	yín	shī	Membaca atau mengubah sajak
淫蕩	yín	dàng	Cabul , tidak senonoh , jangak
銀行	yín	háng	Bank
銀器	yín	qì	Barang – barang perak
銀幕	yín	mù	Layar perak , layar putih
一ㄣˇ			
引進	yǐn	jìn	Membawa masuk , merekomendasi
引起	yǐn	qǐ	Mengakibatkan , menyebabkan , menimbulkan
引擎	yǐn	qíng	Mesin , motor

飲料	yǐn	liào		Minuman
隱居	yǐn	jū		Bertapa , hidup mengasingkan diri
隱藏	yǐn	cáng		Bersembunyi , menyembunyikan
一ㄣˋ				
印象	yìn	xiàng		Kesan
印章	yìn	zhāng		Cap , stempel
印泥	yìn	ní		Bantalan tinta untuk stempel
印刷	yìn	shuā		Mencetak
印刷品	yìn	shuā	pǐn	Barang cetakan
印刷廠	yìn	shuā	chǎng	Percetakan
印表機	yìn	biǎo	jī	Mesin cetak , printer
印尼	yìn	ní		Negara Indonesia
印度	yìn	dù		Negara India
一尢ˊ				
羊	yáng			Kambing , domba , biri – biri
羊毛	yáng	máo		Bulu domba , wol
羊肉	yáng	ròu		Daging kambing
洋蔥	yáng	cōng		Bawang bombay
洋酒	yáng	jiǔ		Arak dari luar negeri
洋裝	yáng	zhuāng		Pakaian gaya barat
陽光	yáng	guāng		Sinar matahari
陽台	yáng	tái		Balkon
陽春麵	yáng	chūn	miàn	Mie rebus kuah
揚帆	yáng	fán		Menaikkan layar
楊桃	yáng	táo		Buah belimbing
一尢ˇ				
仰著	yǎng	zhe		Telentang
養家	yǎng	jiā		Menghidupi keluarga
養傷	yǎng	shāng		Mengobati luka
一尢ˋ				
樣子	yàng	zi		Rupa , wujud , bentuk
樣品	yàng	pǐn		Contoh , sample
一ㄥ				
應該	yīng	gāi		Mesti , wajib , semestinya , sewajibnya
英雄	yīng	xióng		Pahlawan
英國	yīng	guó		Negara Inggris
英語	yīng	yǔ		Bhs. Inggris

一

英俊	yīng	jùn		Ganteng , tampan
鸚鵡	yīng	wǔ		Burung betet
櫻花	yīng	huā		Bunga sakura
櫻桃	yīng	táo		Buah ceri
鷹勾鼻	yīng	gōu	bí	Hidung bengkok seperti paruh burung
嬰兒	yīng	ér		Bayi , orok

ㄧㄥˊ

營養	yíng	yǎng		Gizi , nutrisi
營業	yíng	yè		Mengelola usaha / perusahaan
營業稅	yíng	yè	shuì	Pajak perusahaan
贏了	yíng	le		Menang
贏家	yíng	jiā		Pemenang
贏錢	yíng	qián		Menang uang
迎接	yíng	jiē		Menyambut , menjemput
螢光	yíng	guāng		Berpijar
螢幕	yíng	mù		Layar , layar monitor di komputer
螢火蟲	yíng	huǒ	chóng	Kunang – kunang

ㄧㄥˇ

影響	yǐng	xiǎng	Pengaruh , mempengaruhi
影印	yǐng	yìn	Fotocopy
影子	yǐng	zi	Bayangan

ㄧㄥˋ

硬度	yìng	dù	Derajat kekerasan
硬幣	yìng	bì	Uang logam
應酬	yìng	chóu	Jamuan makan , menjalin pergaulan sosial

（ㄨ）

ㄨ

污染	wū	rǎn	Polusi , pencemaran
烏鴉	wū	yā	Burung gagak
烏龜	wū	guī	Kura – kura
烏雲	wū	yún	Awan hitam
屋頂	wū	dǐng	Atap rumah
巫婆	wū	pó	Nenek sihir , tukang sihir wanita

ㄨˊ

無論如何	wú	lùn	rú hé	Bagaimanapun
無效	wú	xiào		Tidak berlaku , tidak ada gunanya
無關	wú	guān		Tidak ada hubungannya
無聊	wú	liáo		Bosan , membosankan , menjemukan

無理	wú	lǐ		Tidak masuk akal
無名指	wú	míng	zhǐ	Jari manis
ㄨˇ				
五	wǔ			Lima
五月	wǔ	yuè		Mei
午安	wǔ	ān		Selamat siang
午後	wǔ	hòu		Sore , petang hari
午餐	wǔ	cān		Makan siang
午夜	wǔ	yè		Tengah malam
武器	wǔ	qì		Senjata
侮辱	wǔ	rù		Menghina , hina
舞蹈	wǔ	dào		Tarian , tari , dansa
舞會	wǔ	huì		Pesta dansa
舞台	wǔ	tái		Pentas , panggung
ㄨˋ				
物品	wù	pǐn		Barang
物價	wù	jià		Harga barang
誤會	wù	huì		Salah paham , salah mengerti
誤差	wù	chā		Selisih , kekeliruan

ㄨㄚ				
挖寶	wā	bǎo		Menggali harta karun
蛙式	wā	shì		Renang gaya katak / kodok
ㄨㄚˊ				
娃娃	wá	wa		Bayi , orok , boneka
ㄨㄚˇ				
瓦斯	wǎ	sī		Gas
瓦斯爐	wǎ	sī	lú	Kompor gas
瓦斯筒	wǎ	sī	tǒng	Tabung gas
瓦斯費	wǎ	sī	fèi	Biaya gas
ㄨㄚˋ				
襪子	wà	zi		Kaos kaki

ㄨㄛˇ				
我	wǒ			Saya , aku
我們	wǒ	men		Kami , kita
ㄨㄛˋ				
臥底	wò	dǐ		Mata – mata
臥房	wò	fáng		Kamar tidur

握手	wò shòu		Berjabat tangan

ㄨㄞ			
歪曲	wāi qū		Memutarbalikkan , menyimpangkan
歪主意	wāi zhǔ yì		Ide yang jahat
ㄨㄞˋ			
外面	wài miàn		Di luar
外人	wài rén		Orang luar
外公	wài gōng		Kakek dari pihak ibu
外婆	wài pó		Nenek dari pihak ibu
外行	wài háng		Orang awam , awam , bukan ahli
外國	wài guó		Luar negeri , mancanegara
外交	wài jiāo		Diplomasi , urusan luar negeri
外匯	wài huì		Devisa , valuta asing
外套	wài tào		Mantel , jas , jaket
ㄨㄟˊ			
危險	wéi xiǎn		Bahaya , berbahaya
危機	wéi jī		Krisis
微笑	wéi xiào		Senyum , mesem
微弱	wéi ruò		Lemah
違反	wéi fǎn		Melanggar
爲人	wéi rén		Bertingkah laku atau bersikap
圍巾	wéi jīn		Syal , selendang leher
維持	wéi chí		Memelihara , mempertahankan
維他命	wéi tā mìng		Vitamin
ㄨㄟˇ			
偉大	wěi dà		Besar , agung , jaya
偉人	wěi rén		Orang besar , tokoh besar
委托	wěi tuō		Menugasi , mempercayakan kepada
委員	wěi yuán		Anggota komite
尾巴	wěi bā		Ekor , buntut
尾聲	wěi shēng		Akhir lagu
ㄨㄟˋ			
衛生	wèi shēng		Kebersihan , kesehatan
衛生紙	wèi shēng zhǐ		Kertas tissue , kertas WC
衛生衣	wèi shēng yī		Baju dalam
衛生棉	wèi shēng mián		Softex , pembalut wanita
未來	wèi lái		Yang akan datang , kelak
未必	wèi bì		Belum tentu , belum pasti

213

未婚	wèi	hūn		Belum menikah , belum kawin
味道	wèi	dào		Rasa , selera
味精	wèi	jīng		Vetsin , micin
胃	wèi			Lambung
胃口	wèi	kǒu		Napsu makan , selera makan
僞鈔	wèi	chāo		Uang kertas palsu
餵食	wèi	shí		Memberi makan
爲什麼	wèi	shé	me	Mengapa
爲了	wèi	le		Demi , untuk
位置	wèi	zhì		Tempat duduk

ㄨㄢ				
彎曲	wān	qū		Berkelok – kelok , berliku – liku
ㄨㄢˊ				
完成	wán	chéng		Menyelesaikan , merampungkan
完結篇	wán	jié	piān	Babak akhir
完整	wán	zhěng		Utuh , lengkap , komplit
玩耍	wán	shuǎ		Main , bermain
玩具	wán	jù		Mainan
頑皮	wán	pí		Bandel , nakal , bengal
ㄨㄢˇ				
晚安	wǎn	ān		Selamat malam
晚餐	wǎn	cān		Makan malam
晚上	wǎn	shàng		Malam hari
晚會	wǎn	huì		Pesta malam hari
挽回	wǎn	huí		Menyelamatkan
腕力	wǎn	lì		Kekuatan pergelangan tangan
ㄨㄢˋ				
萬一	wàn	yī		Kalau – kalau , andai kata
萬歲	wàn	suì		Panjang umur , hidup

ㄨㄣ				
溫柔	wēn	róu		Lemah lembut
溫暖	wēn	nuǎn		Hangat , kehangatan
溫泉	wēn	quán		Sumber air panas
溫水	wēn	shuǐ		Air hangat , air suam - suam kuku
溫度	wēn	dù		Temperatur , suhu , derajat panas
溫度計	wēn	dù	jì	Termometer , termograf (meteorologi)
ㄨㄣˊ				

文字	wén	zì	Huruf , tulisan
文章	wén	zhāng	Artikel
文具	wén	jù	Alat tulis menulis
文件	wén	jiàn	Dokumen
文明	wén	míng	Peradaban , kebudayaan
文化	wén	huà	Kebudayaan , peradaban
蚊子	wén	zi	Nyamuk
蚊帳	wén	zhàng	Kelambu
蚊香	wén	xiāng	Obat nyamuk
ㄨㄣˇ			
穩定	wěn	dìng	Stabil
ㄨㄣˋ			
問答	wèn	dá	Tanya jawab , dialog
問題	wèn	tí	Pertanyaan , soal , masalah

ㄨㄤˊ			
王牌	wáng	pái	Kartu truf
王子	wáng	zǐ	Pangeran , putra raja
王后	wáng	hòu	Ratu , permaisuri
ㄨㄤˇ			
網球	wǎng	qiú	Tenis
網路	wǎng	lù	Jaringan internet
往事	wǎng	shì	Kejadian pada masa dulu , masa silam
往來	wǎng	lái	Pergi datang , hilir mudik
往返	wǎng	fǎn	Pulang pergi , bolak – balik
ㄨㄤˋ			
旺季	wàng	jì	Musim ramai
忘記	wàng	jì	Lupa , melupakan

（ㄩ）			
ㄩˊ			
魚	yú		Ikan
魚缸	yú	gāng	Toples ikan
魚池	yú	chí	Kolam ikan
魚竿	yú	gān	Batang pancing , joran
魚翅	yú	chì	Sirip ikan , sirip hiu
漁民	yú	mín	Nelayan
漁船	yú	chuán	Perahu nelayan
愉快	yú	kuài	Senang , gembira

ㄩˇ			
與	yǔ		Dan , dengan
宇宙	yǔ	zhòu	Alam semesta , jagat raya
雨水	yǔ	shuǐ	Air hujan
雨衣	yǔ	yī	Jas hujan
雨季	yǔ	jì	Musim hujan
語言	yǔ	yán	Bahasa
ㄩˋ			
玉米	yù	mǐ	Jagung
浴室	yù	shì	Kamar mandi
浴巾	yù	jīn	Handuk mandi
預定	yù	dìng	Menetapkan sebelumnya
預備	yù	bèi	Menyiapkan , persiapan
預告	yù	gào	Memberi kabar terlebih dulu
預感	yù	gǎn	Firasat
預約	yù	yuē	Membuat janji terlebih dulu
預算	yù	suàn	Anggaran belanja
遇見	yù	jiàn	Bertemu dengan
癒合	yù	hé	Sembuh , sehat kembali

ㄩㄝ			
約定	yuē	dìng	Berjanji , setuju
約會	yuē	huì	Kencan
約束	yuē	shù	Membatasi , mengekang
ㄩㄝˋ			
月份	yuè	fèn	Perbulan
月亮	yuè	liàng	Bulan , rembulan
月光	yuè	guāng	Sinar bulan
月球	yuè	qiú	Bulan
月初	yuè	chū	Awal bulan
月底	yuè	dǐ	Akhir bulan
月薪	yuè	xīn	Gaji perbulan
月台	yuè	tái	Peron
月經	yuè	jīng	Datang bulan , mens
岳父	yuè	fù	Mertua laki – laki dari pihak istri
岳母	yuè	mǔ	Mertua perempuan dari pihak istri
悅耳	yuè	ěr	Merdu , sedap didengar
越南	yuè	nán	Negara Vietnam
閱兵	yuè	bīng	Memeriksa pasukan

ㄩㄢ			
冤枉	yuān	wǎng	Dituduh , menyalahkan yang tidak salah , diperlakukan tidak adil
冤家	yuān	jiā	Musuh , seteru
ㄩㄢ／			
元旦	yuán	dàn	Hari tahun baru
元老	yuán	lǎo	Negarawan senior
原來	yuán	lái	Semula , sediakala
原因	yuán	yīn	Sebab , alasan
原諒	yuaá	liàng	Memaafkan , mengampuni
原則	yuán	zé	Prinsip
原料	yuán	liào	Bahan mentah
原子筆	yuán	zi bǐ	Pen , bolpen
圓形	yuán	xíng	Bundar
圓滿	yuán	mǎn	Memuaskan
圓規	yuán	guī	Jangka
援助	yuán	zhù	Membantu , menolong
緣分	yuán	fèn	Jodoh
ㄩㄢV			
遠方	yuǎn	fāng	Tempat yang jauh
遠足	yuǎn	zú	Perjalanan kaki
ㄩㄢ丶			
願意	yuàn	yì	Bersedia , mau , ingin
願望	yuàn	wàng	Harapan , keinginan
院子	yuàn	zi	Halaman , pekarangan , pelataran
ㄩㄣ			
暈倒	yūn	dǎo	Jatuh pingsan
暈車	yūn	chē	Mabuk kendaraan
暈船	yūn	chuán	Mabuk kapal laut
ㄩㄣ／			
雲	yún		Awan
允許	yún	xǔ	Mengizinkan , membolehkan
ㄩㄣ丶			
運氣	yùn	qì	Nasib baik , untung
運送	yùn	sòng	Mengangkut
運費	yùn	fèi	Biaya pengangkutan
運動	yùn	dòng	Olahraga

運動員	yùn dòng yuán	Atlet , olahragawan
運動場	yùn dòng chǎng	Lapangan olahraga

ㄩㄥ

傭人	yōng rén	Pembantu , pelayan

ㄩㄥˇ

永遠	yǒng yuǎn	Selama – lamanya
勇敢	yǒng gǎn	Berani , tidak takut , tidak gentar
勇士	yǒng shì	Prajurit yang berani
泳衣	yǒng yī	Baju renang
擁擠	yǒng jǐ	Berdesak – desakan
擁抱	yǒng bào	Berpelukan , memeluk

ㄩㄥˋ

用心	yòng xīn	Sungguh – sungguh
用意	yòng yì	Tujuan , motif
用功	yòng gōng	Rajin

（ㄚ）

ㄚ·

啊！	a！	Ah！

（ㄜ）

ㄜˊ

鵝毛	é máo	Bulu angsa

ㄜˇ

噁心	ě xīn	Jijik , menjijikkan

ㄜˋ

俄文	è wén	Bhs. Rusia
俄羅斯	è luó sī	Negara Rusia
惡毒	è dú	Jahat , kejam
惡化	è huà	Memburuk
餓死	è sǐ	Mati kelaparan
鱷魚	è yú	Buaya

（ㄞ）

ㄞ

哀傷	āi shāng	Bersedih hati , susah hati
哎呀	āi ya	Celaka
埃及	āi jí	Negara Mesir
挨罵	āi mà	Mendapat omelan , kena omelan

ㄞˊ			
癌症	ái	zhèng	Penyakit kanker
ㄞˇ			
矮	ǎi		Pendek
ㄞˋ			
愛情	ài	qíng	Cinta , percintaan
愛人	ài	rén	Kekasih , pacar
愛惜	ài	xí	Menyayangi , menghargai
愛滋病	ài	zī	bìng	Penyakit aids

（ㄠ）			
ㄠ			
凹洞	āo	dòng	Lubang lekuk , lubang cekung
ㄠˊ			
熬夜	áo	yè	Bergadang
ㄠˋ			
懊惱	ào	nǎo	Merasa cemas , merasa kesal
奧妙	ào	miào	Ajaib
澳門	ào	mén	Negara Macau
澳洲	ào	zhōu	Negara Australia

（ㄡ）			
ㄡ			
歐洲	ōu	zhōu	Negara Eropa
ㄡˇ			
偶然	ǒu	rán	Tidak dengan sengaja , kebetulan
偶數	ǒu	shù	Bilangan genap
偶像	ǒu	xiàng	Idola , berhala
嘔吐	ǒu	tù	Muntah

（ㄢ）			
ㄢ			
安靜	ān	jìng	Diam , tenang
安全	ān	quán	Aman
安心	ān	xīn	Tidak khawatir , tenang
安裝	ān	zhuāng	Memasang
安排	ān	pái	Mengatur
ㄢˋ			
按鈴	àn	líng	Menekan bel , memencet bel

219

按鈕	àn niǔ	Menekan tombol
按照	àn zhào	Menurut , sesuai dengan , berdasarkan
按時	àn shí	Pada waktunya
按住	àn zhù	Tekan
按摩	àn mó	Memijat
暗示	àn shì	Memberi isyarat , menyindir

（ㄣ） ㄣ		
恩人	ēn rén	Orang yang berjasa
ㄣ ·		
嗯	en	Eh

（ㄤ） ㄤ		
骯髒	āng zāng	Kotor

（ㄦ） ㄦ ˊ		
兒子	ér zi	Anak laki – laki
兒歌	ér gē	Lagu anak – anak
兒童	ér tóng	Anak – anak
而且	ér qiě	Dan lagi
ㄦ ˇ		
耳朵	ěr duǒ	Kuping , telinga
耳垢	ěr gòu	Tahi telinga
耳機	ěr jī	Alat pendengar
耳環	ěr huán	Anting
ㄦ ˋ		
二	èr	Dua
二十	èr shí	Dua puluh
二月	èr yuè	Febuari

（附錄一） 政府機關	（fù lù yī） zhèng fǔ jī guān	（Lampiran 1） Departemen pemerintah
政府	zhèng fǔ	Pemerintah
內政部	nèi zhèng bù	Departemen dalam negeri
財政部	cái zhèng bù	Departemen keuangan
外交部	wài jiāo bù	Departemen luar negeri

國防部	guó fáng bù	Departemen pertahanan dan keamanan
交通部	jiāo tōng bù	Departemen perhubungan
農業部	nóng yè bù	Departemen pertanian
司法部	sī fǎ bù	Departemen kehakiman
教育部	jiào yù bù	Departemen pendidikan
市政府	shì zhèng fǔ	Pemerintah kota
縣政府	xiàn zhèng fǔ	Pemerintah kabupaten , pemerintah daerah
警察局	jǐng chá jú	Kantor polisi
移民局	yí mín jú	Kantor imigrasi

(附錄二)	(fù lù èr)	(Lampiran 2)
軍警階級	jūn jǐng jiē jí	Tingkatan di tentara dan polisi
陸軍	lù jūn	Angkatan darat
海軍	hǎi jūn	Angkatan laut
空軍	kōng jūn	Angkatan udara
上將	shàng jiàng	Jenderal , laksamana
中將	zhōng jiàng	Letnan Jenderal
少將	shào jiàng	Mayor Jenderal , laksamana muda
上校	shàng xiào	Kolonel
中校	zhōng xiào	Letnan Kolonel
少校	shào xiào	Mayor
上尉	shàng wèi	Kapten
中尉	zhōng wèi	Letnan satu
少尉	shào wèi	Letnan dua
上士	shàng shì	Sersan satu
中士	zhōng shì	Sersan
下士	xià shì	Kopral

(附錄三)	(fù lù sān)	(Lampiran 3)
國家地名	guó jiā dì míng	Nama Negara
亞洲	yǎ zhōu	Benua Asia
印尼	yìn ní	Indonesia
泰國	tài guó	Thailand
中國	zhōng guó	China
台灣	tái wān	Taiwan
香港	xiāng gǎng	Hongkong
日本	rì běn	Jepang
韓國	hán guó	Korea Selatan
北韓	běi hán	Korea Utara

221

越南	yuè nán	Vietnam
緬甸	miǎn diàn	Mynmar
馬來西亞	mǎ lái xī yǎ	Malaysia
汶萊	wén lái	Brunei Darusalam
菲律賓	fēi lǜ bīn	Filipina
新加坡	xīn jiā pō	Singapura
印度	yìn dù	India
伊拉克	yī lā kè	Irak
伊朗	yī lǎng	Iran
以色列	yǐ sè liè	Israel
歐洲	ōu zhōu	Eropa
英國	yīng guó	Inggris
法國	fà guó	Perancis
荷蘭	hé lán	Belanda
西班牙	xī bān yá	Spanyol
意大利	yì dà lì	Italia
德國	dé guó	Jerman
比利時	bǐ lì shí	Belgia
俄羅斯	è luó sī	Rusia
美洲	měi zhōu	Benua Amerika
美國	měi guó	Amerika
加拿大	jiā ná dà	Kanada
澳大利亞	ào dà lì yǎ	Australia
紐西蘭	niǔ xī lán	New Zealand
非洲	fēi zhōu	Afrika
南美洲	nán měi zhōu	Amerika Selatan
阿根廷	ā gēn tíng	Argentina
巴西	bā xī	Brazil
古巴	gǔ bā	Kuba
委內瑞拉	wěi nèi ruì lā	Venezuela

(附錄四)	(fù lù sì)	(Lampiran 4)
各國都市	gè guó dū shì	Ibukota berbagai negara
曼谷	màn gǔ	Bangkok
東京	dōng jīng	Tokyo
大阪	dà bǎn	Osaka
平壤	píng rǎng	Pyongyang
首爾	shǒu ěr	Seoul
北京	běi jīng	Beijing

上海	shàng hǎi	Shanghai
廣州	guǎng zhōu	Guangzhou
台北	tái běi	Taipei
高雄	gāo xióng	Khausiung
香港	xiāng gǎng	Hongkong
馬尼拉	mǎ ní lā	Manila
河內	hé nèi	Hanoi
雅加達	yǎ jiā dá	Jakarta
吉隆坡	jí lóng pō	Kuala Lumpur
新加坡	xīn jiā pō	Singapura
墨爾本	mò ěr běn	Melbourne
華盛頓	huá chèng dùn	Washington
紐約	niǔ yuē	New York
舊金山	jiù jīn shān	San Fransisco
洛杉磯	luò shān jī	Los Angeles
倫敦	lún dūn	London
巴黎	bā lí	Paris
柏林	bó lín	Berlin
羅馬	luó mǎ	Roma
阿姆斯特丹	ā mǔ sī tè dān	Amsterdam
莫斯科	mò sī kē	Moscow

(附錄五) 十二生肖	(fù lù wǔ) shí èr shēng xiào	(Lampiran 5) 12 Shio
鼠	shǔ	Tikus
牛	niú	Kerbau , kebo
虎	hǔ	Macan
兔	tù	Kelinci
龍	lóng	Naga
蛇	shé	Ular
馬	mǎ	Kuda
羊	yáng	Kambing
猴	hóu	Monyet
雞	jī	Ayam
狗	gǒu	Anjing
豬	zhū	Babi

(附錄六) 十二星座	(fù lù liù) shí èr xīng zuò	(Lampiran 6) 12 zodiak

白羊座	bái yáng zuò	Aries
金牛座	jīn niú zuò	Taurus
雙子座	shuāng zǐ zuò	Gemini
巨蟹座	jù xiè zuò	Cancer
獅子座	shī zi zuò	Leo
處女座	chù nǚ zuò	Virgo
天秤座	tiān píng zuò	Libra
天蠍座	tiān xiē zuò	Scorpio
射手座	shè shǒu zuò	Sagittarius
魔羯座	mó jié zuò	Capricorn
水瓶座	shuǐ píng zuò	Aquarius
雙魚座	shuāng yú zuò	Pisces